Anton Springer

Aus meinem Leben

Anton Springer: Aus meinem Leben

Erstdruck: Berlin (Grote'sche Verlagsbuchhandelung) 1892.

Neuausgabe
Herausgegeben von Karl-Maria Guth
Berlin 2018

Der Text dieser Ausgabe folgt:
Springer, Anton: Aus meinem Leben. Mit Beiträgen von Gustav Freytag
und Hubert Janitschek, Berlin: Grote'sche Verlagsbuchhandelung, 1892.

Dieses Buch folgt in Rechtschreibung und Zeichensetzung obiger
Textgrundlage.

Die Paginierung obiger Ausgabe wird hier als Marginalie zeilengenau
mitgeführt.

Umschlaggestaltung von Thomas Schultz-Overhage

Gesetzt aus der Minion Pro, 11 pt

Die Sammlung Hofenberg erscheint im
Verlag der Contumax GmbH & Co. KG, Berlin
Herstellung: BoD – Books on Demand, Norderstedt

Die Ausgaben der Sammlung Hofenberg basieren auf zuverlässigen
Textgrundlagen. Die Seitenkonkordanz zu anerkannten Studienausgaben
machen Hofenbergtexte auch in wissenschaftlichem Zusammenhang
zitierfähig.

ISBN 978-3-8430-4185-0

Bibliografische Information der Deutschen Nationalbibliothek

Die Deutsche Nationalbibliothek verzeichnet diese Publikation in der
Deutschen Nationalbibliografie; detaillierte bibliografische Daten sind im
Internet über www.dnb.de abrufbar.

Inhalt

»Dies Buch gehört meiner Isa«

Mit diesen Worten überreichte Anton Springer das Manuskript seiner Lebensbeschreibung seiner Frau zu ihrem Geburtstage am 8. Februar 1891. Den Sohn, der nach dem letzten Willen des Vaters das Buch herausgeben durfte, drängte es, diese Worte der Erzählung von Anton Springers Leben voranzustellen und die Mutter zu bitten, die Widmung der Lebenserinnerungen, die schon in einem andern Sinne ihr eigen sind, anzunehmen.

1. Das Kloster und die Schule.

Das muß ein erbärmliches Leben sein, welches auch nicht einen einzigen fesselnden Augenblick enthielte und ein trostloses Dasein, aus welchem sich auch gar nichts Gutes lernen ließe. Wenn ein bunter Wechsel der Ereignisse einen Lebenslauf anziehend gestaltet, dann darf ich hoffen, daß die Erzählung meines Lebens wohl der Mitteilung wert sei. Wenige Zeitgenossen haben ein so wunderbar verschlungenes Schicksal erfahren und so viele Wandlungen durchgemacht, wie ich. Als Österreicher bin ich geboren, als guter Deutscher beschließe ich mein Leben; als Katholik bin ich getauft, als ehrlicher Protestant, wenn auch nicht als rechtgläubiger evangelischer Christ, sterbe ich; eine slavische Mundart war meine Muttersprache, in der Geschichte der deutschen Wissenschaft hoffe ich ein kleines Plätzchen mir erobert zu haben. Ein dreifacher Renegat also, der Religion, Sprache und Nationalität gewechselt und verraten hat, werden meine Feinde sagen. Den einen und den andern Vorwurf haben sie mir auch oft genug grob in das Gesicht geschleudert. Und dennoch ging alles ganz einfach und natürlich zu, ohne Berechnung, ich möchte beinahe sagen, ohne lange Überlegung. Ich wurde wie durch eine Naturgewalt ein Deutscher; dies faßt alle meine Lebenswand lungen in sich. Ich fühlte keinen Schritt, den ich that, in seinem gewaltsamen Gegensatz zu früheren Zuständen, sondern sah in jedem eine notwendige Stufe in meiner Entwickelung, und ich bereue daher meinen Lebensgang auch nicht im geringsten. *Wie ich ein Deutscher wurde,* will ich den jüngeren Freunden erzählen.

Bei meiner Geburt lag die prächtige, alte Königstadt an der Moldau, das hunderttürmige *Prag,* mir zu Füßen. Seine czechischen Einwohner haben sich nachmals durch grimmigen Haß für diese Demütigung gerächt. – Und doch kam ich ganz unschuldig zu dieser hohen Geburt. Mein Elternhaus stand oben auf dem höchsten Punkte der Stadt. Wenn man von der alten steinernen Moldaubrücke, der schönsten in Mitteleuropa, den Blick auf das linke Ufer lenkt, so sieht man einen breiten Bergrücken mächtig emporragen, auf welchem rechts das königliche Schloß und der Dom sich erheben, links aus dem dichten Grün des Abhangs ein kleines Kirchlein, dem heiligen Laurentius geweiht, herausguckt. Die Mitte nimmt in langgestreckter Linie ein Klosterbau ein. Im Bereiche des Klosters, eines

Prämonstratenserstiftes, das den Namen *Strahof* führt, wurde ich am 13. Juli 1825 geboren. Mein Vater stand als Klosterbräuer im unmittelbaren Dienste des Stiftes. Wie er zu diesem Dienst gekommen war, über seine Herkunft und Vergangenheit ist mir nichts Sicheres bekannt. Es klingt mir nur dumpf die Sage in den Ohren, daß unsere Familie seit undenklichen Zeiten in dem Stadtteil, in welchem das Kloster liegt, auf dem *Hradschin* angesiedelt, ehemals bessere Tage gekannt hatte, allmählich aber im Vermögen und im Ansehen herabgekommen war. Dies letztere ist gewiß. Alle meine Verwandten väterlicher Seite waren kleine Leute, Handwerker und Krämer, oder Klosterdiener. An einen alten Klosterpförtner und einen noch ältern »Tafeldecker« des Abtes als wertgeschätzte Vettern erinnere ich mich noch ziemlich deutlich, am dunkelsten an meine Eltern. Mein Vater war der erste, welcher die Familie wieder etwas in die Höhe brachte. Er starb aber im rüstigsten Alter, wenige Wochen nach meiner Mutter, wie die Leute sagten, aus Gram über den Verlust der schönen, viel jüngeren Frau, noch ehe er seinen Wohlstand befestigt hatte. Wir blieben vier Kinder zurück. Die beiden jüngsten wurden zu fernen Verwandten gegeben und starben nach wenigen Monaten; mich, der ich gerade fünf Jahre zählte, und meinen um sieben Jahre ältern Bruder nahm der nächste Hausnachbar, unser Pate, der Verwalter des Klostergutes, zu sich. Der Mann mit dem schier unaussprechlichen Namen *Gschirhackl* zeichnete sich nicht durch besondere Freundlichkeit aus, die Frau lebte nur in der Küche und für die Hauswirtschaft; sie waren aber im Grunde kreuzbrave Leute, die für unser materielles Wohl ehrlich sorgten. Im Kreise ihrer Kinder waren wir sein Jahren heimisch gewesen, und was für uns das Wichtigste war, wir blieben in derselben Umgebung und lebten unter denselben Verhältnissen weiter wie im elterlichen Hause. Wir wurden in keine fremde Welt, wie meine armen jüngsten Geschwister, verpflanzt und dankten es gewiß diesem Beharren im alten Lebensboden, daß wir nicht wie diese verdorrten, sondern gesund weitersproßten. Von meiner Geburt bis zu meinem zwölften Jahre blieb ich mit dem Kloster Strahof fest verbunden und lebte, ohne es zu wissen, ein Stück echten und rechten Mittelalters durch.

Das Kloster bildete ein fest abgeschlossenes Gemeinwesen und erschien auch durch seine räumliche Abgrenzung als eine besondere Welt. Ein Weinberg und ein mächtiger, damals gänzlich verwilderter Garten, der unmittelbar an die Stadtmauer stieß, schloß dasselbe beinahe von allen Seiten ein; ein schmales Treppenpförtchen und ein größeres, mit der

Statue des hl. Norbertus geschmücktes Thor, beide in der Nacht stets versperrt, gewährten zu dem Klosterbezirke den Zugang. Hatte man das Thor durchschritten, so kam man auf den weiten äußern Klosterplatz. Rechts hatten der Schmied und der Böttcher ihre Werkstätten, hinter welchen sich der stattliche Meierhof mit Scheunen, Stallungen und noch vielen anderen Wirtschaftsgebäuden ausbreitete. Linker Hand, neben einer kleinen, unter Kaiser Josef aufgehobenen Kirche, die allen Klosterhandwerkern als Rumpelkammer diente, und stets mit Brettern, Faßdauben, Schmiedeeisen, auch wohl mit Heu und Stroh angefüllt war, befanden sich die Pferdeställe, daran anstoßend das geräumige Bräuhaus und das Amtshaus. Auf dem Platze selbst hantierte im Sommer der Klosterzimmermann und trieben wir »Klosterkinder« unser Wesen, in unserm freien Besitze nur zuweilen durch die vielen Gänse gestört, welche auf dem grünen Anger weideten, oder auch durch den Klosterpförtner gehemmt, der auf höhern Befehl die lärmenden Buben zur Ruhe verweisen mußte. Die Knute (Karbatsche) in seinen Händen sprach deutlich seinen Willen aus und beendigte wenigstens für einige Augenblicke unsern Spieleifer. Die Tiefe des Platzes nahm die Kirche ein, mit welcher der Eingang zum eigentlichen Kloster unmittelbar zusammenhing. Ein großes gewölbtes Thor führte in den inneren Hof, ein kleines Pförtchen in diesem, neben einer uralten Linde, in die sogenannte Klausur. In diesem Hofe reihten sich die Wohnungen der Äbte und jener geistlichen Würdenträger, welche von Amtswegen mit der profanen Welt zu verkehren hatten, wie des Provisors, Küchenmeisters, Musikmeisters, die Gaswohnungen, dann Küche und Keller aneinander. Die Klausur, welche aber in meiner Kindheit durchaus nicht einen streng geschlossenen, den Laien unzugänglichen Raum bedeutete, beherbergte die Mönchsgemeinde und enthielt über einem Kreuzgange die Stuben der »Patres«, sodann in Flügelbauten einen Sommer- und Winterspeisesaal. Beide zeigten reichen, in Farben und Stucco ausgeführten Deckenschmuck, wie denn überhaupt Kirche und Kloster zu den glänzendsten Denkmälern des italienisierenden Barockstiles zählen.

Nahezu hundert Menschen, etwa dreißig bis vierzig Kleriker und mehr als ein halbes Hundert Diener jeder Rangstufe und jeden Alters beiderlei Geschlechts, vom Rentmeister und dessen Schreiber, von dem hochangesehenen Koch und Küfer bis zu Tagelöhnern und Wäscherinnen herab, bewegten sich den Tag über in diesen Räumen. Freunde psychologischer Studien hätten im Kloster mannigfache Anregungen erfahren. Namentlich unter den älteren Geistlichen war der Typus der wunderlichen Heiligen und seltsamen Gesellen reichlich vertreten. Da gab es zunächst den Subprior und Novizenmeister, Pater Johannes. Er stammte aus Sachsen, galt als großer Sprachenkenner und tiefsinniger Theologe. Wie oft hörten wir von ihm erzählen, er sei so gelehrt, daß er darüber wirr im Kopfe geworden wäre. Wir nahmen uns natürlich vor, einer solchen Gefahr sorgfältig aus dem Wege zu gehen. In Wahrheit war Pater Johannes ganz hell von Sinnen, litt nur an einer großen nervösen Reizbarkeit, so daß es in seinem Gesicht fortwährend blitzte und zuckte. Pater Adolf führte je nach der Jahreszeit ein scharf geschiedenes Doppelleben. Im Sommer versah er das Amt eines Bibliothekars, hielt sich den Tag über in dem prächtigen hohen Bibliotheksaale auf, erklärte den häufig anklopfenden Fremden die Schätze der Sammlung, schrieb kleine Aufsätze über die Klostergeschichte und denkwürdige Ordensgenossen. Am 1. Oktober sperrte er regelmäßig die Bibliotheksthüre ab, erst am 1. Mai drehte sich wieder der Schlüssel im Schlosse. Diese ganze Zeit lebte er wie ein Murmeltier in seiner Zelle und ließ sich nur zu den Mahlzeiten und bei wichtigen Kultusakten blicken. Wir behaupteten von ihm, daß er sich die Augen allmählich ausgeschlafen habe. In der That zeigte er in seinen hohen Jahren an ihrer Stelle nur ganz schmale Schlitze. Wie in jedem Kloster, so blühte auch im Stifte Strahof die Freßpflanze. So hießen die Geistlichen, welche jede Thätigkeit verabscheuten und ausschließlich dem Essen sich widmeten. Die teilten den Tag einfach nach den Mahlzeiten ein und benutzten die Zwischenzeit, nur durch leichte körperliche Bewegung den Appetit zu schärfen. Die Strahofer Freßpflanze wurde ein Opfer ihres Berufes. Pater Karl pflegte noch als 70jähriger Greis täglich vor Tisch am offenen Fenster zu wippen. Einmal verlor er das Gleichgewicht und stürzte vom obersten Stock auf den steinigen Gartenweg herab und brach sich das Genick. Der liebenswürdigste Sonderling blieb ohne Zweifel der Singemeister, Pater Gerlach. Wenn ihn nicht zuweilen ein milder Sommerabend in sein kleines Privatgärtchen lockte, oder die Übungen des Sängerchors in Anspruch nahmen, verbrachte er seine ganze Zeit in seiner Zelle. Sie war geräumiger als die anderen. Ein langer Tisch, zu beiden Seiten mit Lagen von Notenpapier bedeckt, zog sich von einem Ende der Stube zum andern. Vor jedem Notenbogen stand ein Stuhl – etwa 6–8 auf jeder Seite – in Manneshöhe aber waren über dem Tische mehrere dünne Stricke wie auf einer Waschbleiche gespannt. Kaum hatte Pater Gerlach die Thür hinter sich geschlossen, so saß er auch schon auf dem ersten Stuhl und begann die blanke Seite des Bogens mit dicken Noten zu füllen. War er mit der Seite zu Ende, so hüpfte er auf den zweiten Stuhl und so fort bis zum letzten Stuhle. Für jede Stimme war ein besonderer Bogen aufgelegt. Hier angelangt, erhob er sich, um die noch nassen Bogen auf die Stricke zu spannen und rückte sodann auf die entgegengesetzte Seite des Tisches, um hier das Werk fortzusetzen. Unterdessen war das erste Notenblatt getrocknet und er konnte auf dem folgenden Blatte die einzelne Stimme fortführen. Verklärt stand er vor dem großen Schrank, welcher seine Arbeiten, große und kleine Messen, Kantaten, Litaneien u.s.w. barg. Zur Aufführung gelangten seine Werke höchst selten. Organist, Geiger und Sänger erklärten, daß die sorgfältigste Vorbereitung unumgänglich nötig wäre, um so schöne Kompositionen würdig zu verkörpern. Da aber der Kirchenfonds für Musikproben kein Geld besaß, so blieb es bei der geschriebenen Musik. Pater Gerlachs Zufriedenheit wurde dadurch nicht gestört. Einmal im Jahre verließ er das Kloster, um unten in der Stadt der Aufführung eines Oratoriums beizuwohnen, das genügte, um ihn für die ganze übrige Zeit frisch zu erhalten.

Auch unter dem Klostergesinde gab es seltsame Käuze. Der seltsamste von allen war unstreitig der Nachtwächter. Jede Nacht durchstreifte er, von zwei bissigen Hunden begleitet, den Klosterbezirk und gab die Stunden auf seinem gellenden Horn an. Jeden Morgen stellte er sich dann zur Verfügung des Pater Küchenmeisters und wanderte in die Stadt, um die Aufträge desselben bei den Kaufleuten und Lieferanten auszuführen. Welche Warenmassen schleppte an Vortagen hoher Feste der gute Mann in seinem riesigen Tragkorbe den Berg hinauf; wie gern hätten

wir das Korbtuch gelüftet, um die guten Sachen wenigstens zu sehen, die am folgenden Tage an der Klostertafel verspeist werden sollten. Schweigsam, gewissenhaft waltete er seiner beiden Ämter. So wenig er selbst sprach, so wenig wurde in der Regel von ihm gesprochen. Nur einmal, alle drei bis vier Wochen, tauchte des Nachtwächters Namen in der kleinen Klostergemeinde unheimlich auf: »Der Teufel ist wieder einmal in den armen Nachtwächter gefahren,« flüsterten die Leute sich zu. Der gute Nachtwächter war ein Quartalsäufer, welcher mehrere Wochen lang die strengste Enthaltsamkeit üben konnte, dann aber widerstandslos dem Laster verfiel. Wo und wie er sich bis zur Bewußtlosigkeit vollgetrunken, konnte man nie von ihm erfahren. Der Teufel wäre plötzlich in seinem Magen gesessen, hätte ihn fürchterlich mit Durst geplagt und ihn durch Drohungen gezwungen, Glas auf Glas, Krug auf

Krug in seinen Schlund zu gießen. Ein paar Tage nach einem Teufelsüberfall sahen wir den Nachtwächter hohläugig und bleichwangig, ganz zerknirscht, vom weinenden Weibe begleitet, die Klosterpforte betreten. Er machte den Bußgang zum Pater Küchenmeister, klagte sein Elend und bat um Hilfe. Natürlich trug auch in den Augen des Küchenmeisters der Teufel die Hauptschuld. Er wollte auch einmal versuchen, ihn zu bannen. Nachdem er für den Nachtwächter eine Privatmesse gelesen, mahnte er in eindringlichen Worten den Teufel, doch von seinem bösen Spiel abzulassen und exorcisierte ihn feierlichst. Getröstet und gekräftigt zog der Nachtwächter von dannen. Solange ich aber im Klosterbezirke weilte, hörte ich nicht, daß der Teufel von seinem Irrtum, den Magen des Nachtwächters für ein Wirtshaus zu halten, abgekommen wäre.

Es fehlte nicht an buntem Leben, nicht an heitern Scenen, auch nicht an einem gewissen höfischen Prunke. Denn das Kloster war nicht etwa von schmutzigen Bettelmönchen bevölkert, die von den Wohlthaten anderer lebten und wenigstens äußerlich den Schein der Armut und strengen Entsagung festhielten, sondern von schmucken Chorherren, Kanonikern, bewohnt, welche sich eines reichen Grundbesitzes erfreuten, an keine strenge Regel gebunden waren und selbst den linden Zwang der Regel des heiligen Augustinus abzustreifen gelernt hatten. An der Spitze der Klostergemeinde stand mit unumschränkter Gewalt der Abt oder Prälat, einer der wichtigsten Magnaten des ganzen böhmischen Landes und in der Hierarchie gleich hinter den Bischöfen kommend, deren Insignien und Gewänder er auch trug. Er besaß die Gewalt eines kleinen Dynasten und trat auch mit dem Glanze eines vornehmen Herrn auf. Seiner unmittelbaren Gemeinde brauchte er sich nicht zu schämen. Wenn die Chorherren in ihren schneeweißen Gewändern, über welchen sie an Festtagen kurze Pelzmäntel trugen, in langer Prozession durch die Kirche schritten, am Schlusse der stattlichen Reihe unter dem Thronhimmel der Prälat, von seinen Beamten und Bedienten (auch der Jäger und Büchsenspanner fehlten nicht) umgeben, so konnte man wähnen, einem fürstlichen Aufzuge und nicht einem geistlichen Bittgange beizuwohnen.

Kirche und Kloster waren mir bis zum dunkelsten Winkel wohlbekannt. Nur zur Erntezeit fesselte mich das freie Feld mehr als die Hallen des Klosters und der Kirche trotz ihrer angenehmen Kühle. Ich lebte ja in der Familie des Gutsverwalters, sah, wie ihn die Erntesorgen vollständig in Anspruch nahmen, hörte viele Wochen täglich keine andere Rede, als vom guten und schlechten Ertrag der Ernte. Da wäre es seltsam zugegangen, wenn nicht auch mich und meine Kameraden die Landwirtschaft beschäftigt hätte. Bot sie doch eine so unterhaltende Abwechslung und gab sie einige Zeit unsern Spielen eine neue Richtung. Die Felder des Klostergutes streiften bis nahe an das Stadtthor, an welches der Klosterbezirk unmittelbar grenzte. Wenige Schritte brachten uns schon in die Mitte der singenden Schnitter. Und wenn auch einzelne Felder ferner lagen, so durften wir auf einen leeren Erntewagen rechnen, der uns willig aufnahm und auf das Feld brachte. Munter tummelten wir uns zwischen den Garben. Aufgetürmt dienten sie als Wälle, die zur Erstürmung lockten; im Halbkreise aufgestellt, wurden sie als Haus benutzt; auch zu Höhlen ließen sie sich, wenn wir vorsichtig einzelne untere Garben herauszogen, verwerten. Da wir als Hausgenossen des Verwalters zu den privilegierten Wesen zählten, so wurde uns mancher Unfug nachgesehen. Daß wir es nicht zu arg trieben, dafür sorgten schon die Hitze und der Sonnenbrand. Sie lehrten uns, die Wonne des reinen Faullenzens bis zum Grunde auskosten. Das Feld war meine Sommerheimat, sonst aber weilte ich in freier Stunde am liebsten im Kloster; nicht im Klostergarten allein, dem natürlichen Schauplatze unserer Räuber- und Soldatenspiele, sondern auch in den Zellen, wo ich manche Gönner zählte und namentlich in der Kirche selbst. Bei keinem Kirchenfeste, bei keinem feierlichen Gottesdienste fehlte ich. Dem Rufe der großen Glocken folgte ich wahrscheinlich viel pünktlicher als die Mehrzahl der Geistlichen. Mein Platz war entweder auf dem Musikchore, wo ich mich gern bereit finden ließ, die Bälge der Orgel zu treten, oder in der unmittelbaren Nähe des Hauptaltars, mitten unter den Klerikern, welche im Chorgestühl saßen. Zeuge aller Kultushandlungen, verschaffte ich mir bald eine genaue Kenntnis selbst der Details, wie sie sonst nur Küster zu erwerben pflegen. Ich betrachtete mich als zum Handwerke gehörig, wußte genau, wenn die Glocke angeschlagen, das Rauchfaß geschwenkt, die Monstranz erhoben werden müsse, und konnte ich auch die Gebete nicht mitsingen und mitsprechen, so verstand ich doch den Tonfall gut nachzuahmen und merkte die Schlußworte aller Responsorien. Diese auf das Einzelne gespannte Aufmerksamkeit und diese intime Kenntnis des ganzen Mechanismus war wohl die Ursache, daß ich nur selten in fromme Andacht versank. In eine erhöhte Stimmung versetzten mich am meisten noch die Vorabende großer Feste. Wenn namentlich an lauen Frühlingsabenden das Geläute aller Glocken in der Stadt – bei der freien und hohen Lage des Klosters waren sie alle vernehmlich – an mein Ohr schlug, zuletzt auch die durch ihre Harmonie berühmten großen Glocken der eigenen Kirche in das Konzert einsprangen, und wenn sie verstummt waren, aus der Kirche heraus der getragene Chorgesang und der Orgelklang ertönte, die Bäume rauschten, die Sonne die in der Ferne sichtbaren Berge vergoldete, die große Stadt zu unsern Füßen sich langsam in Schatten hüllte, dann wurden wohl in meiner Seele wunderbare süße Empfindungen wach, die noch jetzt, nach einem halben Jahrhundert, in mir nachzittern. Mächtig ergriff mich auch der Gottesdienst in der Karwoche, namentlich die Lamentationen, die während derselben vier Nachmittage gesungen wurden. Die Kirche war spärlich beleuchtet, keine Kerze brannte am Altare, nur auf einem Gerüst vor demselben waren in Pyramidenform dreizehn brennende Kerzen aufgestellt. Die sorgfältig geübten Gesänge, abwechselnd Soli und Chöre, von den kräftigen Männerstimmen vorgetragen, gingen für mich immer viel zu früh zu Ende. Nach jedem Abschnitt wurde eine Kerze ausgelöscht, am Schlusse der Lamentationen hüllte uns tiefes Dunkel ein. Die Priester versanken in stilles Gebet und verließen leise, einer nach dem andern, die Kirche. Auch mir war dann ganz feierlich zu Mute; kaum wagte ich auszutreten und vollends ein lautes Wort zu sprechen hätte ich für die ärgste Sünde gehalten.

Unbewußt empfing ich von der Klosterkirche auch die ersten Anregungen für meinen späteren Lebensberuf. Der Kern derselben stammte noch aus dem Mittelalter; den wahren Charakter empfing sie aber erst im vorigen Jahrhundert, in welchem sie einer vollständigen Restauration unterzogen war. Die zahlreichen Altäre prunkten in buntfarbigem Marmor, die Statuen in reicher Vergoldung. Den größten Reiz übte auf mich aber das mit Fresken bedeckte Gewölbe des Mittelschiffes. Als ich nach vielen, vielen Jahren wieder einmal meine Geburtsstätte besuchte, erschrak ich über die rohe Manier, die grelle Färbung, die gereckten und gezerrten Figuren. Der Barockstil in seiner schlimmsten Ausartung trat mir entgegen. Als Kind war ich nicht so kritisch gesinnt. Ich konnte stundenlang die Bilder betrachten, an den, wie mir schien, wunderschön gefärbten Figuren mich ergötzen. Daß ich die dargestellten Scenen – Legenden aus dem Leben des heiligen Norbertus – nicht verstand, reizte nur meine Neugierde. Ich legte sie mir nach meinem kindischen Sinne zurecht und phantasierte allerhand Geschichten zusammen. Die Bilderfreude hat mich seitdem nie wieder verlassen.

Der Eintritt in die Schule änderte wenig an meinem Leben. Der Unterricht dauerte nur vier Stunden täglich, die Schule war nur wenige

Schritte vom Wohnhaus entfernt. So blieb der Klosterplatz und das Kloster noch immer meine eigentliche Heimat. Lesen und Schreiben hatte mich der älteste Sohn meines Pflegevaters gelehrt, und so durfte ich, obgleich erst sechs Jahre alt, gleich in eine höhere Klasse eintreten. Nach einem Jahre wurde ich schon in die oberste versetzt, hier mußte ich aber drei Jahre ausharren, bis ich das für das Gymnasium vorgeschriebene Alter erreichte. Der Unterricht in der Volksschule wurde selbstverständlich in deutscher Sprache erteilt. Wir Kinder sprachen wohl mit den Dienstboten, den Knechten, den Bauern böhmisch, schimpften auch, wenn wir uns mit Straßenjungen rauften, böhmisch aufeinander. Die Möglichkeit böhmischen Schulunterrichts fiel uns aber auch nicht im Traume ein. Wir sahen keine böhmischen Bücher und glaubten nichts anderes, als daß Lesen und Rechnen und vollends die höheren Wissenschaften, wie Sprachlehre und Rechtschreibung, nur in der deutschen Sprache erlernt werden könnten. Die kleinbürgerlichen Kreise, in welchen ich groß wuchs, dachten nicht anders und fühlten sich ganz wohl dabei. Unser Lehrer, obschon von Geburt ein Slave, hielt streng darauf, daß wir uns einer reinen deutschen Sprache beflissen. Über die Reinheit hatte er freilich sonderbare Vorstellungen. Er meinte, das reine Deutsch müsse sich von dem gewöhnlichen, das wir zu Hause sprachen, dadurch unterscheiden, daß überall das O und A vertauscht werde. Er mahnte uns daher hochdeutsch zu reden und verbot uns bloßfüßig zur Schule zu kommen. Er schnupfte Tobak und trank Koffee.

Einen schärferen Einschnitt in mein Leben machte der Übergang in das Gymnasium. Nun galt es täglich zweimal den weiten Weg von dem Berge, auf welchem das Stift und unser Haus lag, herab bis in den untern Stadtteil, die Kleinseite, zu wandern. Wir mußten einen langen windigen Hohlweg passieren, an mehreren scharfen Ecken vorbei, welche selbst an ruhigen Tagen einer abscheulichen Zugluft uns aussetzten. Eine stattliche Schar von Jungen zog mit mir zugleich den Weg; nach wenigen Jahren waren fast alle an einer Brustkrankheit gestorben. Auch ich hätte dieses Los wahrscheinlich geteilt, wenn nicht bald nach Beginn meiner Gymnasialstudien der alte Gschirhackl gestorben und die Witwe, mit Recht um das Schicksal ihrer Söhne besorgt, in den untern Stadtteil gezogen wäre. Zwei erwachsene Söhne hatte sie bereits am Blutsturze verloren. Sie wollte wenigstens die anderen retten. Leider zu spät. Auch die beiden jüngsten Söhne, prächtige Jünglinge, zu denen ich wie zu Idealen emporblickte, starben rasch nacheinander an derselben Krankheit, noch vor der armen Mutter.

Die ersten vier Jahre meiner Gymnasialzeit lebte ich ziemlich freudenlos. Die österreichischen Gymnasien zerfielen damals in zwei Kurse, einen vierjährigen Grammatikal- und einen zweijährigen Humanitätskursus. Fachlehrer gab es nicht. Unter einem Klassenlehrer machte man den niedern Kursus durch und bekam erst bei dem Eintritt in die sogenannte Humanitätsklasse einen andern Lehrer. Nun wollte es mein Unglück, daß ich als ersten Klassenlehrer einen griesgrämigen, kränklichen, seinem Berufe gar nicht gewachsenen Mann empfing, welcher uns Jungen anzuregen, weder Lust noch Fähigkeit besaß. Er war ursprünglich ein Arzt, fand als solcher keine Beschäftigung und bekam, von irgend einem einflußreichen Protektor begünstigt, eine Lehrerstelle am Gymnasium. Schon die vorgeschriebenen Schulbücher, magere Chrestomathieen, boten einen geringen Bildungsstoff, aber selbst diesen empfingen wir nicht ungeschmälert. Unser Lehrer lebte in dem Wahne, daß das Studium der Klassiker uns weniger fromme, als die Lektüre der Neulateiner. Und so plagte er uns weidlich mit Muret und wie die langweiligen Epigonen des Erasmus sonst heißen mögen, ließ uns salbungsvolle lateinische Dialoge aus dem sechzehnten und siebzehnten Jahrhundert ohne Ende übersetzen und memorieren und trieb uns die Lust am Lateinstudium gründlich aus. Auf mich, der ich frühzeitig einen argen Hang zur Zersplitterung besaß, übte diese Unterrichtsweise einen besonders schlechten Einfluß. Sie lähmte meinen Ehrgeiz, machte mich in der Schule stumpf und zerstreut. Zum Glück, daß es wenigstens einen Lehrgegenstand gab, der mich stärker fesselte und zu eifrigem Lernen anspornte – die Geschichte.

Seit meiner Kindheit war ich von einer unersättlichen Lesewut ergriffen. Ich konnte kein Buch sehen, mochte der Inhalt auch noch so fremdartig und für mein Alter unpassend sein, ohne es vom Anfang bis zum Ende gierig zu verschlingen. Obgleich meine Umgebung durchaus nicht litterarische Interessen pflegte, so fand dennoch mein Lesetrieb die reichste Nahrung. Da besaß zunächst der alte Gschirhackl eine kleine Büchersammlung, welche er, der Himmel weiß, wie – wahrscheinlich als Erbe von Klostergeistlichen – im Laufe der Jahre zusammengebracht hatte. Sie befand sich in einer kleinen unheizbaren Stube am Ende der Wohnung und konnte ohne Gefahr einer Störung, aber mit der Gefahr, im Winter Nase und Hände zu erfrieren, durchstöbert werden. Zieglers und Houwalds Dramen, eine Anthologie aus deutschen Dichtern und namentlich

Hufelands Makrobiotik leben noch am deutlichsten in meiner Erinnerung. Wie ich dummer Junge dazu kam, Hufelands Buch nicht bloß zu lesen, sondern auch zu excerpieren, begreife ich jetzt nicht. Denn, daß ich nichts vom Inhalt verstand, brauche ich nicht zu versichern. Wahrscheinlich hatte einer der älteren Haussöhne das Buch gelobt, und da mußte mein Vorwitz natürlich auch die Nase hineinstecken. Zum Glück war ich noch zu klein, als daß der unverdaute Inhalt dieser Bücher mir einen größern Schaden zufügen konnte. Wichtiger wurde für meine späteren Neigungen die Bekanntschaft mit Zeitungen, welche ich gleichfalls schon in meinen Kinderjahren machte. Von Amtswegen wurde im Hause Gschirhackls die Prager Zeitung gehalten, aus derselben mittags vom Amtsschreiber, was sie Interessantes darbot, laut vorgelesen. Damals wütete gerade der Karlistenkrieg. In endloser Reihe folgten in der natürlich streng legitimistischen Zeitung die Berichte über die Siege der Karlisten. Von der Stellung der kämpfenden Parteien hatte ich keine Vorstellung. Immerhin übten die Schlachtenschilderungen und die Beschreibung der kühnen Züge Zumalacarreguys, Cabreras einen großen Eindruck auf meine Phantasie und weckten die Lust an historischen Darstellungen. Sie steigerte sich, als mein Bruder und ich aus dem Nachlaß eines Onkels etwa fünfzig Bände vorwiegend populär historischen Inhalts erhielten, in welchen ich mich bald ganz heimisch machte. Geringern Nutzen schöpften wir aus einem andern, viel größern Büchergeschenk. Eine alte reiche Tante war gestorben, als deren allein berechtigte Erben wir galten. Mit dem Rechtstitel muß es aber doch einen Haken gehabt haben, denn nicht wir erbten Haus und Hof, sondern ein alter Hausfreund, ein Justiziar seines Amtes. Als Ersatz für die verlorene Erbschaft schenkte er uns eine ganze Karre voll Bücher aus dem vorigen Jahrhundert, in welchem er noch seine Studien gemacht hatte. Was für seltsame Autoren lernte ich da kennen! Außer unzähligen Lehrbüchern der alten Jesuitenschulen – wir begnügten uns, dieselben zu katalogisieren – waren Reisebeschreibungen, naturhistorische Werke, namentlich aber auch Schriften aus der Aufklärungsperiode in der Sammlung reich vertreten. Auf die letzteren stürzte ich mich sofort mit leidenschaftlichem Eifer. Ein Buch Horanis über den Papst Pius IV. und den römischen Hof in der Revolutionszeit machte den stärksten Eindruck auf mich. Was ich im Kloster miterlebt und mitangesehen hatte, war eine nur zu gute Vorbereitung für den kirchenfeindlichen Geist, der aus Horani sprach. War ich doch als kleiner Knabe Zeuge gewesen, wie mehrere Kleriker aus Neid und Mißgunst einem Bruder auflauerten, als dieser an einem frühen Morgen sich von einem Rendezvous zurückschlich und unvermerkt über die Mauer des Klostergartens zu klettern versuchte. Hörte ich doch von den Hausgenossen die Liebschaft der Patres, die Zeichen, die sie während des Chorgebetes mit ihren Freundinnen auszutauschen pflegten, offen besprechen, und sah mit eigenen Augen, wie handwerksmäßig, rein mechanisch die Kultushandlungen von vielen vollzogen wurden. Ich nahm Horanis Schilderungen für bare Wahrheit. Wie hätte ich von Tendenz und Parteischriften etwas wissen sollen. Und als in der Schule bald darauf in der Geschichtsstunde die Streitigkeiten zwischen den alten Kaisern und Päpsten behandelt wurden, warf ich mich flugs auf die Seite der ersteren und schrieb ein Blatt Papier voll von Invektiven gegen Gregor VII. Gottlob, daß der Lehrer von diesem ersten litterarischen Versuche nichts erfuhr. Um so mehr bemühte ich mich aber, mein Licht öffentlich leuchten zu lassen, als die österreichische und böhmische Geschichte in der Schule an die Reihe kam. Aus den Büchern eines Exjesuiten, Ignaz Cornova, hatte ich dieselbe in der ausführlichsten Weise kennen gelernt und mir eine genaue Detailkunde verschafft, wie sie kein anderer Schüler besaß. Dieselbe womöglich mit den eigenen Worten meiner Autorität vor dem Lehrer auszubreiten, bildete meinen besondern Stolz. Dadurch versöhnte ich ihn, der sonst über meine Flüchtigkeit im Arbeiten klagte und verhalf mir zu einer bessern Censur.

Eine neue Zeit begann für mich, als ich mit fünfzehn Jahren in den obern Kursus, die Humanitätsklassen, aufstieg. Der neue Klassenlehrer, *Wenzel Aloys Swoboda,* in der böhmischen Litteratur rühmlich bekannt, sprach verständig, wie wenige, musikalisch gebildet, ein gewandter Verskünstler, verstand er, mich zu fesseln und meinen Ehrgeiz zu wecken. Swoboda war in den Schulkreisen wegen seines leidenschaftlichen Charakters, seiner Herbheit und Strenge arg gefürchtet. Er konnte in der That, namentlich in den Nachmittagsstunden, wenn er ein Glas Wein zuviel getrunken hatte – und das geschah leider an den Prälatentafeln und Klosteressen, zu denen er häufig als witziger Gesellschafter eingeladen wurde, regelmäßig – fürchterlich donnern und poltern. In der Erfindung von Ehrentiteln für denkfaule Schüler war er unerschöpflich. Er setzte sie aus drei, vier Sprachen zusammen und erreichte mit denselben nicht selten die unverhoffte Wirkung, daß die ganze Klasse, das Opfer seines Zornes mit eingeschlossen, in ein schallendes Gelächter ausbrach. Im Grunde war aber der alte Swoboda, wie wir ihn nicht nach seinen Jahren, sondern nach seinem Aussehen nannten, eine harmlose, wohlwollende Natur. Auf zwei Dinge legte er im Unterricht das größte Gewicht. Er verlangte einen fließenden Ausdruck in den lateinischen Aufsätzen und wenigstens ein wohlklingendes Wortgepräge in den lateinischen Versübungen, welche wir abwechselnd in jeder Woche anfertigen mußten. Bei den Interpretationen der Klassiker legte er das größte Gewicht auf die Verbesserung des Textes, von welchem er gewiß mit Recht behauptete, daß unsere Schulausgaben ihn arg verdorben hätten. Mir kamen nun da meine Bücherschätze zu gute. Ein alter *Gradus ad Parnassum*, ein Wörterbuch der Synonyme, lehrten mich Verse schmieden, ohne meine Phantasie sonderlich anzustrengen. Wie aber Texte ohne Mühe korrigiert werden können, entdeckte ich gleichfalls nach kurzer Frist. Ich besaß eine Reihe älterer Klassikerausgaben, viele Autoren in der, wie ich nachmals erfuhr, geschätzten Zweibrückener (Bipontiner) Edition.

Die Vergleichung der Texte lehrte mich die Unterschiede und Abweichungen kennen. Einmal auf der Spur, hielt es nicht schwer Verbesserungen zu versuchen, zumal es fest stand, daß der Text in der Schulausgabe notwendig der schlechtere sein müsse. Fand ich dennoch Schwierigkeiten, so half ich mir wie Abbé Vogler bei seinen Orgelreparaturen. Dieser warf die Pfeifen, die nicht stimmen wollten, aus dem Werke einfach heraus, »simplificierte« die Orgel. Gerade so simplificierte ich die Texte der Klassiker und warf anstößige Wörter und Verse heraus. Ich war der einzige in der ganzen Klasse, der sich auf diese Art für die Lektionen vorbereitete und gewann mir dadurch die Gunst des Lehrers. Nach wenigen Monaten war ich sein ausgesprochener Liebling. Bald hätte ich mir dadurch die Zuneigung der Mitschüler verscherzt. Swoboda nahm die Gewohnheit an, bei einer schwierigen Stelle erst die ganze Klasse abzufragen, mich für zuletzt aufzusparen, obschon ich auf einer der vordersten Bänke saß. Nervös aufgeregt, fieberisch harrte ich, bis die Reihe endlich an mich kam. Ich hätte mich zu Tode geschämt, wenn ich die Erwartung des Lehrers getäuscht hätte. Da stand er vor mir mit seinem kahlen, dicken Kopfe, auf dem nur spärliche graue Haare flatterten, die Prise in der Hand, die mir in das Gesicht geflogen wäre, hätte ich schlecht geantwortet, mit seinen kleinen Äuglein mich anblinzelnd: »Nun sage es doch den Eseln!« Zum Glück traf ich fast immer das Richtige und wurde mit einem freundlichen Lächeln und dem regelmäßigen Spruche: »Nicht war, Springer, das sind doch Esel?« belohnt. Die Esel hätten alle Ursache gehabt, sich über mich zu ärgern. Ich versöhnte sie aber, indem ich für alle Schwachen und Faulen die Schulaufgaben machte. Dazu hatte ich während der Messe, welche dem täglichen Unterricht in der Gymnasialkapelle voranging, hinreichend Zeit. Die Pause, ehe der Lehrer kam – und Swoboda ließ immer lange auf sich warten, 22 hielt uns dagegen bis zur Mittagsstunde in der Schule – wurde benutzt, Abschriften zu verbreiten und kleine Änderungen an denselben anzubringen, damit ja kein Verdacht gegen den gemeinsamen Verfasser aufkomme. Mir machte es Spaß, in jede Abschrift ein paar Schnitzer zu praktizieren, und so den Schein der Originalität zu retten. Die Schularbeiten ließen auch jetzt mir reiche Muse, meiner Lesegier zu Hause zu fröhnen. Ich schwelgte in den Romanen Walter Scotts und Coopers, nahm aber auch mit Ritterromanen, die in Österreich längere Zeit ein dankbares Publikum fanden, vorlieb. Vollends glücklich fühlte ich mich, als ich nach dem Brockhausschen Konversationslexikon die Hand ausstrecken durfte, welches der Vater eines Schulkameraden besaß und mir lieh. Die historischen und biographischen Artikel las ich von Anfang bis zu Ende durch und sog, ohne es zu wissen, den landläufigen flachen Liberalismus in mich ein, der mich noch lange nachher wie eine Hautkrankheit plagte. Auch litterarische Pläne gingen in meinem Kopfe herum. Daß wir Gymnasialschüler heimlich eine Zeitschrift gründeten, zu welchen ich die historischen Artikel beisteuerte, versteht sich von selbst. Ich hatte aber noch höheres im Sinne. In unserer Büchersammlung befand sich auch Wielands Ausgabe und Übersetzung der Briefe Ciceros. Die ersten Briefe las ich im Original, da mich aber der Inhalt mehr anzog, als die Form und der ciceronianische Stil, so griff ich gar bald zu der gegenüberstehenden Übersetzung. Auf Grundlage dieser Briefe eine Geschichte des Verfalls der römischen Republik zu schreiben, erschien mir ein lobens- 23 wertes Unternehmen. Ich excerpierte fleißig, kaufte mir auch schönes Papier und bezifferte die Bogen. Ich glaube aber nicht, daß ich weiterkam als zur Niederschrift des Titels und des gewiß in schwunghafte Phrasen gekleideten Vorwortes. So verlebte ich, immer von meinen Büchern umgeben, trotz äußerer Stille und Öde, innerlich vergnügt und befriedigt, die zwei letzten Jahre meiner Gymnasialzeit. Eine gründliche Vermehrung hatte mein Wissen nicht erfahren. Meine Kenntnis des Griechischen, das auch die schwache Seite Swobodas, wie aller österreichischen Gymnasiallehrer war, blieb mangelhaft, meine Kunde der lateinischen Autoren zeigte große Lücken. Keinen einzigen hatte ich vollständig gelesen. Ich wußte vielerlei, aber nichts recht und vollkommen. Aber meine Denkkraft hatte Swoboda geübt, mich zu kritischen Betrachtungen angespornt und meine Lust am Lernen zur Leidenschaft gesteigert. Das werde ich dem wackern Manne niemals vergessen. Unter Trompeten- und Paukenschall wurde ich am Ende meines Schuljahres als *primus omnium* verkündet und »*munificientia Augustissimi Imperatoris*« mit einer Prämie (Vegas Lehrbuch der Mathematik) beschenkt.

2. Die Universität.

Im Herbste 1841 bezog ich die Prager Universität. Nach der damals herrschenden Einrichtung ging den besonderen Fakultätsstudien ein für alle Studenten vorgeschriebener zweijähriger philosophischer Kursus voran. Lehrfreiheit gab es nicht. Die Vorlesungen waren nach Zahl und Ordnung ein für allemal festgestellt, für jedes Fach war nur ein einziger Professor angestellt. Demnach waren die zwei Jahre des philosophischen Kursus die einzige Zeit, in welcher sich der studentische Geist einigermaßen entfalten konnte. Aus dem ganzen Lande strömten die Jünglinge herbei. Wir saßen an drei- bis vierhundert Mann in den Hörsälen. Schon die große Zahl verschaffte uns den Lehrern gegenüber eine größere Freiheit und zwang dieselben, uns rücksichtsvoller zu behandeln. Und auch die Gegenstände der Vorlesungen, vorwiegend Philosophie, Mathematik und Physik waren wohl geeignet, unser Interesse zu erregen, vorausgesetzt, daß wir sie von tüchtigen Männern überliefert empfingen, das war glücklicher Weise an der Prager Universität der Fall. Namentlich der Professor der Philosophie, der leider viel zu früh verstorbene Franz *Exner,* stand durch seinen gediegenen Charakter und sein reiches Wissen in höchstem Ansehn und wurde von einem engern Kreise, der sich auf philosophische Studien warf, wie ein Ideal verehrt. Exner hatte sich in seiner Jugend viel mit Mathematik beschäftigt. Da konnte ihm freilich die offizielle österreichische Schulphilosophie, die sich mit einer Verwässerung des Salletschen Systems (Sallet war, wenn ich nicht irre, ein Landshuter Professor und später katholischer Pfarrer) nicht genügen. Die Schriften Herbarts zogen ihn an, das Beispiel des Leipziger Herbartianers, Drobisch, welcher gleichfalls die mathematischen und philosophischen Studien vereinigte und die letzteren durch die ersteren stützte, schwebte ihm als Muster vor. Die Prager Universität war damals die einzige in Österreich, auf welcher die Gedanken eines protestantischen deutschen Philosophen eine heimische Stätte fanden. Wir folgten mit gespannter Aufmerksamkeit den psychologischen Deduktionen, welche in der That für den Laien und Anfänger durch ihre Sicherheit etwas Bestechendes besaßen, fühlten uns aber besonders durch Exners Vorlesungen über Moralphilosophie gehoben. Das absolute Walten der »praktischen Ideen«, welche die Sittlichkeit unsers Handelns bestimmen, nahm in unserer Phantasie die Gestalt einer majestätischen Herrschaft an. Sie wurden unsere Götter, neben welchen freilich der Glanz des alten katholischen Heiligen stark verblich. Wir waren jahrelang weidlich geplagt worden, die katholischen Dogmen zuerst »mit Vernunft«, dann »ohne Vernunft« d.h. aus der Offenbarung zu beweisen. Und nun hörten wir nicht nur, daß die ewigen Höllenstrafen mit der Idee der Gerechtigkeit unvereinbar seien, sondern lernten ein sittliches Ideal, welches sich nicht auf den religiösen Glauben gründet, kennen. Man kann sich den Eindruck denken, welchen diese Lehre, trotz der maßvollen Form, in welcher sie vorgetragen wurde, auf unsere jungen durstigen Seelen machte. Je seltener wir ein vernünftiges Wort zu hören bekamen, desto tiefer prägte sich jedes einzelne in uns ein. Selbstverständlich wurden wir alle eine Zeitlang begeisterte Herbartianer. Eine Vorstellung unter die »Schwelle des Bewußtseins« herabzudrücken, durch Hilfskräfte, die wir bezifferten, sie wieder über dieselbe emporsteigen zu lassen, machte uns nicht bloß Vergnügen, sondern galt auch für wissenschaftliche Thätigkeit. Das geheimnisvolle Wesen der Seelenvorgänge ergründeten wir freilich nicht. Immerhin wurden wir durch diese nüchterne Denkweise vor der wüsten phantastischen Spekulation bewahrt, in welche wir sonst bei unserer Unkenntnis der Dinge und dem völligen Mangel geistiger Zucht und Schulung rettungslos verfallen wären. Ich trat bald in ein näheres persönliches Verhältnis zu Exner. Ein kleiner Kreis von Exners Zuhörern hatte sich zu einem litterarischen Konventikel vereinigt, in welchem Aufsätze, auch Gedichte vorgelesen, über das Vorgelesene debattiert wurde: Die Protokolle unserer Sitzungen und einzelne der besseren Arbeiten überreichten wir in zierlicher Abschrift am Semesterschluß unserm Lehrer. Exner nahm die Gabe freundlich auf, lobte wenigstens unsern guten Willen und forderte die Einzelnen zum Besuche auf. Ich eilte, der Einladung zu folgen. Exner erkannte nach kurzer Prüfung gar bald die großen Mängel meiner Bildung, die Zerfahrenheit, die vorschnelle Sicherheit im Urteil, die Hast, mit der ich ohne Kritik alles, was jemals gedruckt war, in mich aufnahm, das Sprunghafte in meinen Interessen. Er gab mir die

26

27

Platonischen Dialoge und Lessings Schriften in die Hand, damit ich den Geist sammeln und mich in einen Gedankenkreis vertiefen lerne. Mit den Studien Platos ging es freilich langsam, desto eifriger arbeitete ich mich in Lessings Laokoon, die antiquarischen und kritischen Schriften hinein. Meine Kenntnis der deutschen Klassiker war bis dahin dürftig bestellt gewesen. Schillers Dramen hatte ich oft gelesen, einzelne auch auf der Bühne gehört, die Balladen kannte ich auswendig, da wir dieselben unter Swobodas Anleitung hatten in lateinische Reime übersetzen müssen, von Lessing wußte ich, daß er den Philotas geschrieben. Denn dieser prangte in den Lehrbüchern deutschen Stiles für die Gymnasien neben Engels Edelknaben als Muster des dramatischen Stiles. Goethes Namen aber war bisher für mich ein leerer Schall geblieben. In den Kreisen, in welchen ich lebte, besaß niemand seine Werke, ich glaube überhaupt nicht, daß man damals in den Privatbibliotheken Prags mehr als zwei Dutzend Exemplare seiner Werke zusammengebracht hätte. Wer sie besaß, einzelne jüdische Litteraturfreunde, ein paar Advokaten und ältere Beamte, hütete ängstlich den Schatz, damit er nicht jüngeren unbedachten Leuten in die Hände falle. Während sich Schiller in Österreich der größten Popularität erfreute, bestand gegen Goethe ein tief gewurzeltes Vorurteil, welches erst in den letzten Jahrzehnten vollkommen verschwunden ist. Er galt für gefährlich, Glauben und Sitte lockernd.

Lessings Schriften führten mich in eine neue Welt. Ich hörte zum erstenmal von Winkelmanns und Herders Thaten, erfuhr zum erstenmal, daß die künstlerischen Schöpfungen festen Gesetzen unterstehen, nach Zeit und Gattung ihren regelmäßigen Wirkungskreis wechseln und empfing die ersten klaren Begriffe von einer wahrhaft aufbauenden wissenschaftlichen Kritik. Schwer wurde es mir, nachdem ich monatelang in dieser idealen Welt gelebt, in die trübselige wirkliche Prager Welt wieder herabzusteigen. Nach dem allgemein herrschenden Gebrauch ließ ich mich nach vollendetem philosophischen Kursus in der Juristen-Fakultät einschreiben. Ich dachte zwar nicht im geringsten daran, die Beamtenlaufbahn zu ergreifen. Dazu war ich, abgesehen von der innern Abneigung, viel zu arm. Ein Lehrerberuf stand mir schon damals fest vor Augen, nur schwankte ich noch zwischen Philosophie und Geschichte. Es galt nun einmal in Österreich das Herkommen, die Studentenjahre in einer Fachfakultät zu beschließen. In den Volkskreisen waren Jurist und Student gleichbedeutende Ausdrücke, und wer nicht Arzt oder Priester werden wollte, von dem nahm man mit Sicherheit an, daß er der Jurisprudenz sich zuwende. Ein Jurist kann alles werden – dieser Satz stand in der öffentlichen Meinung fest und wurde in der That auch durch die Erfahrung bestätigt. Zu Erziehern, Privatlehrern wählte man vorzugsweise Juristen und auch die Professoren der philosophischen Fakultät hatten der Mehrzahl nach in ihrer Jugend juristische Vorlesungen gehört. Ich folgte dem allgemeinen Vorurteile. Die Lehrgegenstände des ersten Jahrganges waren Naturrecht und Staatenkunde mit Statistik verbunden. Das eine Fach trug ein schwächlicher alter Mann vor, welcher es dem Zuhörer auch bei dem besten Vorsatze unmöglich machte, die Augen länger als zehn Minuten offen zu halten. Ein viel schlimmerer Geselle war sein Kollege, der Professor der Statistik, namens Nowack. Derselbe war ursprünglich ein kleiner Beamter in Wien gewesen, hatte die Kammerjungfer aus einem vornehmen, ich glaube, erzherzoglichen Hause geheiratet und da diese versorgt werden mußte, so stellte man den Menschen, der nicht einmal *juris Doctor* war, kaum die oberflächlichste Bildung besaß, als Universitätsprofessor an. Er ärgerte uns schon durch die schamlose Protektion, welche er an elegant gekleideten, stutzermäßigen Zuhörern übte. Nach jeder Stunde hielt er einen förmlichen Cercle und erklärte, selbst ein lächerlicher alter Stutzer, seinen Günstlingen den richtigen Schnitt eines Frackes, den besten Bürstenstrich für Seidenhüte, die damals aufkamen, die Vorzüge der verschiedenen Toilettenseifen. Uns arme Teufel, die wir nicht modisch gekleidet gingen, behandelte er mit empörender Geringschätzung. Nicht genug daran. Der Tropf hatte einmal die Phrase vom Prokrustesbett gehört und sich in dieselbe blind verliebt. Das Gleichnis des Prokrustesbettes würzte jede Vorlesung. Das war mir zu arg. Leise für mich hatte ich schon mehrere Tage, wie oft das Prokrustesbett von ihm aufgeschlagen wurde, gezählt. In der folgenden Vorlesung zählte ich halblaut und als im Laufe von wenigen Minuten das Prokrustesbett dreimal sich zeigte, rief ich ganz laut: »Zum dritten und letzen Mal!« packte meine Hefte zusammen und verließ den Hörsaal. Später vernahm ich, daß er mir eine gar schlimme Nachrede gehalten und mich als Schandfleck der Universität denunziert hatte.

Mein Juristendasein hatte drei Wochen gewährt. Abermals war ich auf Privatstudien angewiesen. Leider war Exner nach Wien übersiedelt, um dort an der endlich beschlossenen Studienreform für Universitäten und Gymnasien teilzunehmen. Doch fand sich bald ein anderer Stützpunkt in der Person des *Dr.* Smetana, eines Priesters des Kreuzherrnordens, der aber gleichzeitig ein Universitätsamt bekleidete. Smetana war gewis-

sermaßen der Erbe Exners geworden. Er hatte zuerst als sogenannter Adjunkt desselben fungiert, mit der Verpflichtung, philosophische Repetitorien wöchentlich ein- bis zweimal zu leiten, dann nach Exners Abgang die Vorlesungen provisorisch übernommen. Bereits in den Repetitorien war ich ihm näher getreten. Aus dem »Geistersaal« des alten Heidelberger Paulus hatte ich über den äußern Verlauf der neuern Geschichte der Philosophie, namentlich über die Streitigkeiten zwischen Fichte und Schelling, allerhand Notizen aufgeschnappt, die ich in meinen Antworten und schriftlichen Arbeiten gebührend verwertete. Diese bei einem Prager Studenten wahrscheinlich nicht häufigen Kenntnisse erregten Smetanas
Aufmerksamkeit und führten zu einem persönlichen Verkehre. Nichts war natürlicher, als daß ich ihn an Exners Stelle als Ratgeber erkor. Wie erstaunte ich, als ich aus seinem Munde nach und nach gar harte Urteile über Herbarts System vernehmen und daß dasselbe mit Recht in Deutschland kaum beachtet werde, kaum vereinzelte Anhänger zähle, erfuhr. Da sei die Hegelsche Philosophie, wenn sie auch nicht die Wahrheit enthalte, von ganz anderem Schwunge und ungleich großartigerer Bedeutung. Diese müsse ich gründlich studieren, überhaupt über die Entwickelung der Philosophie seit Kant mir volle Klarheit verschaffen. Nicht ein Einzelsystem, sondern die offenbar gesetzmäßige Aufeinanderfolge der Systeme biete den Schlüssel zur wahren spekulativen Erkenntnis. Er lud mich ein, mit ihm und einem seiner Freunde gemeinsam die Hauptwerke Hegels zu lesen. Seine Wohnung befand sich in dem prächtig am Moldauufer gelegenen Kreuzherrenkloster, in welchem ich nun in den Jahren 1843 und 1844 fast täglich mehrere Nachmittagsstunden zubrachte. So kam ich wieder in eine ähnliche Umgebung, wie in meinen Kinderjahren.

Vieles fand ich bei den Kreuzherren gerade so, wie in dem Stifte Strahof, die gleiche Handwerkmäßigkeit in dem Erfassen der kirchlichen Pflichten, die gleiche Geringschätzung des geistlichen Standes, dieselbe Versunkenheit in materielles Leben und – wofür mir erst jetzt die Augen aufgingen – dieselbe Sittenlosigkeit. Da gab es Priester, welche schon am Morgen nach dem Speisezettel sich erkundigten und, wenn er nach ihrem
Sinn war, laut die zu erwartenden Genüsse von Zelle zu Zelle verkündigten. Andere vertrieben sich die Zeit bei Kartenspiel und Bier, noch andere lauerten den Küchendirnen auf und priesen unverschämt die Reize der Klosterköchin, welche wegen ihrer imposanten Figur bei allen Insassen den Namen Maria Theresia führte und mit vielen der jüngeren Kleriker

in einem Liebesverhältnisse stand; fast alle waren darin einig, den kirchlichen Dienst als eine langweilige, unwürdige Knechtsarbeit zu betrachten. Wohl gab es auch ernstere, besser gesinnte Männer in der Klostergemeinde. Diese waren durchgängig von einem politischen und religiösen Radikalismus angehaucht. Es war ein katholisches Kloster, aber gläubige Katholiken waren darin die letzten, welche man suchte und fand. Zu den Ungläubigsten und Radikalsten gehörte Smetana. Seltsame Wandlungen hatte der Mann durchgemacht. Als Sohn eines Prager Küsters lebte er von Kindheit an fast nur in der Kirche und für die Kirche. Strengste Gläubigkeit erfüllte seine Seele und steigerte sich in seinen Jünglingsjahren bis zu einer mystischen Frömmigkeit. Er erzählt selbst in seiner lesenswerten Autobiographie, wie er vor Marienbildern in Verzückung kniete und in Andacht und Hingebung an die himmlischen Heiligen sich förmlich aufgelöst fühlte. In den geistlichen Stand zu treten war sein höchster Wunsch, ein frommer Klosterbewohner, der frei von weltlichen Sorgen, nur der Religion diente, sein Ideal. Der Wunsch wurde erfüllt, Smetana in seinem neunzehnten Jahre in den Orden der Kreuzherren aufgenommen. Hier entrollte sich ein ganz anderes Bild vor seinen Augen. Gar bald entdeckte er die schlimmen Seiten des Klosterlebens, die sittliche Verwilderung oder geistige Beschränktheit der Brüder, die Hohlheit der kirchlichen Einrichtungen. Er zerfiel mit seinem Stande und verfluchte seinen Beruf, besaß aber doch nicht die Thatkraft, demselben rechtzeitig zu entsagen. Bereits hatte sich seiner der in Klöstern rasch wuchernde Quietismus bemächtigt. Er hatte keine Nahrungssorgen; eine reiche Muße stand ihm zur Verfügung, und was ihm in seinen geistlichen Pflichten lästig oder widersinnig erschien, hoffte er sanft dadurch abschütteln zu können, daß er nicht zur praktischen Seelsorge, sondern zu einem Lehramt an der Universität, wie so mancher Ordensbruder, bestimmt wurde. Er warf sich auf das Studium der Philosophie, erwarb auch nach einigen Jahren den Doktorgrad und erhielt eine provisorische Anstellung an der philosophischen Fakultät. Freilich war das Studium Spinozas, Kants und Hegels nicht geeignet, ihn mit seinem Stande innerlich auszusöhnen. Er rettete sich aus der Verwilderung der Sitten und aus der gemeinen materiellen Auffassung des Lebens, er gab aber dafür den Glauben an die katholischen Dogmen preis und zerschnitt auf diese Art das letzte Band, das ihn an die Ordensgemeinschaft geknüpft hatte. Im Kloster besaß Smetana keinen Freund, kaum einen Bekannten –, wie ein Fremdling wanderte er unter den Genossen herum, die ihn nicht verstanden, auch um seine größere Freiheit beneideten, und allgemein, da er ihre Vergnügungen nicht teilte, als einen hochmütigen, ungenießbaren Menschen haßten. Um so eifriger war er bemüht, sich außerhalb des Klosters Freunde und Anhänger zu erwerben. Bald sammelte sich ein Kreis junger Männer um ihn, welche, von liberalen Anschauungen erfüllt, namentlich in der Anlehnung an die zwar polizeilich verpönte, aber doch auf Hintertreppen leicht zugängliche jungdeutsche und junghegelsche Litteratur das Heil für ihre freiheits- und wissensdurstigen Seelen zu finden hofften. Smetanas bester Freund und eifrigster Besucher war ein czechischer Schauspieler und Dichter, Georg Kolar, derselbe, welchen mir Smetana als dritten Teilnehmer an unsern Hegelstudien bezeichnet hatte.

Auf komische Art war Smetana zu diesen Freunde gekommen. Er besuchte eifrig das Theater, nicht das deutsche, da die Vorstellungen auf der deutschen Bühne in die späten Abendstunden fielen, wo die Klosterpforte schon geschlossen war, sondern das czechische Theater, welches Sonntags in den Nachmittagsstunden spielte. Als erste Liebhaberin war Frau Kolar engagiert, in der That eine Zierde der czechischen Bühne, welcher sie seit ihren Mädchenjahren angehörte und welcher zuliebe Freund Kolar den Juristenberuf mit dem eines Schauspielers vertauscht hatte. In Frau Kolar war Smetana, eine leicht entzündliche, überspannte Natur, sterblich verliebt. Sie bloß aus der Ferne bewundern zu dürfen, genügte ihm nicht. Eines schönen Tages suchte er den Gatten auf, um ihm mitzuteilen, daß er die Frau anbete und deshalb auch mit dem Manne Freundschaft zu schließen wünsche. Kolar sah den seltsamen Bittsteller staunend an. Smetana mit seiner Mulattenfarbe, seinen häßlich aufgeworfenen Lippen, mit seinem stark gewölbten Rücken, seiner vorgebeugten Haltung und blöden Bewegung kam ihm nicht als gefährlicher Rival vor. Die Offenheit des Bekenntnisses imponierte ihm. Er ging auf Smetanas Anerbieten ein, zog aber doch vor, statt ihn bei sich zu empfangen, ihn lieber in der Klosterzelle aufzusuchen, deren häufigster Gast er wurde.

Die Lesestunde kam in Gang. Der eifrigste und für Hegel empfänglichste Leser war Kolar. Er konnte sich in einen wahren Rausch hineinlesen. Wir hatten mit der »Phänomenologie des Geistes« begonnen. Bei einzelnen Stellen, in welchen der dialektische Prozeß so recht kühn und hoch wogte, die souveräne Gewalt des Absoluten sich insbesondere deutlich zeigte, da litt es ihn nicht auf dem Stuhl; er sprang auf den Tisch (wir ihm nach) und deklamierte mit tönender Stimme halbe Seiten. Ein paarmal in der Woche vergrößerte sich unser Kreis. Kolar führte mehrere Schauspieler ein, welche das gute Bier vielleicht noch stärker lockte wie unsere Unterhaltung. Ein junger, feuriger Arzt, *Dr.* Zimmer, welcher nachmals die Teilnahme am Stuttgarter Rumpfparlamente mit mehrjähriger Haft büßen mußte, gesellte sich zu uns, ebenso einzelne Studiengenossen Smetanas. Mir ist namentlich ein junger Rechnungsbeamter Fritsch erinnerlich, welcher seine Mußestunden mit meteorologischen Studien ausfüllte und später Direktor der meteorologischen Lehranstalt in Wien wurde, und dann ein gutmütiger Geselle, namens Nahlowsky. Dieser schwärmte gleichmäßig für Herbart und Beethoven, kam aber wiederholt mit seinen Idealen in Konflikt, da er die Programmmusik liebte, welche namentlich nach Herbarts ästhetischen Lehren ein Unding ist. Er wurde von uns arg gehänselt und wegen seines furchtsamen, fast kriechenden Wesens verspottet. Auch ein Polizeispion weilte unter uns. Zufällig erfuhren wir in späterer Zeit, daß die Polizei von unserm Treiben genau unterrichtet war, und welche politische Ansichten von jedem Einzelnen von uns verteidigt wurden, genau wußte. Den falschen Freund haben wir niemals erraten.

Über Jahr und Tag hatte bereits das gemeinsame Hegelstudium gedauert. Es mußte in mir noch ein Stück Herbartschen Sauerteiges zurückgeblieben sein, welches mich immer an der Wahrheit der Hegelschen Lehren zweifeln machte. Ich gestand Smetana, als ich eines Tages mit ihm allein war, offen meine geringe Befriedigung. Da öffnete er behutsam die Thür, sah sich sorgfältig um, ob niemand auf der Flur lausche, verschloß dann mit dem Schlüssel die Thür und zog aus einem Schranke ein großes Papierheft heraus: Hier ist die Wahrheit, hier ist die Lösung aller Rätsel! Mit leuchtenden Augen und in begeisterten Worten erzählte er mir, auch er hätte lange geirrt und geschwankt, bald diesem, bald jenem Philosophen sich zugeneigt, endlich aber durch eigenes Nachdenken das Weltsystem begriffen und die Entwickelung der äußern und innern Welt von den Nebelflecken bis zum absoluten Geiste ergründet. Die Papiere, die er in den Händen halte, wären sein größter Schatz, aber auch für die Menschheit von höchstem Werte, denn wenn er sein System publiziere, dann habe es mit der Philosophie für immer ein Ende, werde endlich die reine Wahrheit jedermann zugänglich sein. Diesen Schatz zu hüten, müsse ich ihm helfen. Die Originalhandschrift könne leicht durch Feuer gestört, oder ihm im Kloster entwendet werden. Er wolle mir daher den

Text diktieren und die Abschrift an einem sichern Ort bewahren. Ich war kaum zwanzig Jahre alt und wollte so gern die Wahrheit wissen. Wie hätte ich nicht dem Manne glauben sollen, aus dessen Worten eine so unerschütterlich feste Überzeugung sprach und welcher mit so vornehmer Ruhe über den Erfolg seines Werkes urteilte. Freudig willigte ich ein und pilgerte von nun auch täglich in den frühesten Morgenstunden nach dem Kloster, um »den Geist, seine Entstehung und Vernichtung«, so lautete der Titel des Werkes, kennen zu lernen. Das mechanische Geschäft des Nachschreibens förderte das Verständnis nicht sonderlich, aber auch als ich später die einzelnen Kapitel im Zusammenhang durchlas, blieb ich vor einem verschlossenen Thore stehen. Das Buch machte auf mich den Eindruck, als wären in merkwürdiger Weise katholischmystische Phantasieen mit Hegelschen Ideen vermischt. Die Zwischenalter, in welchen die eigentliche Weltentwickelung wie hinter der Scene vor sich ging (zwischen dem Mineral- und dem Pflanzenreich statuierte Smetana ein jenseitiges Übermineralreich, welches den Übergang vom Stein zur Pflanze vermittelte und so ähnlich), erschienen mir als kümmerlicher Notbehelf, die Auflösung der Menschheit in Geister, die im Lichte aufgehen, in eine einzige dumpfe Empfindung sich verflüchtigen, erinnerte an buddhistische Träume. Ich wurde stark ernüchtert. Dazu trug wesentlich der Umstand bei, daß meine Studien allmählich eine festere Richtung angenommen hatten. Von Hegels Schriften hatte mich die Ästhetik und Philosophie der Geschichte am meisten gefesselt. Auf diesem Grunde wollte ich weiter bauen, zunächst Material sammeln und mit den historischen Thatsachen bekannt werden. Was ich an Büchern über die Geschichte und Kultur des alten Orients und der Antike auftreiben konnte, – natürlich waren es meistens Quellen zweiten und dritten Ranges – wurde eifrig studiert und excerpiert. Als ich dann daran ging, aus den vielen hundert Bogen von Auszügen und Notizen einzelne Abhandlungen über die Stellung Chinas, Indiens, Vorderasiens, Griechenlands in der Weltgeschichte zusammenzustellen, da fielen gar bald die Schilderungen der landschaftlichen Natur, der Politik und Litteratur wie Spreu zu Boden. Ich merkte, mit der Ausdehnung der Stoffkreise wachse in bedenklicher Weise die Oberflächlichkeit der Behandlung. Nur die Studien über die Kunstentwickelung hafteten fest und nahmen immer mehr mein ausschließliches Interesse in Anspruch. Die Bilderfreude aus meinen Kinderjahren erwachte mit neuer Stärke und half mir, die historische Betrachtungsweise fruchtbar und genußreich zu machen. Diesen

Studien bin ich seitdem, wenn nicht politische Ereignisse störend dazwischen traten und meine Thätigkeit zeitweise in andere Bahnen lenkten, immer treu geblieben.

3. Auf eigenen Füßen.

Solange ich im Hause Gschirhackls lebte, kümmerten mich die materiellen Verhältnisse wenig. Ich fand täglich auch für mich den Tisch gedeckt und freundliche Pflege in gesunden wie in kranken Tagen. Familienfreuden hatte ich zwar im Hause, wo stets Krankheit herrschte, selten genossen, aber dennoch mich niemals allein und verlassen gefühlt. Das änderte sich mit einem Schlage, als die Witwe Gschirhackl starb, das Haus sich auflöste und gleichzeitig die mir bis zum zwölften Jahre bewilligte Klosterpension aufhörte. Dieselbe bestand, wie bei allen von Klosterbeamten hinterlassenen Kindern, aus einem reichlichen Naturaldeputat, Holz, Korn, Butter (selbst der Weihnachtstisch und das Osterbrot fehlten nicht) und ersetzte größtenteils das Kostgeld. Nun mußten mein Bruder und ich sehen, wie wir mit dem kleinen, von den Eltern geerbten Vermögen auskamen. Nähere Verwandte besaßen wir nicht, Freunde ebensowenig. In der ganzen Stadt gab es nicht eine Seele, welche sich um uns gekümmert hätte. Der von der Behörde ernannte Vormund, ein wildfremder, ungebildeter Mann, seines Zeichens ein Hufschmied, verwaltete bloß die Zinsen des väterlichen Vermögens und sorgte dafür, daß sie uns in regelmäßigen Raten ausgezahlt wurden. So waren wir auf uns allein angewiesen. Die nächste und schwerste Ausgabe war, ein neues Kosthaus für uns zu entdecken. Mein Bruder durchstöberte wochenlang alle Winkelgassen der Altstadt, wo die meisten Studentenwohnungen lagen, bis er endlich, hart an der Judenstadt, einen alten Tischlermeister fand, der sich gegen mäßiges Entgelt erbot, uns in Kost und Wohnung zu nehmen. Der Zufall war uns günstig gewesen. Der alte Wrba erwies sich als ein kreuzbraver Mann, welcher weit mehr an uns that, als seine Pflicht erheischte. Er erlaubte uns, in seiner Wohnstube zu arbeiten, da unser Stübchen keinen Ofen besaß. Er erging sich gar – er hatte als Soldat gegen Napoleon gekämpft und seitdem für die Weltbegebenheiten einen regen Sinn bewahrt – in politischen Gesprächen mit uns und sprach den Dank dafür, daß wir ihm bei seinen Rechnungen und Überschlägen halfen, nicht nur durch Worte, sondern durch Thaten aus. Der Mann hatte sich aus den niedrigsten Verhältnissen zu einer gut geordneten Stellung aufgeschwungen, erst in späten Jahren Lesen und Schreiben gelernt. Da imponierte ihm freilich unser Bücherreichtum und unsere Schreibfertigkeit. Wir waren in seinen Augen Gelehrte, die mit Achtung behandelt werden mußten. Leider vergrößerte sich sein Geschäft, auch unser Stübchen wurde mit einer Hobelbank besetzt und wir zur Auswanderung gezwungen. Wir versuchten unser Glück noch einmal bei einem Barbier, einem Klempner, einem jüdischen Krämer. Doch nirgends fanden wir eine ähnlich freundliche Aufnahme. Alle moralischen Erniedrigungen und materiellen Entbehrungen, welche rohe, auf Ausbeute ihrer Kostgänger erpichte Menschen auferlegen können, hatten wir bis zum letzten Tropfen durchgekostet.

Für Obdach und notdürftige Leibesnahrung war durch unser väterliches Erbe gesorgt. Wollten wir für Vergnügungen und Büchereinkäufe Geld haben, so mußten wir es selbst erwerben. Dazu gab es nur einen Weg: Stundengeben! Große Ansprüche konnte ich vierzehnjähriger Knabe nicht machen, aber auch bescheidene Anforderungen lockten lange Zeit keinen Schüler, bis endlich ein alter Schustergeselle mir seinen kleinen Enkel, ein siebenjähriges Kind, anvertraute. Ich sollte ihm die Kunst des Buchstabierens beibringen und durfte dafür eines Monatssoldes von einem Gulden gewärtig sein. Auf diese Weise vergrößerte sich unser Geldschatz freilich langsam. Ich empfing aber bald noch andere Schüler zugewiesen, mein Bruder war gleichfalls ein in kleinbürgerlichen Kreisen beliebter Privatlehrer oder »Informator«, und einzelne außerordentliche Einnahmen stellten sich auch ein. So spielte mein Bruder in Handwerkerfamilien, wenn sie sich am Karneval erlustigten, zum Tanze auf, ich stellte einzelnen Gewerbetreibenden die Jahresrechnungen zusammen.

Sobald wir über eine größere Summe verfügten, eilten wir, den alten Herzenswunsch zu befriedigen und schafften uns Schillers sämtliche Werke an. Natürlich ungebunden. Ein gebundenes Buch zu kaufen oder vom Buchbinder einbinden zu lassen, wäre uns eine arge Verschwendung erschienen. Wir hatten nicht umsonst stundenlang vom Straßenfenster aus in die Werkstätten der Buchbinder geguckt, um ihnen ihre Kunstgriffe abzulernen. Eine Heftlade war bald improvisiert, eine alte Presse von dem Trödler erworben und so machten wir uns unverzagt an die Arbeit. Schön sahen die Bücher nicht aus – ich besitze noch jetzt einzelne Proben meiner Buchbinderkunst – aber die Bogen hielten zusammen und, was das Wichtigste war, wir sparten Geld, das wir für neue Büchereinkäufe verwenden konnten.

Damals 1840–1843 begann die czechische Litteratur ein regeres Leben zu entfalten. Mein Bruder, welcher unter seinen Studiengenossen mehrere czechische Litteraten zählte, überhaupt einen stark ausgeprägten Lokalpatriotismus besaß, trug der nationalen Bewegung ein großes Interesse entgegen. Mir lag zwar die Sache ferner, doch plagte auch mich die Neugierde, die neuen Bücher und Zeitschriften, von welchen ich so viel sprechen hörte, näher kennen zu lernen. Der Vorschlag, uns auf die beliebtesten czechischen Wochen- und Monatsschriften (Kwety, Blüten, und Wlastimil, Vaterlandsfreund) zu abonnieren, hatte meinen vollen Beifall. Der Einblick in das czechische Litteraturtreiben war lehrreich, aber wenig erfreulich. In dem Betriebe der Zeitschriften herrschte die größte Unordnung. Die Wochenschriften erschienen regelmäßig einige Tage, die Monatsschriften einige Wochen später, als die Ankündigung lautete. Einige Stunden mußte man namentlich im Buchladen, in welchem die Kwety expediert wurden, warten, ehe man die feuchten Abdrücke empfing. Dafür bot sich Gelegenheit zur Bekanntschaft mit czechischen Litteraten, welche zur Winterszeit sich gern im geheizten Buchladen einzufinden pflegten und dort ihre Interessen besprachen. So hatte ich mir nicht Schriftsteller, ideale Führer eines Volkes vorgestellt. Meistens waren es schäbige Gesellen, welche ihre Thätigkeit als reine Handwerksarbeit auffaßten und stets über die schlechte Entlohnung schimpften, verunglückte Theologen oder Juristen, welche zur Litteratur nur als Notnagel bis auf bessere Zeiten gegriffen hatten und in ihren Genossen die brotverkleinernden Konkurrenten haßten. Der Inhalt der Zeitschriften entsprach der Persönlichkeit der Verfasser. Die lyrischen Beiträge mochten einen Funken von Poesie besitzen. Aber gegen die Lyrik verhielt sich meine Natur immer spröde. Ich habe nie ein Gedicht verfaßt; ich war nicht einmal im stande, ein Lied mir wortgetreu zu merken, obschon ich sonst mich eines trefflichen Gedächtnisses erfreute und lange Reden und Abhandlungen mit der größten Leichtigkeit auswendig lernte. Alle übrigen Beiträge stießen durch Trivialität und Geistlosigkeit ab, und führten mich nur auf ein noch eifrigeres Studium der deutschen Litteratur zurück. Als ich vollends durch Freund Kolar, der selbst czechischer Dichter war, in die intimen Verhältnisse der czechischen Schriftstellerwelt eingeweiht wurde, verlor ich auch den letzten Rest des Interesses an dem nationalen Treiben. Mit bitterem Humor erzählte Kolar, daß ihm für die Übersetzung

einer Shakespeareschen Tragödie ein Mittagessen als Honorar angeboten
wurde, und wie der Verleger, der an Kolars Mienen eine geringe Befriedigung merken mochte, sich beeilte, noch eine Flasche Melniker Wein
als Extrahonorar zu versprechen. Drastisch waren seine Schilderungen
von den Gönnern der czechischen Belletristik, ehrsamen Müllern und
Holzhändlern, welche nie dazu gebracht werden konnten, im Schriftsteller
etwas anderes, als einen Hanswurst oder einen Schmarotzer zu erblicken.

Wir hatten allmählich eine ganze Reihe von Kosthäusern probiert,
waren aber in jedem neuen schlechter gefahren. Da faßten wir den kühnen
Entschluß, uns zu emancipieren; wir wollten einfach eine Stube mieten,
uns aber, auf eigenen Füßen, in irgend einem Wirtshaus verköstigen.
Zunächst – es war gerade ein schöner Frühlingstag – einigten wir uns,
bis zum Herbst eine Wohnung vor dem Thore zu beziehen, also die
Freuden einer echten Villegiatur zu genießen. Die passende Wohnung,
ein kleines Parterrezimmer, in der unmittelbaren Nähe eines großen öffentlichen Gartens (Canalscher Garten), ungefähr eine Viertelstunde von
der Stadt entfernt, war bald gefunden, auch die Übersiedelung rasch
vollendet. Wir besaßen nur ein altes Klavier – noch ein Erbstück aus
dem elterlichen Hause, unsere Betten, ein Büchergestell und eine große
Kleiderkiste. Den Tisch und zwei Stühle borgten wir vom Trödler, einige
Töpfchen und Teller schenkte uns eine mitleidige Seele. Wir schwelgten
im Vorgefühle köstlicher Sommerfreuden. Wie prächtig würde sich in
dem großen Garten in den Morgenstunden lesen und studieren lassen,
wie süß am Abend unter den alten Bäumen bei Mondenschein träumen.
Nur zu bald kam die Enttäuschung. Damals rechnete man in kleinbürgerlichen Kreisen noch vielfach nach der sogenannten Wiener Währung
und nicht nach dem offiziellen $2^1/_2$ Prozent höhern Konventionsfuße.
Mein guter Bruder hatte selbstverständlich angenommen, daß die Miete
in Wiener Währung gezahlt werden solle, und war daher nicht wenig
überrascht, ja entrüstet, als der Wirt die Zahlung in Konventionsmünze
forderte. Es half nichts, wir mußten bezahlen und die Differenz auf unser
ohnehin knapp bemessenes Eß- und Trinkbudget nehmen. Dann hatten
wir auf steten Sonnenschein und ewigen blauen Himmel gerechnet. Der
Sommer 1843 war aber gerade regnerisch und brachte uns dadurch in
die größte Not. Die benachbarte Restauration blieb an Regentagen geschlossen, in die Stadt aber zu wandern, wo sich unsere Wege trennten,
war jedesmal nur einem von uns gestattet, da wir bloß einen Regenschirm
besaßen. Abwechselnd fror und hungerte der eine in der feuchten Stube,

bis der andere zurückkehrte und mit dem mitgebrachten Brot und Wurst den Hunger des unfreiwilligen Einsiedlers stillte. Unsere Gesundheit wurde durch diese Lebensweise arg gefährdet. Mein Bruder, der die Nachwehen eines schweren Typhus niemals ganz überwunden hatte, begann zu siechen. Ich selbst magerte sichtbar ab und verlor alle Verdauungskraft. Da kam unverhofft Erlösung. Zu gleicher Zeit wurden uns Hauslehrerstellen angetragen. Mein Bruder übernahm die Erziehung eines Neffen der Gräfin Sweert-Spork, eines verwaisten Knaben von abenteuerlicher französischer Herkunft, ich übersiedelte in das Haus einer der angesehensten bürgerlichen Familien, wo ich bereits seit einiger Zeit befreundet war und als Stundenlehrer fungiert hatte.

4. Die neue Familie.

Bei meinem Abgang vom Gymnasium hatte der alte brave Swoboda dafür Sorge getragen, daß mir durch Stundengeben reichlichere Einnahmen zuflossen. Er empfahl mich dem Grafen Waldstein, der für seinen zweiten, gleichfalls zur Universität abgehenden Sohn einen Korrepetitor in Mathematik und Philosophie suchte. Das Honorar war glänzend und die Aufgabe wäre auch recht lohnend gewesen, wenn nur mein Zögling, ein stattlicher junger Mensch, der mich um eine Kopflänge überragte, nicht so stumpf und unwissend gewesen wäre. Seine Erziehung hatte bisher, nach der allgemeinen Gewohnheit in hochadligen Familien, ein Priester geleitet, und nach der leider ebenfalls allgemeinen Gewohnheit in diesen Häusern, ihm den Katechismus und knapp die elementaren Kenntnisse beigebracht. Zu meinem Schrecken entdeckte ich, daß der junge Graf nicht einmal orthographisch schreiben könne und durch den Mangel an Denkübung durchaus unfähig sei, den einfachsten mathematischen Satz zu begreifen oder einem logischen Schlusse zu folgen. An seinem Durchfallen im Examen war ebenso wenig ein Zweifel, wie daß mir die Verantwortung dafür werde aufgebürdet werden. Den Entschluß, rechtzeitig diese Stellung aufzugeben, beschleunigte noch die Demütigung, welcher mich mein Zögling, gewiß gegen seinen Willen, aussetzte. Meine Kleidung mag ihm, was sie auch gewiß war, zu dürftig und unmodisch erschienen sein, er bot mir aus seiner Garderobe einen abgetragenen Leibrock an und zwar in Worten, die mir deutlich zeigten, daß er dazu von der gräflichen Umgebung veranlaßt worden sei. Im geschenkten

Rocke dem Schüler gegenüberzusitzen, wäre mir unerträglich gewesen, meine eigenen Kleider erschienen offenbar für die vornehme Gesellschaft unpassend; darüber, was ich zu thun habe, konnte ich keinen Augenblick zweifeln. Ich verzichtete auf die Stellung in demselben Augenblick, in welchem mein Zögling erklärte, er wolle nicht studieren, meine Dienste also ohnehin überflüssig geworden waren. Im äußern Leben hat ihn übrigens sein Entschluß nicht zurückgebracht. Er avancierte früher zum General, als ich zum Professor.

Der alte Swoboda, dem ich meine Erfahrungen mitteilte, billigte, was ich gethan und versprach mir einen andern, wie er lächelnd meinte, meinem Stolze besser zusagenden Platz. Zu den vornehmsten und geachtetsten Bürgerhäusern in Prag gehörte jenes des Doctor Czermak. Czermak, dessen Vater bereits eine stattliche Klientel besessen, war Hausarzt in zahlreichen adeligen Familien, in vielen derselben auch der intime Berater und Hausfreund. Die Praxis und die vielen Verpflichtungen nahmen seine Zeit vollständig in Anspruch und zwangen ihn, die Leitung des auf großem Fuße eingerichteten Hauses, die Erziehung der Kinder ausschließlich der Gattin zu übertragen. Sie konnte in keine besseren Hände gelegt werden. Eine sorgsamere, ausschließlich auf das Wohl ihrer Kinder bedachte Mutter gab es nicht. Vom Morgen bis zum Abend war die rechte Erziehung und Ausbildung der Kinder ihr Hauptgedanke; selbst in der Nacht ruhte sie nicht und spann halb im Traum Pläne, wie sie die Laufbahn ihrer Söhne ebnen und glätten könnte. Vom Vater, einem für Kunst und Wissenschaft begeisterten Manne, welcher den Tag über die Rechnungen des gräflich Thunschen Hauses revidierte, in seinen Mußestunden aber ausschließlich mit Gelehrten und Künstlern, besonders Malern verkehrte, hatte sie den Bildungsdrang geerbt. In ihrer Jugend durfte sie denselben nicht befriedigen. Wollte sie nach einem Buche greifen, so wurde sie von der Stiefmutter in die Küche oder an den Nähtisch gewiesen. Ihre Kinder sollten es besser haben, nicht in späteren Jahren Klage führen, daß ihnen im Elternhause die Quellen allseitiger Bildung verschlossen gewesen. Um sie anzuspornen, nahm sie an den Unterrichtsstunden selbst teil, sammelte gelehrte und geistreiche Männer in ihrem Hause und gab selbst den Spielen gern einen lehrhaften Charakter.

Zunächst wurde ich nur als Stundenlehrer aufgenommen. Der zweite Sohn Hans, nachmals als Physiologe und Erfinder des Kehlkopfspiegels in weiten Kreisen berühmt, war als einer der besten Schüler in die obersten Gymnasialklassen aufgerückt, fand sich hier aber in der Lehrweise des alten Swoboda nicht gleich zurecht. Da empfahl mich der übertrieben besorgten Mutter mein Gönner als sogenannten Repetenten. Rasch wurde Hans in die Eigenheiten des Lehrers eingeweiht und mit dessen gelehrten Manieren vertraut gemacht. Gar bald blieb uns nach der Vorbereitung für die Schule noch Zeit übrig, um deutsche Dichter zu lesen, oder im vierhändigen Klavierspiel uns zu üben. Nach der in Österreich herrschenden Sitte wurde auch in Czermaks Hause auf die musikalische Ausbildung der Kinder ein großes Gewicht gelegt, der Unterricht im Klavierspiel mit mindestens gleichem Ernst und Eifer getrieben, wie der lateinische. Daß ich auch hier brauchbare Dienste leisten konnte, verbesserte nicht wenig meine Stellung im Hause. Der Stundenlehrer verwandelte sich allmählich in einen Familiengenossen. Hans war drei Jahre jünger als ich, er wurde mein guter Kamerad; dem zwölfjährigen Jaroslav, einem kränklichen, aber allzeit zu Schelmenstreichen aufgelegten Knaben, dessen großes Zeichentalent sich bemerkbar machte, stand ich halb als Mentor, halb als Spielgenosse zur Seite. Ein neues Leben ging mir auf. Endlich schien der Bann des Verwaistseins gebrochen, endlich ein fester Zusammenschluß mit lieben Menschen gewonnen. Glückliche Tage, wie ich sie niemals gekannt, kaum geahnt, brachen für mich an. Die Hauptquelle meines Glücks war Frau Czermak, oder »die Mama«, wie ich sie bald nennen durfte. Mit begeisterter Verehrung, mit förmlicher Andacht hing ich an ihr, bereit, für sie jedes Opfer zu bringen, mich ihrem Dienste ganz zu widmen. Zartfühlend ging sie gleich von allem Anfang auf meine Verhältnisse ein, teilnehmend ließ sie sich von meiner trüben Vergangenheit erzählen. Sie sprach mir liebreichsten Trost zu, weckte meinen Mut und zeigte mir sonnige Tage im Spiegel der Zukunft. Ich brauche mich nicht mehr verlassen und aus der Gesellschaft wie ausgestoßen zu fühlen, sie wollte mütterlich für mich sorgen, als Pflegesohn mich annehmen, natürlich müsse ich ihr aber auch das Recht zum Tadel einräumen, wenn ich dazu Anlaß böte. Und dieses Recht nahm sie eifrig für sich in Anspruch. Verfiel ich, was damals häufig geschah, in Trübsinn, so rüttelte sie mich kräftig zusammen, ließ ich es an guter äußerer Haltung fehlen, so konnte ich einer scharfen Mahnung sicher sein. Noch heute erinnere ich mich lebhaft, als mir Mama einmal bei der Mahlzeit, in Gegenwart vieler Gäste, über den Tisch zurief. »Aber, Springer, Sie schnappen schon wieder zusammen, wie ein Taschenmesser!« Jaroslav karikierte sofort meine Stellung, die anderen Jungen lachten, der

Hausherr war selbst in einiger Verlegenheit. Aber Mama wandte gleich die Sache zum Guten, indem sie erzählte, ich hätte nie eine Mutter gehabt, die mich auf diese Dinge aufmerksam gemacht hätte, und da thue sie es an ihrer Stelle. Ich schämte mich, gab seitdem besser Achtung auf mich und blieb ihr im Herzen für die freundliche Rüge dankbar. Die Abendgesellschaften allein, zu deren Besuch mich Mama gleichfalls aus pädagogischen Gründen verpflichtete, warfen einen leichten Schatten auf mein Glück. Einen Frack, grün mit großen Hornknöpfen, hatte ich mir zwar zusammengespart, zum Besitze aber von Gummischuhen mich noch nicht aufzuschwingen vermocht. Wie sollte ich aber an regnerischen Winterabenden in den Salon treten, ohne die Spuren des langen schmutzigen Weges mitzuschleppen. Ich steckte meine Kleider- und Stiefelbürste, einen kleinen Napf mit Schuhwichse und einen Pinsel in die Manteltasche, vermied nach Kräften alle Pfützen, und begann auf der Treppe des Czermakschen Hauses meine Gesellschaftstoilette, nicht auf der Haupttreppe des palastartigen Gebäudes, sondern auf einer stillen, glücklicher Weise beleuchteten Hintertreppe. Geduldig wartete ich ab bis an Beinkleid und Stiefeln der Koth getrocknet war, bewaffnete meine Hände mit alten dicken Handschuhen und wichste und rieb und bürstete, bis mir die Treppenlampe von meinem Untergestelle ein reinliches Bild zurückwarf. Sorgfältig verpackte ich mein Handwerkszeug in der Manteltasche, zog in Benzin gesäuberte helle Handschuhe an und eilte über die Haupttreppe in den hell erleuchteten Salon. Mit schrecklichem Herzklopfen legte ich im Vorzimmer den Mantel ab. Denn, welches Hohngelächter würde erschallen, wenn der Zufall aus der Manteltasche meine Bürste und Tiegel geschüttet hätte. Diese Furcht vergällte mir den ganzen Genuß der Gesellschaft, der ohnehin ziemlich mäßig war.

Die gute Mama hielt daran fest, daß an ihrer Gesellschaft auch die halbwüchsige Welt teilnehme. Sie wollte ihre Kinder frühzeitig mit den feineren geselligen Formen bekannt machen, glaubte auch, daß deren Anwesenheit die Lust der Erwachsenen, sich in frivolen Späßen zu ergehen, in Schranken halten werde. *Maxima debetur puero reverentia.* Den Spruch kannte sie nicht, handelte aber nach ihm. Das Schlimme war nur, daß die vielen geladenen Mädchen von 12 bis 17 Jahren von ihren Gouvernanten, Französinnen und Schweizerinnen, begleitet erschienen. Dadurch kam in die Gesellschaft ein unerwarteter Ton. Während die älteren Herren und Damen sich in den kleinen Salons still am Spieltisch vergnügten, sammelten sich die Gouvernanten in der Stube der Czermakschen Gouvernante, einer ältlichen und häßlichen, aber sehr lebenslustigen Person. Sie übten auf die junge und jugendliche Männerwelt eine magnetische Kraft aus, so daß im großen Salon die kleinen, an die Wand sich drückenden Backfische und die wenigen pflichttreuen Jünglinge übrig blieben, welche Mamas Aufforderung, die jungen Dämchen zu unterhalten, Folge leisteten. Das war nun für mich eine schwere Aufgabe und ich dankte dem Himmel, wenn endlich die Damen und Herren von den Spieltischen aufstanden und in den großen Salon traten, wo der vom Diener aufgeschlagene Flügel den Beginn der musikalischen Genüsse ankündigte. Denn auch diesen Grundsatz vertrat Mama beharrlich, daß jede Gesellschaft durch kleine künstlerische Aufführungen gewürzt werde. Der musikalische Teil ließ wenig zu wünschen übrig. Es gab in Prag mehrere tüchtige Dilettanten, welche insbesondere in den damals beliebtesten Komponisten Thalberg sich gut eingespielt hatten, und auch die Geige und das Cello fanden noch in vielen bürgerlichen Kreisen eifrige Pflege. Um so schlimmer war es mit dem deklamatorischen Teil bestellt. Das Monopol der Deklamation in den vornehmeren Bürgerkreisen besaß ein gewisser Klemens von Weyrother, ein Mann ohne ernste Beschäftigung und feste Stellung im Leben, ohne jede tiefere Bildung, in Wahrheit ein Schmarotzer, welchem der adelige Name und scheinbar vornehme Manieren als Schild dienten, dahinter seine Unwissenheit und geistige Roheit zu verbergen. Saphir war sein Abgott, einige Wiener Poeten dritten Ranges, wie Vogel, Seidel, Castelli, seine Propheten. Wenn ich diesen schalen Deklamationen zuhörte und auf das Geschwätze aufhorchte, welches Herr von Weyrother mit seinen »gebildeten« Freunden führte, da merkte ich die tiefe Kluft, welche diese Prager Gesellschaftskreise, und sie waren die besten, wenigstens die angesehensten, von der deutschen Geisteswelt trennte und begann zu zweifeln, ob ich in der Heimat meinen Studien und Neigungen werde fortleben können. Nachmals erfuhr ich, daß denn doch die deutsche Bildung unter Advokaten, Kaufherren, jungen jüdischen Schriftsteller mehr Kenner und Verehrer zählte, als ich meinte. Sie schlossen sich aber mißtrauisch gegen weitere Kreise ab und behielten oft ängstlich ihr besseres Wissen für sich. Die herrschende Maske in der Gesellschaft war der »allweil fidele« Österreicher mit seinem blödsinnigen Nestroykultus und seiner Verhimmelung des Virtuosentums.

Zwei Jahre blieb ich in meiner Stellung als Stundenlehrer. Da starb plötzlich im rüstigsten Mannesalter, wie alle Glieder der Familie Czermak seit drei Generationen, der Herr des Hauses. Nachdem die Witwe den ersten herbsten Schmerz überwunden, ging sie daran, den Haushalt einfacher zu gestalten. Nicht mehr durch Doppelpflichten gebunden, fest gewillt, die Erziehung der jüngeren Kinder persönlich zu leiten, beschloß sie die Entlassung der Gouvernante und des Hauslehrers, welche bis dahin sich mit ihr in die Aufgabe geteilt hatten. Die Entfernung des Hauslehrers war ohnehin unbedingt notwendig geworden. Bei der Wahl der letzten Lehrer hatte Mama keine glückliche Hand geleitet. Die pedantischen, in ihrem Lehrerstolze leicht verletzten und aufbrausenden Gesellen, die sich überdies in geselliger Beziehung starke Blößen gaben, hatten Hans und Jaroslav in Rebellen verwandelt und den kleinen Krieg zwischen Zöglingen und Lehrern dauernd gemacht. Alle erdenklichen Schelmenstreiche wurden gegen die verhaßten Hofmeister in Scene gesetzt. Einmal öffneten die Jungens die innern Fensterläden, verbanden im Schlafzimmer die Riegel mittelst Bindfaden mit den Betten und stapelten auf dem Fensterbrette einen Bücherhaufen auf. Als der Lehrer, ein mächtiger Schnarcher, im ersten Schlafe ruhte, rissen sie an den Bindfäden, so daß die Bücher mit Gepolter auf den Boden fielen. Hans und Jaroslav erhoben ein Zetergeschrei und forderten den Lehrer auf, schleunigst nach dem Einbrecher zu fahnden. Als dieser sich dem Fenster näherte, sprangen beide mit Riemen bewaffnet auf ihn los und draschen unter dem Rufe: »Wir halten den Dieb!« trotz seines Protestes auf ihn ein. Nachdem die Hausleute mit Kerzen herbeigeeilt kamen, entschuldigten sie sich scheinheilig durch die herrschende Dunkelheit und den plötzlichen Schrecken. Durch solche Vorfälle kamen die Czermakschen Buben bei der ganzen »Hofmeisterzunft« in argen Verruf. Da machte mir Mama den Vorschlag, ob ich nicht ganz in ihr Haus ziehen und den Unterricht Jaroslavs, der den Krieg gegen die Hauslehrer am heftigsten führte, übernehmen wolle. Freudig nahm ich den Antrag an, wodurch ich vollständig zum Familiengliede erhoben wurde. Leider mußte ich gar bald bei Jaroslav die Rolle des Lehrers mit jener eines Krankenpflegers vertauschen. Die Krankheit des armen bildhübschen Knaben – der Arzt nannte sie freiwilliges Hinken – trat immer heftiger auf. Das eine Bein schrumpfte ganz zusammen, die geringste Bewegung verursachte dem Knaben große Schmerzen. Bäder wurden besucht, allerhand Kurmethoden durchgeführt. Nichts half, im Gegenteil drohte ein vollständiger Verfall der Lebenskräfte. Da meldete sich eines Tages ein alter czechischer Bauer bei Mama; er hätte von der Krankheit des Knaben erfahren, und wäre gekommen, ihr seine vollständige Heilung anzubieten. Eine Prüfung des Beines stärkte nur die Zuversicht des Versprechens. Die Witwe eines berühmten Arztes sollte einem gewöhnlichen Kurpfuscher das Leben des Kindes anvertrauen. Schwere Kämpfe machte Mama durch; endlich siegte die Mutterliebe und sie übergab Jaroslav vertrauensvoll den Händen des Bauern oder *pantáte*, wie er im Hause hieß. Seine Heilmethode war die später so berühmt gewordene Knetkur. Er strich und drückte in mannigfachster Weise das kranke Bein, ließ es vorsichtig die von den Ärzten verpönten Bewegungen rückwärts und vorwärts machen, und brachte nach einigen Monaten den Knaben glücklich so weit, daß er mit Hilfe einer Krücke, später eines Stockes gehen konnte, und das verkrümmte Glied wieder Kraft und Rundung gewann.

An einen geregelten litterarischen Unterricht war während dieser langen Krankenzeit nicht zu denken. Die einzige Beschäftigung, welche den Knaben nicht ermüdete, war das Zeichnen. Hier machte er die raschesten und wunderbarsten Fortschritte, so daß, als er wieder gesund geworden war, Mama sich entschloß, ihn förmlich zum Künstler ausbilden zu lassen. Nun war guter Rat teuer, einen tüchtigen Lehrer zu finden. An Prag war Jaroslav voraussichtlich für mehrere Jahre gefesselt, die Prager Akademie aber, unter der Leitung des durch seine Trägheit berüchtigten Malers Christian Ruben, verfügte über keine brauchbaren Kräfte. Als der beste Lehrer wurde uns ein Namensvetter, ein gewisser Franz Czermak, empfohlen, welcher dann auch drei Jahre lang schlecht und recht den Unterricht besorgte. Mit Ausnahme elementarer malerischer Kunstgriffe hat Jaroslav nichts von diesem Lehrer gelernt. Viel bessere Dienste leistete ein befreundeter Pferdemaler, Namens Koller, welcher wöchentlich unser Haus besuchte und Jaroslav nicht nur in der Perspektive trefflich unterwies, sondern ihn auch zu Naturstudien aufmunterte, während der andere Lehrer die Schüler immer nur nach mitunter recht dürftigen Vorlagen kopieren ließ.

5. Litterarische Anfänge.

Jaroslavs neue Laufbahn übte Einfluß auch auf meinen eigenen Studiengang. Ich wohnte häufig den Unterrichtsstunden bei, saß oder stand Modell, wenn es an andern brauchbaren Modellen gebrach und wurde auf diese Art mit der Kunstpraxis vertrauter. Auch der kritische Sinn wurde geweckt. Um so deutlicher aber merkte ich, daß ein sicheres

Kunsturteil ausgedehnte Kunstkenntnisse, Anschauungen der Kunstwerke voraussetze. An letzteren fehlte es mir in hohem Maße und so faßte ich im Herbst 1845 den Entschluß, die deutschen Kunststädte, München, Dresden und Berlin, zu besuchen, nicht nur die ältere Kunst zu studieren, sondern auch über die modernen Kunstleistungen mich genauer zu unterrichten. Zum erstenmale fuhr ich allein in die weite, fremde Welt. Die beiden Jahre vorher hatte ich bereits kleinere Reisen unternommen, aber diese in Begleitung von Hans, halb als Mentor, halb als Kamerad. Mama, auch darin von den gewöhnlichen Angstmüttern sich unterscheidend, hielt es für gut, daß wir recht früh auf eigenen Füßen stehen lernten und unsere Flugkraft versuchten. Wir machten auf dem Elbdampfschiffe einen

Ausflug nach Dresden, von wo wir auf der gebührend angestaunten Eisenbahn nach Leipzig fuhren. Auf dem Rückwege machte ich die Bekanntschaft eines überaus liebenswürdigen englischen Gentleman, Mr. Ralph Noël. Er und seine Frau, aus einem altadeligen böhmischen Geschlechte, standen schon längere Zeit zum Czermakschen Hause in freundschaftlichen Beziehungen und hatten Hans eingeladen, bei ihnen mehrere Tage zu verweilen. Auch ich erfuhr ihre Gastfreundschaft für eine kurze Frist. Mr. Noël, gewöhnlich Kapitän Noël genannt, weil er diesen Rang in einem englischen Milizenregimente, dem Yorkshirer, bekleidete, gehörte zu den interessantesten Typen des englischen Gentleman auf dem Kontinente. Auf einer Reise durch Italien hatte er die beiden Söhne des reichen böhmischen Magnaten, Graf Franz und Leo Thun, kennen gelernt. Die jungen Leute fanden ein so großes Gefallen aneinander, daß Noël gern ihrer Einladung folgte, sie in Prag zu besuchen. Hier fand er in den adeligen Kreisen eine so freundliche Aufnahme, daß er den Aufenthalt immer wieder verlängerte, schließlich in Böhmen ganz heimisch wurde. Der hohe böhmische Adel schwärmte damals für englische Sitten und Einrichtungen, so daß jeder Engländer, wenn seine äußere Erscheinung »gentlemanlike« war, als ebenbürtiger Genosse angesehen wurde. Übrigens durfte sich Noël einer vornehmen Verwandtschaft rühmen. Seine Tante war Lord Byrons Gemahlin, seine Vettern saßen im Oberhause, ihm, dem jüngern Sohne eines Nebenzweiges der Familie Wentworth, war kein großer Reichtum zugefallen. Doch sicherte ihm seine Rente ein

wohlhäbiges Leben auf dem Kontinente. Noëls Persönlichkeit gewann noch dadurch an Interesse, daß er der Phrenologie mit Begeisterung anhing und für ihre Lehren eifrig Gläubige warb. Durch ihn kam das Messen und Betasten der Schädel in Prag eine Zeitlang förmlich in Mode.

Nach seiner Vermählung mit einer jungen Stiftsdame mietete er dem Grafen Thun ein kleines Landhaus, Rosawitz bei Bodenbach an der Elbe, ab und brachte hier den größten Teil des Jahres zu. Nur im Winter übersiedelte er, der Hoffeste wegen, für einige Wochen nach Dresden. In Noëls Hause lernte ich zum erstenmal die englische Gastfreundschaft kennen. Wer geladen war, genoß die gleichen Rechte und wurde mit der gleichen Aufmerksamkeit behandelt. Österreichische Kavaliere, sächsische Hofkämmerer, Gelehrte, wie der Geognost Cotta aus Freiberg, liberale Schriftsteller, der wackere Geschäftleiter der Arnoldschen Buchhandlung in Dresden, wohnten unter seinem Dache und keiner durfte über Bevorzugung oder Vernachlässigung klagen. Aus dieser ersten flüchtigen Begegnung erwuchs für mich im Laufe weniger Jahre eine warme Freundschaft, welcher ich viel im Leben verdankte.

Der gute Ausgang dieses Ausfluges – nur Hans hatte unter dem ungewohnten Genusse der Cigarre einen Tag zu leiden – bewog Mama uns in den Ferien des nächsten Jahres zu ihren Verwandten nach Linz zu senden. Von hier sollten wir das Salzkammergut durchwandern. Wir hatten Gmünden, Ischl, Hallstadt besucht und wollten über Salzburg nach Linz wieder zurückkehren. In Salzburg entschied unser Schicksal, daß diese Reise abenteuerlich genug enden sollte. Ein Empfehlungsbrief 61 wies uns an den Verwalter der gräflich Kuenburgschen Güter. Der alte joviale Herr, in josephischen Anschauungen groß geworden, ein begeisterter Freund des freien Studentenlebens, quartierte uns in dem weitläufigen gräflichen Palaste ein, führte uns in seine Stammkneipe, erzählte uns von der Herrlichkeit der Alpenwelt, und wollte nichts davon wissen, daß wir, so nahe an Tirol, an die Heimreise dächten. Von Tirol aus könnten wir einen kleinen Abstecher nach der Schweiz machen. Das wäre rechte Studentenart, die Gelegenheit beim Schopf zu ergreifen und nicht durch kleinliche Bedenken den Lebensgenuß zu verkümmern. Immer unwiderstehlicher klang die Lockung, und als sich der alte Herr anbot, uns das Reisegeld vorzustrecken und sich für die eingegangene Schuld bei Mama zu verbürgen, an deren nachträglicher Zustimmung wir ohnehin nicht zweifelten, stand unser Entschluß, die weitere Wanderung zu wagen, fest. Wir fühlten uns dem freundlichen Verwalter für seinen kühnen Rat zu größtem Dank verpflichtet. Das hinderte nicht, daß ich ihm im Verlauf der Reise manchmal herzhaft fluchte. Der alte Herr hegte einen förmlichen Haß gegen die österreichischen Banknoten. Silber, meinte er, wäre das einzig richtige und sichere Geld. So schleppte er denn zwei große Säcke herbei, in welchen sich die ganze Summe in großen und kleinen Silberstücken befand. Der kluge Hans überließ mir, als dem ältern, die Führung der Reisekasse. Wenn mir die schweren, in den Rocktaschen bewahrten Beutel bei jedem Schritt an die Beine schlugen, bedachte ich unsern alten Silberliebhaber mit saftigen Ehrentiteln und freute mich förmlich über jede merkliche Minderung unseres Schatzes. Mehrere Thäler Tirols hatten wir, bald zu Fuß, bald im Stellwagen durchstreift und auch das Ungemach plötzlicher Gewitter und dichter Nebel auf hohen Bergen erduldet, Innsbruck besucht, den Arlberg überstiegen, endlich Feldkirch erreicht. Wie aber nun unbehelligt über die Grenze nach der Schweiz kommen? Unser Passagierschein von der Linzer Polizei ausgefertigt, berechtigte uns nur zu einer Wanderung im Salzkammergut und war überdies nahezu abgelaufen. Wir meinten es recht pfiffig anzustellen, wenn wir von dem Grenzamt die Erlaubnis zur Rückkehr nach Linz über Bayern, wo wir gute Freunde hätten, erbaten. Den klug ausgesonnenen Plan traf giftiger Hohn. Ein roher Platzregen von Grobheiten ergoß sich aus dem Munde des Polizeischreibers. Daß wir uns sofort packen und die Straße geraden Weges nach Linz zurückwandern sollten, war sein Entscheid. Zum Glück warf er in seiner Wut uns den Passierschein vor die Füße, ohne in denselben die »gebundene Marschroute« einzuschreiben. Während wir gesenkten Hauptes mit echter Jammermiene ratlos auf der Straße standen, winkte uns verstohlen ein Postillon, welcher den Verhandlungen beigewohnt hatte. Gegen ein gutes Trinkgeld wollte er uns, da er eine Extrapost nach Vaduz zurückfahre, ungefährdet über die Grenze bringen. Die Pferde standen in einer Seitengasse bereits angespannt. Heimlich krochen wir unter das Wagenleder und blieben hier bis jenseits der nahen Grenze versteckt. Dann fuhren wir wie vornehme Herrn vierspännig im offenen Wagen mit schmetterndem Posthorn in Vaduz ein. So rasch als möglich liefen wir nach Wallenstedt und begannen von hier aus über den See die Wanderung nach Zürich, dem Rigi und Luzern. In Zürich wurde pflichtschuldig bei dem alten Oken hospitiert und in den Buchhandlungen nach verbotenen Früchten gespürt. Über den Bodensee, Augsburg, Regensburg traten wir die Heimreise an. Mit Herzklopfen näherten wir uns wieder der österreichischen Grenzstation, wo die Dampfer anlegten und die Pässe vorgezeigt werden mußten. Doch schließlich konnte uns nichts Schlimmeres begegnen, als daß wir auf dem kürzesten Wege nach Linz zurückzukehren gezwungen wurden. Den kürzesten Weg empfahl aber ohnehin der Stand unserer Reisekasse. Als wir uns in Regensburg einschifften, besaßen wir gerade noch Geld genug zu einem mäßigen Frühstück. Mit einem tüchtigen Donnerwetter und groben Drohungen wurden wir von dem Grenzbeamten entlassen. Am Abend saßen wir fröhlichen Sinnes bei Czermaks Stiefgroßmutter und holten die versäumten Mahlzeiten gründlich nach.

Die Erinnerung an diese fröhliche Wanderung wurde in mir wieder lebendig, als ich im folgenden Jahre meine Kunstreise antrat. Die Umstände hatten sich geändert. Ich zog allein in die Welt und mußte mir stets den ernsten Reisezweck vor Augen halten. Von einem ungebundenen Genuß der Natur, wie auf dem schweizer Ausfluge, war nicht die Rede. Ich sollte und wollte lernen, nichts als lernen. In München nahm ich Wohnung bei einem »bürgerlichen« Pfefferküchler, welcher den halben Tag in Kirchen, die andere Hälfte in Wirtshäusern zubrachte und, wie seine Frau mir vorklagte, dadurch in der »Nahrung« immer mehr zurückging. Seine Pfefferkuchen besaßen nur eine gute Eigenschaft, daß sie den Zahnarzt ersparten. Wer sie anbiß, opferte einen Zahn. Wären nicht die hübschen Heiligenbilder auf den Umschlägen der Ware gewesen, welche Wallfahrer zum Ankauf lockten, so wäre die Familie an den Bettelstab gekommen. Ich hatte unter der Frömmigkeit des Hauswirts doppelt zu leiden. Er plagte mich täglich mit Einladungen zum Kirchenbesuche; seine Frau, um die geringe Erwerbsfähigkeit des Gatten einzubringen, rechnete mit doppelter Kreide und zwang mich zu größter Einschränkung meiner Ausgaben. Drei Wochen lang bestand mein Abendbrot aus einem Graubrot und einer Knackwurst, die ich mir selbst einkaufte. Trotz dieser kleinen Ärgernisse und trotz meines einsamen Lebens fühlte ich mich doch glücklich, da ich zum erstenmal einem reichen Kunstleben gegenübertrat und meine Kunstkenntnisse durch das fleißige Studium der großen Sammlungen namhaft erweiterte. Zur alten Kunst verhielt ich mich einfach aufnehmend. Dagegen reizte mich die moderne Münchener Kunst vielfach zu kritischen Bedenken, welche ich an den stillen Abenden in einer langatmigen Abhandlung zu Papier brachte.

Über Nürnberg und Dresden pilgerte ich nach Berlin. In der gelehrten Berliner Welt besaß ich einen einzigen Anhaltspunkt. Zwei Jahre vorher hatte ich in Teplitz, wo Jaroslav eine Badekur brauchte, den Theologen Vatke kennen gelernt. Er nahm mich nicht bloß freundlich auf, sondern führte mich auch bei dem Herausgeber der Hegelschen Ästhetik, bei Professor Hotho ein. Der liebenswürdige Empfang, den ich hier fand, gab mir den Mut, von meiner in München geschriebenen Abhandlung zu sprechen. Hotho bat sich dieselbe zur Durchsicht aus und überraschte mich einige Tage später mit dem Angebot, sie in die Tübinger »Jahrbücher der Gegenwart« zum Abdruck zu senden. Nicht im Traume hatte ich an die Drucklegung gedacht. Natürlich griff ich mit beiden Händen zu, als sich mir so unverhofft eine Gelegenheit zeigte, meine sehr jugendliche Weisheit auf den Markt zu bringen. Die Tübinger Jahrbücher, die Erben der Halleschen und Deutschen, galten als das vornehmste litterarische Organ und zählten so viele von mir hochverehrte Männer zu Mitarbeitern. Die Bogen wurden rasch verpackt und mit einem Geleitsschreiben Hothos an den Herausgeber der Jahrbücher, Schwegler, geschickt.

Ich blieb, bei einem Schneider einquartiert, so lange in Berlin, bis mein Reisegeld zur Neige ging. Innerlich jubelnd, fast übermütig, trat ich den Rückweg an. Doch sollte gar bald eine starke Ernüchterung eintreten. Einige Minuten vor Abgang des Eisenbahnzuges trat mein Wirt – ich denke, es war derselbe, welcher mehrere Jahre später Kaldaunen statt seiner begraben ließ, um eine Versicherungskasse zu prellen und dafür vom Kladderadatsch unsterblich gemacht wurde, – an mich heran mit der Behauptung, ich hätte den Schreibtisch angebrannt und müsse ihn entschädigen. Wenn ich ihm nicht glaubte, möge ich in die Wohnung zurückkehren und mich von dem angerichteten Schaden durch Augenschein überzeugen. Das war in dem Augenblicke, als schon das erste Signal zur Abfahrt gegeben wurde, eine bittere Zumutung. Was blieb mir, um den Skandal zu vermeiden, übrig, als den Mann mit einem Fünfthalerschein zu beschwichtigen. Diese fünf Thaler waren aber meine einzige Fürsorge für den Fall der Not. Die Not trat ein, als ich in Dresden den Postwagen – der Elbdampfer ging nicht täglich – bezahlt hatte. Mir blieben nur ein paar Pfennige übrig und eine achtzehnstündige Fahrt stand mir bevor. Also fasten! Auf der Nachtmahl- und Frühstücksstation verkroch ich mich in einen Winkel des Wagens und stellte mich schlafend. Meine Hoffnung, dem Späherauge des Kellners zu entgehen, wurde getäuscht. Mit lauter Stimme und starkem Arme weckte er den Scheinschläfer und stellte ihm die Notwendigkeit, den Leib zu stärken, gar eindringlich vor. Diese Überzeugung hegte ich auch, mir fehlte nur das Geld, sie in eine That zu verwandeln. So wappnete ich mich mit Verstellung und hieß ihn grob, mich nicht im Schlafe zu stören. Ausgehungert kam ich endlich in Prag an und setzte Mama und die ganze Familie durch meine Eßgier in Erstaunen.

Wochen vergingen, ohne daß aus Tübingen eine Kunde über das Schicksal meines Opus 1 kam. Um so mehr wurde ich überrascht, als ich vom Buchhändler das Monatsheft der Jahrbücher empfing und in demselben meine Arbeit entdeckte. Allerdings hatte Schwegler sie nicht vollständig abgedruckt, ganz vernünftig die allgemeinen, halb philosophisch, halb historisch gehaltenen Betrachtungen in den Papierkorb ge- worfen. Ich konnte mit Schmock rufen: »Das Gewöhnliche hat er gestrichen, nur die Brillanten stehen lassen«, oder bescheiden zu sprechen: nur dem kleinern Teil, welcher ein unmittelbares Interesse bot, gab er unter dem Titel: »*Kritische Gedanken über die Münchener Kunst*« in den Jahrbüchern Raum. Der Artikel machte Aufsehen und erregte in München großes Ärgernis. In der schärfsten, wie ich jetzt sehe, allerdings einseitigen und übertriebenen Weise wurden die Mängel der Münchener Kunst bloßgelegt, die Architektur als monumentaler Kunstatlas verdammt, der Malerei das Beharren bei längst abgestorbenen Gedankenkreisen vorgeworfen, an der Skulptur die Oberflächlichkeit der Formenbildung getadelt. Immer kehrte der Refrain wieder, daß die Münchener Kunst nur reine Privatunternehmung sei und nicht im deutschen Volksboden wurzele. Die Augsburger Allgemeine Zeitung brachte geharnischte Entgegnungen. Selbst Fr. Vischer hielt es für Pflicht, der so arg getadelten Münchener Kunst beizuspringen und meine kritischen Bedenken abzuschwächen. Sein Aufsatz erschien zuerst in den Jahrbüchern und ging später in die »Kritischen Gänge« (Neue Folge) über. Durch den Vergleich mit der noch schlechtern Berliner Kunst wurde die Münchener in ein helleres Licht gestellt. Die Angriffe der Allgemeinen Zeitung lenkten auch in Prag die Aufmerksamkeit auf die »Kritischen Gedanken«. Wer war ihr Verfasser? Schwegler hatte in der richtigen Voraussetzung, die Teilnahme an einer in Österreich verbotenen Zeitschrift könnte mir polizeiliche Verfol- gungen zuziehen, meinen Namen verschwiegen, dem Artikel nur die Fußmarke: »Prag, im Oktober« beigefügt. Kein Mensch wollte in Prag an die Wahrheit dieser Ortsangabe glauben. Auf Münchener Anfragen lautete stets die Antwort, daß sich offenbar ein vorlauter Berliner hinter dem »Prager Philosophen« – so hatte mich die Allgemeine Zeitung getauft – verberge. Es hätte wohl meiner jugendlichen Eitelkeit geschmeichelt, öffentlich als der Verfasser genannt zu werden. Doch hielt ich auf den Rat guter Freunde den Mund und ließ die Leute ruhig raten und schwatzen. Aber Blut hatte ich geleckt. Der Erfolg des Aufsatzes in den Jahrbüchern reizte mich zu weiterer litterarischer Thätigkeit. Dem Opus 1 folgte Opus 2 unmittelbar auf dem Fuße nach. In der Prager Kunstausstellung, zu Ostern 1846 eröffnet, befand sich endlich das seit einem Jahrzehnt angekündigte Werk des Akademiedirektors Christian Ruben: Columbus. Das Bild, welches den Eindruck des endlich sichtbaren Festlandes auf Columbus und seine Genossen schildert, ist gegenwärtig verschollen, beschäftigte aber damals, wegen der angesehenen Stellung des Malers, die ganze Prager Welt. Ich war noch zu sehr in abstrakter Theorie verstrickt, um ein unbefangenes Urteil über den Kunstwert des Gemäldes fällen zu können. Der Gegenstand erschien mir viel wichtiger, als die Form der Darstellung. Jener entsprach der, in jenen Tagen herrschenden Anschauung, die Kunst müsse mit dem mythischen und kirchlichen Gedankenkreisen brechen, der Geschichte der Menschheit, dem historischen Leben sich zuwenden, hier ihre Anregungen holen. Und so nahm ich denn den Columbus zum Anlaß, in einer kleinen Schrift mich über »*die Geschichtliche Malerei in der Gegenwart*« zu äußern. Selbstverständlich setzte ich mir die unbedingte Verherrlichung der letztern zum Ziele und verschwendete sehr viele Worte, um ihre Vorzüge darzulegen. Der stark von der Hegelschen Schule abhängigen, vielfach dunkeln Sprache hatte ich es wahrscheinlich zu danken, daß die Schrift glücklich die Censur passierte. Der Censor meinte, nur wenige Leute würden sie lesen, daher könne er sie milder beurteilen. Der geringe Umfang hatte das Gute, daß ein Buchhändler die Kosten des Druckes wagte. Trotzdem die Schrift nicht ausgereift war, trug sie doch für mich gute Früchte. Der Vorstand des Kunstvereins, Graf Franz Thun und der natürlich geschmeichelte Akademiedirektor Ruben, lernten mich persönlich kennen und machten mir den Vorschlag, einen kunsthistorischen Kursus in der Akademie zu halten. Es war mir vom Schicksal beschieden, ebenso früh als Lehrer wie als Schriftsteller aufzutreten.

Der Anfang meiner öffentlichen Lehrthätigkeit war nicht danach angethan, mich hochmütig zu machen. Ich bat Ruben, als die Vorlesungen beginnen sollten, mich bei meinen Zuhörern einzuführen. Er blieb im Hausrock, setzte sein Hauskäppchen auf und geleitete mich nach dem Modellsaale, in welchem etwa 25–30 Akademiker unserer harrten. »Hier, der Herr wird einiges von alten Künstlern erzählen, horchen Sie aufmerksam zu.« Sagte es und ging. Da stand ich nun ziemlich hilflos der neugierigen Zuhörergruppe gegenüber. Nicht die geringste Anstalt, mir meine

Thätigkeit zu erleichtern, war getroffen worden. Mit Hilfe eines befreundeten Malers holte ich aus einer Ecke einen ölbefleckten Tisch herbei, aus einem andern Winkel einen schmierigen Stuhl. Meine Zuhörer lagerten malerisch auf Stufen und Schemeln und so begann ich »von alten Künstlern« zu erzählen. Im ersten Kursus behandelte ich die antike Kunst, bei welcher ich an die Gipssammlung der Akademie und die wohl nicht minder reiche, allgemein zugängliche des Grafen Nostiz anknüpfen konnte. Die Teilnahme der Zuhörer, von denen viele nur eine elementare Bildung besaßen, ließ nichts zu wünschen übrig. Nur ein paar Akademiker, welche das Gymnasium absolviert hatten, hielten sich fern und bildeten eine Oppositionspartei. Sie saßen in dem, nur durch eine dünne Wand getrennten Malersaale, lärmten, pfiffen und sangen, solange ich vortrug. Kluger Weise führte ich keine Klage, überließ es meinen Zuhörern, die Gegner zur Ruhe zu bewegen, was ihnen auch vollkommen gelang. Ohne jede Störung konnte ich den Kursus zu Ende bringen. Als ich so weit gekommen, merkte ich die Notwendigkeit, eine längere Pause eintreten zu lassen. Mir fehlte überhaupt die Lust, die Thätigkeit an der Akademie fortzusetzen, da ich mir sagen mußte, den jungen Malern thut eine bessere technische Ausbildung mehr not, als eine Belastung mit gelehrten Dingen. Jedenfalls mußte ich meinen Anschauungskreis namhaft erweitern, ehe ich wagen konnte, andere über die neuere Kunst zu unterrichten. So faßte ich den Plan zu einer längern Reise, zunächst nach Italien. Ein flüssig gemachtes kleines Kapital aus der väterlichen Erbschaft und Ersparnisse aus den beiden letzten Jahren gewährten mir genügende Mittel. Die Ersparnisse waren nicht gering. Durch den Tod meines Bruders Franz (1846) war ich um mehrere hundert Gulden reicher geworden. Dem armen Teufel war das Glück, welches er als Erzieher im Hause der Gräfin Sweerts-Spork genoß, nicht treu geblieben. Sein Zögling starb nach einigen Monaten. Die Gräfin empfahl ihn der Fürstin Öttingen-Wallerstein, welche für ihren einzigen, jüngsten Sohn, den Majoratsherrn, einen Hofmeister suchte, auf das wärmste und unbesehen wurde er, allerdings zunächst nur auf Probe, angenommen. Die fürstliche Familie weilte noch auf dem Lande. Mein Bruder – Bamba hieß er im czermakischen Kinderkreise und bald bei allen seinen Bekannten – sollte aber gleich in den Palast übersiedeln und hier, einigermaßen schon heimisch geworden, die Ankunft des kleinen Prinzen erwarten. Ein Diener und ein Koch empfingen den Befehl, für sein leibliches Wohl zu sorgen. Der Koch nahm den Auftrag gar zu wörtlich. Er setzte dem guten Bamba ein

Diner vor, welches zwei kräftige Männer vollauf sättigen konnte. Mit Todesverachtung ging mein Bruder an die Arbeit. Etwas auf den Schüsseln übrig zu lassen, dünkte ihm eine Beleidigung des fürstlichen Hauses. Der Koch mochte über den Heidenappetit des Hofmeisters nicht wenig erstaunt sein. Er vergrößerte die Portionen. Auch dieses Mal zeigte sich Bamba tapfer; als ihm aber am Ende des Mahles die hellen Schweißtropfen von der Stirne rannen und er ganz als Riefenschlange sich fühlte, dachte er doch an eine Aushilfe, denn an seiner Meinung, aufgeräumte Schüsseln entsprächen der fürstlichen Ehre, hielt er noch immer fest. Er kaufte zwei Blechbüchsen, welche er in seine Rocktasche steckte, mit allen guten Dingen, die er nicht bewältigen konnte, füllte, und dann auf seinen Spaziergängen vor den Thoren Prags einem Bettler in dessen Schüssel schüttete. Wie der Wettkampf zwischen dem Koch und Bamba geendet hatte, wissen die Götter. Endlich traf die Fürstin mit ihrer Familie ein. Schon am nächsten Tage ließ sie mich rufen, um mir schonend mitzuteilen, daß sie aus die Dienste meines Bruders leider verzichten müsse. Ihr Arzt hatte entschiedenen Widerspruch eingelegt, meinen Bruder als einen sehr kranken Mann geschildert. Wie wir uns bald überzeugten, mit vollem Rechte. Nach einem vor mehreren Jahren überstandenen Typhus hatte sich ein Kehlkopfleiden entwickelt, welches in den letzten Wochen bedenklich fortschritt. Ich konnte nur der Fürstin recht geben, den andern Wunsch, an die Stelle des Bruders zu treten, aber nicht erfüllen. Ich wäre nicht nur undankbar, sondern ein reiner Thor gewesen, wenn ich das czermakische Haus, meine zweite, eigentlich meine erste und einzige Heimat, verlassen hätte. Mama Czermak nahm sich in ihrer Herzensgüte des armen Bamba hilfreich an, räumte ihm im Gartenhause ein Stübchen ein und zog ihn in die Familie, in welcher er bald den jüngeren Gliedern ein lieber Spielkamerad wurde. Über Jahr und Tag schleppte sich Bamba hin. Als sein Leiden sich verschlimmerte, zog er in das Krankenhaus und starb hier an Erstickung des qualvollsten Todes. Seine kleine Habe fiel mir als Erbe zu. Ich beschloß, sie zu den andern Reisepfennigen zu legen, die ich mir aus minder traurigem Anlasse angesammelt hatte.

Mama, immer fürsorglich auf mein Wohl bedacht, hatte mich in mehrere vornehme Häuser als Lehrer empfohlen. Doch sollte ich nicht Kinder, sondern junge, zum Teil bereits in die Gesellschaft eingeführte Komtessen unterrichten. Hochadelige Damen klagten Mama, daß ihre Töchter in der deutschen Sprache so schrecklich ungelenk wären, daß sie kaum einen kurzen Brief schreiben könnten und in der Litteratur (nicht bloß der deutschen) völlig unbewandert wären. Wunderbar war diese Unkenntnis nicht, da die Frauenerziehung in aristokratischen Kreisen ausschließlich in den Händen französischer, meist ganz ungebildeter Gouvernanten ruhte. Hier sollte ich nun, auf Mamas Vorschlag, nachhelfen und die Lücken ergänzen. Zu meinen besten Schülerinnen gehörte die fünfzehnjährige Gräfin Morzin, eine Erbtochter, welche bis dahin von einer wachsgelben ältern französischen Gouvernante erzogen worden war. Die häßliche Person mit stahlharten, unbeweglichen Zügen und einem grobknochigen Körper stand im Solde der Jesuiten und hatte den Plan, die junge, unerfahrene Gräfin und ihr Vermögen in ein französisches Kloster zu locken! Zum Glück verstand sie kein Wort Deutsch, sonst hätte sie meine verhältnismäßig heiter weltlichen und liberalen Lehren nicht geduldet. Es gelang mir allmählich das Zutrauen und die herzliche Teilnahme des anmutigen Dämchens zu gewinnen. Als ich nach Italien abreiste, entführte die junge Komtesse ihrem Vater einen prachtvollen Reisefußsack aus Bärenfell und zwang mir denselben trotz meiner eifrigen Verwahrungen zum Schutze auf der Winterreise auf. Eine ähnlich freundliche Aufnahme fand ich im Hause des Grafen J. Nostitz. Eigentlich sollte ich nur die jüngere, mir im Alter gleichstehende Tochter unterrichten, doch häufig hörte auch die ältere Schwester, eine Erscheinung von berückender Schönheit, zu, und als ich im Sommer 1845, einer Einladung der Familie folgend, auf das Landschloß mitzog, nahm sie regelmäßig, und sogar mit größerem Eifer als die Schwester, an den Lehrstunden teil. Von Gott und Rechtswegen hätte ich mich in das herrliche Frauenbild bis zum Wahnsinn verlieben müssen. Hätte Komtesse Christiane am Hofe Ludwigs XIV. gelebt – das Gesicht besaß den feinen französischen Schnitt – so wäre sie gewiß von Dichtern und Historikern der Unsterblichkeit überliefert worden. Alle Männer neideten mir das Glück, in ihrer Nähe weilen zu dürfen. Daß ich trotzdem über das Maß der höchsten Bewunderung nicht hinauskam, hatte seinen Grund in den kalten Sturzbädern, welche täglich von der ganzen Familie über mich gegossen wurden. So liebenswürdig und freundlich der Verkehr sich gestaltete, so merkte ich doch nur zu bald, daß ich armer bürgerlicher Teufel in ihren Augen gleichsam zu einer andern Rasse gerechnet wurde, welche sich durch Fischblut und den Mangel eines entzündlichen Herzens auszeichnete. Die tiefe Kluft zwischen mir und der hochadeligen Dame zeigte namentlich die große Vertraulichkeit mir gegenüber, im Gegensatze zu der mädchenhaften Scheu, wenn sie mit blaublütigen jungen Herren sich unterhielt. Besäße das Wort nicht in der österreichischen Mundart einen so häßlichen Beigeschmack und seine feste, auf die gemeinsten weiblichen Dienstboten beschränkte Bedeutung, so würde ich sagen: Ich galt als *das* Mensch, aber nicht als *der* Mann. Mit einem Individuum meinesgleichen, so war offenbar die in diesen Kreisen herrschende Meinung, könne man keine zarteren Empfindungen teilen. Solche Beobachtungen gaben mir die Ruhe wieder und retteten meine Unbefangenheit. Sobald die gräfliche Familie sich von der Dauer meiner Zurückhaltung überzeugt und erkannt hatte, daß ich die mir gezogenen Schranken niemals überspringen werde, zog sie mich in den Kreis des intimen Verkehrs. Ich gehörte, auch wenn Besuch kam, selbstverständlich zur Tafelrunde und zu den regelmäßigen Gästen des Salons. Bei der Lage des Schlosses, in der Nähe von Marienbad und Königswart, fehlte es nicht an Besuchern. Es beherbergte unter andern den Minister Kolowrat. Der Mitherrscher Österreichs war wenig zugänglich, machte auf mich den Eindruck eines verfallenen, geistesarmen Greises. Dagegen erwies sich sein Sekretär merkwürdig offenherzig. Auf meine Gesellschaft vorzugsweise angewiesen, schilderte er mir in stundenlangen Gesprächen die traurige Wirtschaft in den höchsten Regierungskreisen und zeichnete die leitenden Persönlichkeiten mit unerbittlicher Schärfe. Mit der größten Spannung sah ich dem längern Besuche des Erzherzogs Stephan, damals noch böhmischen Statthalters, entgegen. Es war bekannt, daß ihn die tiefste Neigung an die ältere Tochter des gräflichen Hauses fesselte und nur die äußeren Verhältnisse Entsagung aufgezwungen hatten. Er war überaus mitteilsam und unterhielt uns namentlich über den kleinlichen Druck, welchen Fürst Metternich auf die jüngeren Erzherzöge übte und über den Hang zu Spielereien, welcher mit zunehmendem Alter sich immer mehr steigere. Von einer stetigen Leitung der Staatsgeschäfte sei bei dem »alten Herrn« keine Rede mehr. Er wiederhole immer die gleichen Redensarten und danke es nur seiner festgewurzelten Autorität, daß er noch von deutschen Fürsten und Ministern als politisches Orakel verehrt werde. Zum erstenmal gewann ich Einblick in das politische Getriebe. Auch sonst trat mir in dem gräflichen Hause die Politik sehr nahe. Die ständische Bewegung brachte die aristokratischen Kreise in heftige Aufregung. Graf Nostitz gehörte zu den wenigen Ständemitgliedern, welche die Regierungsrechte verteidigten. Dieses Verhalten verschaffte ihm das Vertrauen der Regierungskreise, allerdings auch den Haß der Oppositionspartei. So lernte ich den Ständekampf nun auch von einer andern Seite auffassen und schildern, als ich in Prag gewohnt war. An eine Verwertung der damals vernommenen Thatsachen dachte ich nicht. Ich behielt sie aber fest im Gedächtnisse und habe viele Jahre später von ihnen dankbar Gebrauch gemacht. Zunächst trat gegen die italienische Reise alles andere in den Hintergrund zurück.

6. Italienische Reise.

Mitten im Winter, gegen die Kälte durch Pelzmantel und Pelzfußsack geschützt, in Hoffnungen und fröhlichen Erwartungen innerlich erglühend, trat ich meine Romfahrt an. Auf Mamas Wunsch hielt ich in Wien eine kurze Rast, um mich nach Hans, der hier Medizin studierte, umzusehen. Ich fand ihn munter und guter Dinge, in Fachstudien rüstig fortschreitend, aber auch tief in politische Umtriebe verstrickt. In den Kreisen, in welchen ich bisher gelebt hatte, herrschte wohl die größte Unzufriedenheit mit der Regierung, wurden liberale Wünsche mit Eifer gepflegt. Ich selbst durfte mich leidlich liberal nennen. Doch trug man den erbärmlich schwachen, thatenscheuen Machthabern mehr Verachtung als Haß entgegen. Namentlich die Polizei, welche damals gegen das Bürgertum noch selten brutal auftrat, nur durch ihre aufdringliche Geschäftigkeit alle Welt plagte, wurde als Ungeziefer angesehen, welches nun einmal in einem alten Bau dauernd nistet und nun einmal geduldet werden muß. Hans Czermak führte mich am Abend in einen Kreis junger thatendurstiger Männer, welche in heftigstem Zorn gegen den Absolutismus entflammt waren, die radikalen badenschen Zeitungen, inbesondere Struwes *Zuschauer,* wie ein Evangelium verehrten und auf gewaltsame Umwälzungen ihre ganze Hoffnung setzten. Daß sie in solchem Falle nicht unthätig zur Seite stehen würden, war mir klar. Solche heimliche Verbindungen gab es, wie mir Hans versicherte, in Wien mehrere, und merkwürdigerweise besaß nur die Polizei keine Kenntnis von ihnen. Zum erstenmal spürte ich die Vorboten revolutionärer Stürme. Doch alle politischen Gedanken verblaßten, als ich von der Höhe von Optschina bei Triest das Adriatische Meer erblickte. Kunst und Natur nahmen mich wieder vollständig gefangen. Den ersten längern Halt machte ich in Venedig.

Auf die großen Meister der venetianischen Schule hatten mich einigermaßen die deutschen Galerien vorbereitet. In einem ganz neuen Lichte traten mir aber die kleineren und älteren Maler entgegen und auch die Helden sprachen hier ganz anders zu mir, als in der fremden Umgebung.

Erst auf ihrem heimatlichen Boden gewannen sie alle volles Leben, erschienen die Gestalten, die Farben, die Luft ganz natürlich. Hätte ich nicht den Kopf mit Hegelschen Schrullen angefüllt gehabt, welche mich überall nach Entwicklungsgesetzen ausspähen ließen, so wäre der Genuß der einzelnen Meister noch reiner gewesen. Ich suchte eifriger die Mängel auf, welche den weitern Weg des Fortschrittes andeuten, als die positiven Reize, welche die Werke bereits besaßen. Doch blieb es ein großer Gewinn, daß ich eine ganze Schule in ihrem festen Zusammenhange und ihrem natürlichen Wachstum kennen lernte. Außer den Venetianern fesselte nur eine künstlerische Schöpfung meine Aufmerksamkeit: das Gebetbuch Grimani in der Bibliothek des Dogenpalastes. Diese köstlichste Frucht der flandrischen Miniaturmalerei aus dem Anfange des sechzehnten Jahrhunderts war damals noch wenig bekannt und wurde selten von Reisenden beachtet. Das brachte mir den Vorteil, daß die Bibliothekare den Schatz nicht so ängstlich, wie späterhin, hüteten, mir vielmehr volle Freiheit bei dem Studium gestatteten. Daß man vor einem Menschenalter das Hilfsmittel der Photographie entbehrte, sich fast ausschließlich an die Betrachtung der Originale halten mußte, hatte wenigstens die eine gute Folge, daß man genauer und eingehender die einzelnen Werke prüfte und sie fester dem Gedächtnis einprägte. Heute sieht der Kunstfreund in der Regel alles viel rascher, weil er sich auf die Photographie verläßt, welche der Erinnerung nachhilft, aber freilich von dem Original meistens nur den farblosen Schatten wiedergibt. Ob nicht der so ausgedehnte Gebrauch photographischer Nachbildungen unsern Farbensinn abgestumpft hat?

Als ich eines Tages über dem Kodex saß, bemerkte ich, daß ein Fremder, offenbar ein Deutscher, sich von der Gruppe der Bibliotheksbesucher abgesondert hatte, und über meine Schulter die Miniaturen mitbetrachtete. Ich machte ihm Platz zur bequemern Besichtigung der Bilder. Ein Wort gab das andere, und als wir nach ein paar Stunden die Bibliothek verließen, waren wir schon gute Bekannte geworden. Der Fremde war Lottens Enkel, der Sohn des hannöverschen Archivrates Kestner. Von nun an machten wir alle Studien gemeinsam, auch die Gondelfahrten in prachtvollen Mondnächten, bei welchen Kestner seiner Sangeslust freien Lauf ließ. Ihm dankte ich die wertvolle Bekanntschaft des Malers Nerly. Nerly, Rumohrs Pflegesohn, hatte viele Jahre in Rom gelebt, als »generale« alle Künstlerfeste daselbst geleitet, dann in Venedig sich niedergelassen und für seine Lagunenbilder eine zahlreiche Kundschaft erworben. Er wohnte im Palazzo Pisani und malte in derselben Stube, in welcher Leopold Robert sich erschossen hatte. Komisch war sein Ärger über die vielen Pilger und Pilgerinnen zu Roberts Sterbezimmer und ihre naive Unwissenheit, daß sie gleichzeitig die Werkstätte eines doch immerhin angesehenen lebenden Malers betraten. Zuweilen gab aber doch der Pilgerbesuch Anlaß zum Bilderkauf.

Nerly wußte prächtig von dem römischen Künstlerleben zu erzählen, als noch Thorwaldsen in Rom thronte, die »Alten« jünger, munterer waren und harmlose Fröhlichkeit den Verkehr würzte. Er malte Kestner und mir die Cervarafeste farbenreich aus, schilderte die Stiftung des Bajoccoordens und war unerschöpflich in Anekdoten von Thorwaldsen, Koch und Reinhart. Den letztern würde ich noch am Leben treffen, sonst aber meinte er, solle ich die Erwartungen auf ein anregendes frisches Künstlerleben nicht hoch spannen.

Schweren Herzens trennte ich mich von Venedig, langsam wanderte ich über Padua, Ferrara, Bologna nach Florenz. Bald fuhr ich im Postwagen, bald benutzte ich einen Vetturino, auf der Höhe der Apenninen lernte ich auch die Annehmlichkeit eines mit Ochsen bespannten Gefährtes kennen. Die Reisegenossen aus dem ganzen Wege waren Italiener, zumeist kleine Leute, die sich ausschließlich über ihre persönlichen Angelegenheiten und die nächstliegenden Interessen unterhielten. Nur auf der Strecke von Ferrara bis Bologna genoß ich die Freude einer angenehmen Gesellschaft. Bei der Lösung der Karte für die Postkutsche gab mir der Beamte den freundlichen Rat, am Abend noch die Oper zu besuchen. Nach dem Schlusse derselben werde der Wagen an dem Theaterausgange meiner und der anderen Passagiere harren. Ich fand, daß die Sänger in der Verdischen Oper (Ernani?) mehr schrieen als sangen und das Ballet in grünen Höschen recht anständig, aber auch recht langweilig getanzt wurde. Doch mußte sich die Theatergesellschaft eines guten Rufes erfreuen, denn der Oper zu Liebe waren mehrere Musikfreunde von Bologna herübergekommen und traten jetzt den Rückweg an. Leidenschaftlich wurde die Aufführung, das Verdienst und die Mängel der einzelnen Darsteller besprochen, die halbe Oper noch einmal durchgesungen. An Schlaf war in dem dichtgefüllten Wagen nicht zu denken. Ich ärgerte mich darüber nicht, da die lebendige Beredsamkeit und die laute Begeisterung der Männer mein Ergötzen und Erstaunen weckte.

Hatte ich die venetianischen Wochen in angenehmem Verkehre gelebt, so blieb ich in Florenz ausschließlich auf mich angewiesen. Ich glaube nicht, daß ich in dieser ganzen Zeit hundert überflüssige Worte gesprochen hätte. Ein gelegentlicher Gruß der Wirtin, welcher ich eine kleine Stube abgemietet hatte, die Bestellungen in der Trattoria, eine Anfrage an Kirchendiener hielten allein meine Sprechwerkzeuge in Übung. Langsamen Schrittes, so daß ich die zwischenliegenden Städte, insbesondere Siena, eingehend studieren konnte, brachte mich ein Vetturin nach Rom. Den Eindruck des ersten Anblicks der Weltstadt zu schildern, welche damals schon bald nach der letzten Nachtstation, hinter La Storta, sichtbar wurde, langsam, aber immer mächtiger und großartiger dem Auge sich näherte, darf ich mir wohl ersparen. Er glich jenem, welche alle älteren Romfahrer erfahren und viele von ihnen lebendig und wahr geschildert haben. Mit ihnen teilte ich die Erfahrung, daß der Glaube, der erste Eindruck, wenn man über den *ponte molle* durch die *porta del popolo* fährt, könne niemals übertroffen werden, sich als irrig erwies. Als ich Rom das zweitemal besuchte, war die Wirkung des Wiedersehens ebenso groß, ja noch erhebender. Die Tage nach meiner Ankunft benutzte ich zu genauer Orientierung im alten und neuen Rom. So fühlte ich mich nach kurzer Zeit schon völlig heimisch und konnte ruhig und planmäßig meinen Studien obliegen. Die Morgenstunden waren den Kirchenbesuchen gewidmet, dann ging es in den Vatikan, oder in die größeren Bildergalerien, der Nachmittag lockte zu kleinen Ausflügen in die Campagna.

Vor einem Menschenalter gab es noch nicht scharf abgetrennte Fächer in der Kunstgeschichte, galt noch nicht der Grundsatz, daß der Forscher nur ein einzelnes Feld des weiten Gebietes, nur einen Abschnitt der Ge-

schichte, diese dann aber auf das sorgfältigste beobachten und prüfen dürfe. Die Grenzen der alten und neuen Kunst flossen für uns unmerklich ineinander, beiden brachten wir das gleiche Interesse und die gleiche Genußfähigkeit entgegen. Zuweilen sogar der antiken Kunst eine größere. So war es wenigstens in der ersten Zeit mit mir bestellt. Schon in Florenz übte der Niobidensaal auf mich eine besondere Anziehungskraft und gern lenkte ich von der Tribuna und dem angrenzenden Florentiner Saale, rasch die langen Gänge durchwandernd, meine Schritte zu den Niobiden. In Rom erging es mir nicht anders. Ich fühlte mich im Belvedere und den Statuenhöfen des Vatikans heimischer als in den Stanzen. Die Stanzen sind nur unter gewissen historischen Voraussetzungen verständlich und genießbar. Man muß mit bestimmten Gedankenkreisen sich vertraut gemacht haben, um die Bedeutung der Bilder, der Gruppen und Gestalten vollkommen zu erfassen. Die Antiken sprechen unmittelbar

zu unserm künstlerischen Sinne, sie sind zeitlos, sie scheinen von Ewigkeit zu bestehen und erst gestern geschaffen zu sein; sie atmen eine frische Natur und bedeuten zugleich allgemeine Typen; wir erblicken in ihnen einfach Menschen, menschliche Leidenschaften und Stimmungen ohne irgend welche Gebundenheit durch Äußerliches und Zufälliges. Aus diesem Grunde wirkten auch die Gestalten Michelangelos in der Sixtina mächtiger auf mich, als die figurenreichen Fresken Raffaels in den Stanzen. So weit sie auch sonst von der antiken Empfindungsweise entfernt sind – einen Zug besitzen namentlich die Propheten und Sibyllen mit   84
der guten Antike gemeinsam, daß sie ein unbedingtes voraussetzungsloses Leben zu führen scheinen, rein für sich bestehen. Später lernte ich diese Anschauungen vielfach berichtigen. Die Teppichkartons Raffaels brauchen den Vergleich mit der Antike nicht zu scheuen und auch sonst fehlt es in der neuern Kunst nicht an ebenbürtigen Werken. Wenn in meiner Jugend das Verständnis und die Begeisterung für die Antike rascher erwachte, als für die Schöpfungen der Renaissance, so lag es daran, daß der angehende Kunstjünger auf den Genuß jener besser vorbereitet wurde. Unser Führer auf dem Gebiete der antiken Kunst war Winckelmann, im Kreise der neuen italienischen Kunst Rumohr. Nun kann man gewiß dem holsteinischen Edelmanne reiche Gelehrsamkeit nicht absprechen. Die Gabe aber, den Leser für den Gegenstand zu begeistern, war ihm von der Natur nicht verliehen worden. Niemals verlieren die »Italienischen Forschungen« den trockenen Ton, niemals merkt man dem Autor an, daß im Angesicht einer Kunstschöpfung sein Puls rascher schlage, sein Atem heißer wehe. Wo die Urkunden schweigen, sinkt sein Interesse. Zu einer eingehenden, liebevollen psychologischen Schilderung eines Künstlers, schwingt er sich selten auf. Wie arg hat er sich an dem großen Giotto versündigt, wie wenig wurde er dem fröhlichen Naturton der älteren Florentiner gerecht. Wir lernten viel aus Rumohr, aber Anregungen zu einem frischen Genusse der Kunstwerke gab er uns nicht. Ganz anders packte Winckelmann die Geister. Seine Schilderungen versetzen uns sofort in eine hellstrahlende Welt der Götter und Halbgötter   85
und nehmen unsere Phantasie vollkommen gefangen. Was Winckelmann in seiner Kunstgeschichte schreibt, ist, wie Winckelmännchen später nachwiesen, nicht immer wahr, es verdiente aber wahr zu sein. Das Gleiche gilt von Böttichers »Tektonik der Hellenen.« Beide Bücher haben manchen Irrtum verschuldet, aber in weite Kreise eine ehrliche Begeisterung und tiefes Interesse für die Antike verpflanzt. Seit sie nicht mehr

viel gelesen werden – böse Zungen behaupten, sie würden von Kunstjüngern überhaupt nicht mehr gelesen – hat die klassische Archäologie Mühe, ihre alte Anziehungskraft auf die Welt zu behaupten. Die Bahn unserer Kultur scheint sich in der That seit einem Menschenalter immer mehr von der Antike zu entfernen.

Heutzutage sind die Kunstschätze Roms gewiß viel zugänglicher geworden. In mancher Beziehung besaß aber das Studium vor einem Menschenalter doch eine größere Bequemlichkeit. Zunächst stießen sich die Besucher der Museen nicht mit den Ellenbogen, gab es im Vatikan kein so arges Gedränge, wie gegenwärtig in jedem Frühling und Herbst. Man fühlte sich im Vatikan, von der Bibliothek abgesehen, beinahe wie zu Hause und hatte an einzelnen Tagen die Sixtinische Kapelle ganz für sich. Wie oft ließen wir uns vom Kustoden, gegen ein kleines Trinkgeld, für mehrere Stunden in ihr einsperren und konnten nun völlig ungestört die Fresken studieren. In der Farnesina stand jede Ecke und jeder Winkel der Villa dem Besucher offen. Die Restaurationswut hatte noch nicht so heftig um sich gegriffen, Kirchen und Ruinen im ganzen verschont. Das alte Rom und auch das Rom des Mittelalters hatte noch nicht die schöne Patina verloren.

Das Kunststudium entrückte aber den Rompilger keineswegs den greifbaren Interessen der Gegenwart. Rom stand, als ich daselbst eintraf, im Zeichen des *Evviva Pio nono*. So las man an allen Mauerecken, so hörte man aus dem Munde der Vornehmen und Geringen, der Kleinen und Großen, der Einzelnen und der großen Volksmassen. Die Augen Europas waren auf Rom gerichtet, die Augen Roms auf den Papst. Ein wunderbares Schicksal schien in Scene zu gehen, die Vermählung der strengsten kirchlichen Autorität mit politischer Freiheit, der Bund einer religiösen Weltmacht mit einer scharfbegrenzten Nationalität. Der Papst an der Spitze eines freien Italiens! Dieser Traum fand viele Gläubige. Wer an die nahe Verwirklichung des Traumes nicht glaubte, hütete sich, wenigstens sein Mißtrauen öffentlich auszusprechen. So lebte Rom viele Monate lang in einem wahren Freudenrausche. Man wartete die Großthaten des Papstes nicht ab, um ihm begeisterte Huldigungen darzubringen. Jeder Anlaß, jedes Gerücht wurde benutzt, Pio IX. einen Triumph zu bereiten. Es genügte, daß der Papst sich öffentlich zeigte, um den Volksjubel zu entfachen, und wenn er sich einmal längere Zeit nicht zeigte, so stürmten ihn die endlosen *Evvivas* der enthusiastischen Römer aus dem Quirinal auf den Balkon heraus. Wie oft habe ich damals den

Segen des Papstes empfangen! Denn daß ich mich regelmäßig den Volkshaufen anschloß, welche nach dem Quirinal singend und jubelnd zogen, verstand sich von selbst. Einmal kam ich dabei sogar in nähere Berührung mit dem angesehensten und scheinbar wichtigsten Volksführer, mit Cicernacchio, dem ehemaligen Getreidehändler und Pferdehalter und gegenwärtigen römischen Volkstribun, der den kurzwährenden Ruhm später in so furchtbarer Weise büßen mußte. Wir hatten wieder, viele hundert Köpfe stark, auf dem Quirinalplatze die nebenbei gesagt höchst triviale Piushymne so laut gebrüllt und so oft wiederholt, bis der Papst auf dem Balkon erschien und uns segnete. Als er sich zurückgezogen hatte, begannen wir abermals zu jubilieren, in der Hoffnung, der Papst werde noch einmal auf dem Balkon erscheinen. Diese Zudringlichkeit war dem guten Cicernacchio doch zu arg. Er trat aus dem Thore des Palastes heraus und mahnte zur Ruhe und zum Weggehen. Ich stand in der ersten Reihe und konnte nicht so rasch, wie der Tribun es verlangte, zurücktreten. Da verstärkte er die Mahnung: *andate via* mit einem derben Faustschlag vor die Brust, den ich noch lange spürte. Von allen Schauspielen zu Ehren des Papstes haftet im Gedächtnisse am stärksten der improvisierte Fackelzug am Abend des Jahrestages seiner Wahl. Bildhauer hatten die Statue des knienden Papstes aus Gips und Stroh modelliert. Nach Anbruch der Nacht wurde sie auf den Schultern von zwölf *facchini* mit Fackelbeleuchtung durch die Straßen getragen. Überall öffneten sich die Fenster, traten Frauen mit Lampen an dieselben und mischten ihre Stimmen in unsere brausenden *Evvivas*. Der Zug ging nach dem Quiri- nalplatze, welcher sofort in einem Flammenmeer strahlte. Das Schauspiel schloß in der üblichen Weise. Die Thüre des Balkons öffnete sich, ein Teppich wurde über die Brüstung gelegt, ein Kreuzträger trat vor, ihm folgte der Papst in weißem Gewande, von zwei Kämmerern begleitet und spendete mit seiner überaus wohllautenden Stimme den Segen. Der Rausch der Volksmenge durchbrach alle Grenzen. Hätte der Papst an jenem Abend befohlen, die Stadt anzuzünden oder alle Fremden zu ermorden: willig wäre ihm Folge geleistet worden. Nur im *Palazzo di Vinezia,* wo der österreichische Gesandte wohnte, fand dieser Jubel keinen Widerhall. Das konnte ich bald bemerken, da ich hier häufig verkehrte. Graf und Gräfin Nostiz hatten mich dem Gesandten, ihrem alten Freunde, warm empfohlen und mir dadurch eine überaus freundliche Aufnahme verschafft. Graf Lützow war ein österreichischer Diplomat alten Schlages, ganz unempfindlich für die neuen politischen Stimmungen, völlig befangen in dem alten Formelkram. Er zählte zu Metternichs unbedingten Verehrern und wurde niemals müde, die Instruktionen, welche er aus der Staatskanzlei empfing, als Wunderwerke tiefer Weisheit und klassischer Form zu preisen. Er selbst studierte täglich das *Journal des Debats,* nicht wegen des Inhaltes, diesen fand er viel zu liberal, sondern weil hier noch ein Diplomat die vornehme französische Sprache üben könne. Mit dem Gang der Dinge in Rom war er natürlich im höchsten Maße unzufrieden. Ihn kränkte nicht allein der verringerte Einfluß Österreichs, ihn ärgerte auch das steigende Ansehen seines diplomatischen Nebenbuhlers, des französischen Gesandten Comte de Rossi. In der eigenen Familie mußte er den Giftsamen des Piononokultus keimen sehen. Die Gräfin, aus einem piemontesischen Adelsgeschlechte, machte aus ihrer Verehrung des Papstes kein Hehl und unterhielt uns bei Tische, zu geheimem Kummer des Grafen, gern von den liebenswürdigen Eigenschaften und geistreichen Aussprüchen ihres Ideals, nachdem uns vor Tische der Graf über die unseligen Schwächen des Papstes belehrt hatte. Mit den Mitgliedern der Gesandtschaft trat ich natürlich in keine näheren Beziehungen, doch merkte ich bald, daß auch hier Doppelströmungen walteten. Der Botschaftskavalier, wie er gewöhnlich hieß, Graf Szechényi, ein munterer, junger Herr, nahm offenbar die Ereignisse nicht tragisch, freute sich über die bunten Scenen, welche das sonst öde römische Leben aufheiterten und gab zu verstehen, daß er die nationalen Regungen in Italien nicht ganz verwerflich finden könne. Ein bürgerlicher Botschaftsrat, dessen Name mir entfallen ist, besorgte die schmutzige Wäsche der Gesandtschaft und schrieb fleißig Polizeiberichte nach Wien. Er gab offen seinen Haß gegen das liberale Italien kund und unterhielt, wie man im *Palazzo di Venezia* munkelte, in aller Heimlichkeit einen regen Verkehr mit den Jesuiten und den andern Gegnern des Papstes. Auch mich wollte er in den Polizeidienst spannen. Er meinte in einer scheinbar ganz harmlosen Plauderei, eine Sammlung der zahllosen politischen Straßenanschläge und Mauerinschriften würde für mich ein interessantes Reiseandenken abgeben und er mir dankbar sein, wenn ich ihm dieselbe gelegentlich auch mitteilen wollte. Da ich nicht das Aussehn eines Deutschen besäße und viel herumkomme, so dürfte meine Thätigkeit als Abschreiber den Leuten kaum auffallen. Ich war zwar ein grüner Bursche, aber doch nicht so dumm, als daß ich nicht die Polizeiabsicht gewittert hätte. Und so bedurfte es gar nicht der Warnung befreundeter österreichischer Künstler, um den Vorschlag höflich abzulehnen. Diese, in dem *Palazzo* wohnhaft, oder doch von der Botschaft mehr oder weniger abhängig, befanden sich in einer schlimmen Lage. Mischten sie sich unter das Volk, so gerieten sie leicht in den Verdacht der Spionage, hielten sie sich abseits, so wurde das wieder als Widerwille gegen die liberale Strömung ausgelegt. Ängstlich mieden sie daher politische Gespräche und wichen sorgfältig allen Streitigkeiten aus. Das war aber damals schwer, ja geradezu unmöglich. Denn auch in den deutschen Künstlerkreisen deutete das Wetterglas auf Sturm. Deutsche politische Tagesfragen fanden im *Café greco* und den deutschen Weinkneipen kräftigen Widerhall. Preußen standen Süddeutsche, Liberale den Konservativen gegenüber, und ob Preußen bald eine Verfassung erhalten, Deutschland die Einheit gewinnen werde, darüber zerbrachen sich auch die deutschen Maler in Rom ihre Köpfe. Nicht einmal auf den sonst so friedlichen Kunstgebieten blieb man vor Parteileidenschaften und Streitigkeiten sicher.

Als ich nach Rom kam, drehte sich das Gespräch ausschließlich um das von Schrader ausgestellte Gemälde »Die Übergabe von Calais an König Eduard III. von England.«

Das Werk war offenbar unter dem Einfluß der bekannten Bilder von Gallait und Biéfve entstanden und brachte den »Deutsch-Römern« die erste sichere Kunde von dem Kunstwandel in der Heimat. Um ein solches Bild zu malen, brauchte man nicht nach Rom zu kommen, meinten die einen; »seht, daß man auch außerhalb Roms tüchtige Bilder malen kann«, rühmten die anderen. Roms alter Ruhm als die beste Hochschule der Kunst erschien bedroht, sein Einfluß, angeblich so fruchtbar und segensreich, in bedenklicher Weise erschüttert. Nerly in Venedig hatte nur zu sehr recht gehabt, als er das Rom Thorwaldsens und der Romantiker im Absterben behauptete. Von den alten Säulen stand nur noch eine aufrecht. Overbeck. – Der einsame Bewohner des *Palazzo Cenci* zeigte aber am besten, daß eine andere Zeit angekommen sei. Er lebte nur in der Vergangenheit. Die Gegenwart verstand er nicht, besaß auch nicht das geringste Interesse für sie. Kopfschüttelnd hörte er zu, wenn man ihm von den großen Erfindungen unserer Zeit, von der Blitzesschnelle der Eisenbahnfahrten, von der Sonnenhelle des Gaslichtes erzählte. Noch weniger verstand er die Begehrlichkeit der Menschen nach Freiheit und nationaler Einheit. Als ob die Kirche nicht längst, was dem Menschen wahrhaft frommte, ihm gegeben hätte. Er hatte mit dem Leben abgeschlossen und auch für die Kunst hoffte er auf keine neuen Bahnen mehr. Doch blieb der Verkehr mit dem würdigen friedlichen Greise noch immer genußreich.

Man blickte in eine ferne Welt zurück, deren Farben zwar längst abgeblaßt waren, aber noch immer einen harmonischen Schimmer bewahrten. Unter dem frischen Eindruck der Begegnung versuchte ich in den *Jahrbüchern der Gegenwart,* Ende 1847 oder Anfang 1848, ein Bild von Overbecks Persönlichkeit und seiner Stellung in Rom zu entwerfen. Jeden Sonntag stand seine Werkstätte den Besuchern offen. Oft herrschte ein förmliches Gedränge in den beschränkten Räumen. Der Meister, gewöhnlich mit gefalteten Händen, ging von einer Gruppe zur andern und wechselte mit jedem, der ihn ansprach, ein paar freundliche Worte. Bei diesen Anlässen lernte man ihn nur oberflächlich kennen. Er lud aber zuweilen jüngere Leute zum Frühstück in sein Haus. Hier ließ er sich offener gehen und zeigte sich gesprächig. Die Herrlichkeit der alten italienischen Malerei, besonders der umbrischen, erfüllte seine ganze Phantasie. Niemals wurde er polemisch, wenn er nicht loben konnte, schwieg er lieber. So erinnere ich mich nicht, jemals ein Wort über Michelangelo aus seinem Munde gehört zu haben. Da besaß seine Frau eine viel schärfere Zunge und oft brachte sie uns durch ihre inquisitorischen Fragen in arge Verlegenheit. »Welche Kirche wir am Morgen besucht hätten«, war der gewöhnliche Gruß, mit welchem sie uns junge Leute empfing. Wir richteten uns deshalb so ein, daß wir vor dem Besuche Overbecks stets Kirchenstudien machten und dann die Frage mit gutem Gewissen bejahend beantworten konnten. Daß wir in den Kirchen Mosaiken betrachtet, die Architekturformen untersucht hatten, brauchte die gute Dame nicht zu wissen. Mein gewöhnlicher Besuchsgenosse bei

Overbeck, der leider bald nach meiner Abreise von Rom verstorbene Kupferstecher Wiesner aus Prag, ein Schützling des archäologischen Instituts und durch die Wiedergabe der Ficoronischen Ciste mit Recht in Künstlerkreisen geachtet, verstand es vortrefflich, die fromme Neugierde der Frau Overbeck durch naive Antworten zu beschwichtigen und half uns aus mancher Not.

Welch schroffer Gegensatz bestand zwischen dem alten Overbeck und dem in Kraftfülle und überschäumender Lebenslust strotzenden Karl Rahl, welcher mich von dem jüngern Künstlergeschlechte am meisten fesselte. Rahl stand an der Spitze der Bewegungspartei. Freisinnig in allen politischen und kirchlichen Dingen, rücksichtslos bis zur verletzenden Schroffheit in der Aussprache seiner Urteile, aber durchaus ehrlich und wahrheitsliebend, dabei von großen Hoffnungen für die nächste Kunstentwickelung erfüllt, erwies sich Rahl als trefflicher Lehrmeister, um ein selbständiges Urteil zu erringen und zu kritischen Prüfungen der Kunstwerke anzuregen. Der Umgang mit Rahl befreite mich aus der Gefahr, einfach gläubig auf die alten Autoritäten zu schwören, welcher man in Rom so leicht verfällt. Rahl war von Natur reich, fast zu reich angelegt, sein Interessenkreis war zu groß, die echt künstlerische Naivetät durch den scharf ausgeprägten kritischen Sinn oft zurückgedrängt. Auch die fast unheimliche Plumpheit des Körpers übte Einfluß auf seine Phantasie und ließ ihn zu leicht in schwerfällige wuchtige Formen, wenn er malte, verfallen. Der venetianische Jordaens hieß er bei einzelnen seiner Genossen.

Das Peter- und Paulsfest war mit Girandola und Kuppelbeleuchtung vorüber. Ich hatte mich nach Kräften bemüht, einen Überblick über die römischen Kunstschätze zu gewinnen, in Rom selbst mich eingebürgert, auch nach guter, alter Sitte das Albaner- und Sabinergebirge durchwandert. Allmählich machte die steigende Hitze den längern Aufenthalt in Rom unleidlich. So entschloß ich mich denn gleichfalls zur Rückreise, wählte aber, von Overbeck aufgemuntert, den Weg jetzt durch das umbrische Land. Von früheren Zeiten her, als er in S. Maria degli Angeli in Assisi die bekannte Freske gemalt, besaß Overbeck zahlreiche Bekannte und Verehrer in umbrischen Städten und Klöstern. Er stattete mich mit warmen Empfehlungen an sie aus. Manche Briefe blieben unbestellbar; die Leute waren verzogen, verdorben, gestorben; einzelne der Adressaten heischten Hilfe von mir, statt mir die gewünschten Dienste zu leisten. Am schlimmsten erging es mir in Perugia. Dorthin hatte mich Overbeck an die Witwe eines nahe befreundeten Mannes empfohlen, mir sogar ein Röllchen Scudi, den Rest einer ältern Verpflichtung, an sie mitgegeben. Das Weib hielt aber jetzt ein berüchtigtes Haus und ich dankte es nur der Warnung eines *facchino,* daß ich mich nicht bei ihr ein quartierte, sondern nach Erledigung meines Auftrages schnell davonging und in einem bescheidenen Albergo Obdach suchte. In andern Fällen dankte ich Overbecks Empfehlungen freundliche Aufnahme und wohlfeilste Unterkunft.

In fröhlicher Fahrt durchstreifte ich das umbrische Land. Ich trat den Volkskreisen näher, lernte ihre Denkweise kennen und sättigte das Auge mit landschaftlichen Eindrücken, welche mir noch nach vielen Jahren das Verständnis der verschiedenen italienischen Kunstschulen öffnen halfen. In jedem Flecken fand ich eine Fahrgelegenheit und wenn es auch ein Weinkarren war, der mich für gute Worte und weniges Geld nach dem nächsten Städtchen brachte, in jedem Orte einen patriotischen Kunstfreund, welcher mich auf die Denkmäler seiner Heimat aufmerksam machte und eifrig, zuweilen übereifrig, meine Führung übernahm. Während der ganzen Fahrt bestand ich nur ein einziges Abenteuer. Overbecks Empfehlung hatte mir in dem Kloster degli Angeli, unterhalb Assisi, Herberge verschafft. An jedem Morgen stieg ich den Berg empor und studierte die (arg zerstörten) Fresken in S. Francesco; gegen Abend kehrte ich in die Herberge zurück, labte mich an einer frugalen Mahlzeit, träumte im Klostergarten, oder verkehrte mit den Mönchen oder zufällig anwesenden Fremden. Eines Abends gesellte sich ein französischer Architekt zu mir, welchem gleichfalls die Empfehlung eines Bischofs Aufnahme im Kloster verschafft hatte. Von der Kunst, die an den heiligen Franz anknüpft, kamen wir auf die Legenden des Heiligen zu sprechen. Der Franzose sprach sich über einzelne derselben, wie über den ganzen katholischen Heiligenkultus, ziemlich frivol aus und erzählte einzelne gute Schnurren, die mich zum Lachen brachten. Wir hatten keine Ahnung, daß der uns bedienende Klosterbruder auch der französischen Sprache mächtig war. Am nächsten Morgen wurden wir zum Guardian beschieden, welcher uns eine grimmige Strafpredigt hielt, die Gastfreundschaft kündigte und zum Schlusse kategorisch aufforderte, sofort Kloster und Stadt zu verlassen, wenn wir nicht die Rache des Heiligen erfahren wollten. Beschämt schlichen wir in unsere Zellen zurück, packten die Ranzen und zogen die Straße nach Toscana weiter. Das Schlimmste war, daß wir mit hungrigem Magen die Reise antreten mußten und der Vetturin das Fahrgeld der Ketzer beträchtlich erhöhte, auch sonst sich mißtrauisch und wenig gefällig erwies.

In Florenz wurde wieder eine längere Rast gemacht. Mit andern Augen sah ich jetzt die Gemälde in den Galerieen an, als auf der Herreise. Der Aufenthalt in Rom und Umbrien hatte den Sinn für das Eigentümliche der einzelnen Meister geschärft, die größere Aufmerksamkeit den Formen und nicht mehr vorwiegend dem Inhalt zuzuwenden gelehrt. Die Florentiner Meister aus dem Anfange des sechzehnten Jahrhunderts, die Fra Bartolommeo, del Sarto, Ridolfo Ghirlandajo u.a. offenbaren erst jetzt ihre volle Anziehungskraft und ließen mich nun mit Vorliebe in den früher wenig beachteten Sälen der toscanischen Meister verweilen. Auch die Sammlung der Akademie übte erst jetzt volle Wirkung. Methodisch war diese Art des Studiums, dem Entwickelungsgange der Kunst geradezu entgegenlaufend, nicht. Zum Ziele führte sie dennoch. Wer in Florenz lange verweilt, ehe er Rom kennen gelernt hat, glaubt in der Regel, das Bessere und Vollkommenere müsse erst kommen. Die hochgespannten Erwartungen rauben dem Blicke die Ruhe und lassen die ältere Thätigkeit nur zu leicht als bloße Vorbereitungsstufe ohne selbstständigen Wert erscheinen. In Rom entdeckt man allmählich, daß das viele Licht doch nicht ganz ohne Schatten sei, den Kunstwerken zuweilen die naive Naturfrische mangele. Die toscanischen Meister sind beschränkter, aber innerhalb dieser Beschränkung gleichfalls vollendet; sie tragen den italienischen Volkscharakter offener zur Schau und zeigen, frei von allem Überhasteten und Eiligen, in dem technischen Verfahren eine ruhige Gediegenheit.

Kurze Besuche in Pisa und den benachbarten Landstädten ergänzten meine Kunde der ältern toscanischen Kunst. Dann aber packte mich wieder unwiderstehlich die Sehnsucht nach Licht und Luft, nach blauen Bergen und dem leuchtenden Meere. Von Lucca schlug ich den Landweg ein, welcher an der Küste über Spezzia nach Genua führt und ließ mich erst in Mailand wieder von kunsthistorischen Interessen einfangen. Als ich den italienischen Boden zuerst betrat, hatte ich den Kopf noch mit philosophischen Begriffen angefüllt, über meine Zukunft kaum ernstlich nachgedacht. Als ich Italien verließ, war ich den historischen Studien gewonnen und stand der Entschluß, mein Heil und Glück in Deutschland zu versuchen, fest. Das waren die wichtigsten Reisefrüchte. Im Angesicht der lebendigen Kunstwerke schrumpfte die Gelehrsamkeit, welche die spekulative Ästhetik dargeboten hatte, arg zusammen, erwiesen sich die verschiedenen Kategorieen als gebrechliche Stützen. Wie stolz fühlte sich der junge Philosoph, wenn er die Entwickelungsstufen der künstlerischen Phantasie: die architektonische, plastische und malerische an den Fingern abgezählt und danach die Aufeinanderfolge der Kunststile in der Zeit mit unbedingter Sicherheit bestimmte. Und ein Kunstwerk glaubte er vollständig begriffen zu haben, wenn er es in den verschiedenen Arten des Erhabenen, des Einfach-Schönen, des Humoristischen u.s.w. einordnen konnte. Sobald er aber der Fülle der wirklichen Kunst gegenüberstand, merkte er seine Armut und Unwissenheit. Die Entwickelung des Schönheitsbegriffes ließ sich der zeitlichen Folge der Kunstweisen durchaus nicht anpassen, die Kunstwerke sträubten sich beharrlich, als bloße Beispiele der verschiedenen Kategorieen zu gelten. Dort Zwang, hier Freiheit, dort Eintönigkeit, hier größte Mannigfaltigkeit, dort ein erträumtes Reich, hier fester Boden, dort ein Schaukeln in Wolken, hier eine lebendige

Welt, im Volke sicher wurzelnd, dessen liebste Gedanken und Empfindungen wiederspiegelnd. Die Entscheidung konnte nicht schwer fallen. Was das Auge lehrte, konnte keine nachträgliche Spekulation widerlegen. Das Auge predigte aber Achtung vor der Wirklichkeit, Anerkennung der Individualitäten, selbstständiges Wachstum der Kunst in den einzelnen Weltaltern. Wie die Kunstwerke entstanden sind, wie sich die künstlerischen Persönlichkeiten entwickelt haben, solche Untersuchungen führen am besten in das Kunstverständnis ein. Der Sieg der historischen Betrachtungsweise über das philosophische Credo brachte auch die Frage: Was aus mir werden solle? in Fluß. Die historischen Wissenschaften waren in Österreich heimatlos. Auf allen Disziplinen lastete ein schwerer Druck.

99 Alle hatten unter dem beschränkten Hasse, der lächerlichen Angst der Regierung zu leiden. Kein Studium lag so tief zu Boden, wie das historische. Hier war der Regierung wirklich gelungen, einer Wissenschaft den Lebensfaden abzuschneiden. Keine Möglichkeit, sich über die Quellen, die Methode zu unterrichten, keine Gelegenheit, eine Arbeit vorzubereiten, den kritischen Sinn zu üben. Niebuhr, Ranke waren unbekannte Namen, ihre Bücher geradezu unauffindbar. Und dazu die öde Umgebung, der radikale Pessimismus bei dem jüngern Geschlechte, die Gleichgültigkeit bei den Alten, die Verachtung des eigenen Staates, der Widerwille gegen die Gegenwart bei allen. Auf jede Anregung mußte ich Verzicht leisten, jeder Teilnahme an meinem Streben entbehren. Irgend eine gelehrte öffentliche Wirksamkeit war auf absehbare Zeit nicht zu hoffen. Das Gespenst eines verkümmerten Privatlehrers, welcher sich durch Stundengeben vom Hungertote rettete, stand drohend vor meinen Augen. Ich kannte mehrere, welche in ihrer Jugend gar reiche, gelehrte Pläne mit sich trugen, aber schließlich doch, weil sie sich der offiziellen Schablone nicht fügten, zu Grunde gegangen waren. Allerdings sehnte ich mich nach dem Familienleben in Czermaks Hause zurück. Aber Mama hatte die Absicht, mit Jaroslav, dessen Talent sich immer prächtiger entfaltete, Prag sobald als möglich zu verlassen, und eine andere Kunstschule – sie dachte schon damals an Antwerpen – aufzusuchen. So faßte ich den kühnen Entschluß, statt nach Österreich zurückzukehren, an einer deutschen Universität mich für die Gelehrtenlaufbahn vorzubereiten, zunächst

100 mir hier den Doktorhut zu holen. Meine Wahl schwankte nicht lange. In Tübingen besaß ich Gönner und durfte einer freundlichen Aufnahme und guter Unterstützung gewärtigen. Nach Tübingen richtete ich meine Schritte. Nachdem ich in Lugano noch meine Mailänder Kunststudien

ergänzt hatte, durchflog ich die Schweiz und traf Anfang September in der Schwabenstadt ein.

7. Tübingen.

Mein erster Besuch galt Schwegler. Er war anfangs über meine jugendliche Erscheinung etwas verblüfft, da er mich für älter gehalten hatte. Nachdem ich ihm meinen Lebenslauf gebeichtet hatte, meine Kämpfe geschildert, meine Pläne und Wünsche dargelegt, sprach er mir Mut zu. Ich solle vorläufig mich in Tübingen niederlassen, ab und zu in Vorlesungen hospitieren, um mich an den akademischen Ton zu gewöhnen, in persönlichem Verkehr mit Lehrern die herrschenden Strömungen kennen lernen und im Laufe des Winters meine Doktordissertation ausarbeiten. Dann stehe es mir noch immer frei, entweder als Privatdozent in Tübingen zu bleiben oder an einer andern Universität mein Glück zu versuchen. Er glaube an die Möglichkeit eines Erfolges in Tübingen, da Vischer schon oft eine Ergänzung seiner ästhetischen Wirksamkeit durch einen Kunsthistoriker gewünscht habe, durch Vischer jedenfalls das Kunstinteresse unter den Studenten in hohem Grade gefördert werde.

Mein zweiter Gang führte mich in den Buchladen, wo ich Goethes sämtliche Werke kaufte. Eine Doppelschranke hemmte den raschen Eintritt des Österreichers in das Reich lebendiger deutscher Bildung. Er konnte seinen Sprachschatz nicht aus Luthers Bibel sammeln und stand Goethe fremd gegenüber. Die Bibel war in Österreich kein Hausbuch, vollends die Luthersche Übersetzung arg verpönt. Eine Fülle der glücklichsten Redewendungen und kräftiger, das Schwarze treffender Ausdrücke, welche dem deutschen Protestanten von Kindheit an geläufig sind, hatte der katholische Österreicher in seiner Jugend niemals gehört. Ihm wurde es daher schwer, volkstümlich, ungekünstelt zu schreiben, seine Muttersprache nach der Tiefe hin auszubilden. Ebenso erwarb sich von allen deutschen Klassikern Goethe am spätesten in Österreich das Bürgerrecht und übte auf Sprachsinn und Stilgefühl gar keinen Einfluß. Die eine Schranke wollte ich wenigstens sobald als möglich wegräumen und so erwarb ich, trotz knapper Geldmittel, die stattliche Ausgabe in dreißig Bänden, und zwar gleich in festen Einbänden, um ja keine Stunde zu versäumen. Es war eine glückliche Zeit, in welcher ich mich behaglich in Goethe einlebte, jedes Wort in mich aufnehmen konnte und den Meister nicht bloß im glänzenden Staatsgewande, sondern auch im einfachen Hausrock, in seinen kleinen Schriften und Aufsätzen kennen lernte. Die in Österreich verehrten Götter: Schiller und Jean Paul traten völlig in den Hintergrund zurück.

In kurzer Zeit wurde ich in Tübingen heimisch. Die Tagesstunden verbrachte ich in meinem kleinen Stübchen in der Neckarhalde oder in der Bibliothek bei der Arbeit. Den Mittagstisch im Museum, die Tasse Kaffee bei Frau Müller an der Neckarbrücke nahm ich gemeinsam mit einigen Dozenten und jüngeren Beamten, und auch der Abend führte uns öfter zu einem Schoppen Wein zusammen. Natürlich schloß ich mich dem Kreise am engsten an, welcher in den Jahrbüchern der Gegenwart seinen Mittelpunkt besaß, in politischen und religiösen Dingen liberal dachte und gegen die wissenschaftliche Schablone, den rein mechanischen Betrieb der Universitätsfächer scharf zu Felde zog. Die Seele unsrer Versammlungen war Friedrich Vischer. Die über ihn verhängte Disziplinarstrafe, das Verbot der Vorlesungen auf ein Jahr, hatte er kurz vorher überstanden. Er fühlte sich durch die neuerwachte Teilnahme der Studenten gehoben, durch das längere Stillleben gekräftigt. Sein Erfolg als Lehrer war größer als je. In Haß und Liebe der Alte, ließ er doch im Privatverkehre jetzt einen fröhlichern Ton walten. Vischer leitete regelmäßig bei unserm Zusammentreffen den Gang der Gespräche, führte vorwiegend das Wort und hielt uns durch geistreiche Scherze, pikante Witze, scharfe satirische Hiebe in unaufhörlicher Bewegung. Vorausgesetzt, daß er guter Laune war. Leider genügte oft schon eine Kleinigkeit, um sie zu stören. Wenn sich z.B. die sogenannte Amtspflege, der Messingapparat zum Stopfen und Räumen der Pfeife, oder der Becher mit Fibibus nicht an der gewohnten Stelle, links von seiner Hand befanden, so blieb er für eine gute Viertelstunde verschnupft und verärgert. Leicht faßte er auch eine rein sachliche Bemerkung persönlich auf und schleuderte dann unbarmherzig auf den Gegner spitze Pfeile. Man mußte sich überhaupt erst an seine eigentümlich kräftige Ausdrucksweise, an seine lebhaften Phantasiebildungen gewöhnen, um nicht unwillkürlich anzustoßen. So gab es gleich in den ersten Tagen ein arges Mißverständnis. Vischer hatte mir von seinem Hans erzählt, einem kleinen Prachtkerl, immer munter, immer in Bewegung, der zwar der Frau schlecht gehorche, ihm aber auf das Wort folge, dabei schon so klug, daß man mit ihm über alles sprechen könne. Ich dachte nicht anders, als daß von seinem Söhnchen die Rede sei. Bald darauf besuchte ich seine Frau, eine Dalmatinerin von fesselndem

65

slawischen Typus, aber leider einem geringen Verständnis für die Interessen ihres Mannes. Sie klagte mir, daß sie sich oft ganz einsam fühle. Da meinte ich, einen guten Trost zu spenden, indem ich auf Hans hinwies, der ihr gewiß große Freude mache. »Das ist ja der Hund!« rief sie lachend. Ich hatte in meiner Unschuld den Hund mit dem Sohn verwechselt, was übrigens verzeihlich war, da Vischer es liebte, mit Hans wie mit einer vernünftigen Person zu verkehren. Noch später hatte ich oft, wenn er von Schelmenstreichen in seinem Hause erzählte, die Frage auf den Lippen: Meinen Sie Hans oder Robert?

Zu unserm Kreise gehörte außer Vischer und Schwegler der Professor der Staatswirtschaft I. Fallati, ein Hamburger von Geburt, der Mediziner Griesinger, später als Irrenarzt berühmt, der Stiftsbibliothekar *Dr.* Reichardt, die Dozenten Köstlin, Planck und Köhler, der Zeichenlehrer an der Universität, Leibnitz, und einige liberale Gerichtsbeamte. Einmal in der Woche traten auch Uhland und Karl Mayer hinzu. Uhland verhielt sich in der Regel schweigsam. Ein einziges Mal im Laufe des Winters entfesselte Zorn in ihm einen mächtigen Redestrom. Auf dem Turm hatte die Glocke noch nicht zehn Uhr ausgeschlagen, als ein Polizeidiener erschien, um uns Feierabend zu bieten. Nun war es allgemeiner Brauch, noch ein akademisches Viertel zuzugeben, gegenüber in der Post saßen die Regierungsbeamten oft bis elf Uhr ungestört zusammen. Wir befanden uns überdies nicht in der allgemeinen Wirtsstube, sondern in einem abgeschlossenen Privatzimmer des Museums. Wir wollten alle gegen die offenbare Polizeibosheit laut protestieren. Aber Uhland kam uns zuvor. In unverfälschter schwäbischer Mundart schüttelte er einen Sack von Grobheiten auf den Polizeidiener, so daß dieser betroffen schnell die Thüre suchte. Dann hielt er aber zu unserer Überraschung eine förmliche politische Rede, in welcher er die schwäbischen »Befehlerle's« brandmarkte, und das im großen unfähige und feige, im kleinen brutale Regierungssystem Würtembergs ausmalte. Beim Nachhausegehen meinte Fallati: »Jetzt werde ich jeden auslachen, welcher Uhland die Redegabe abspricht.«

Die Mehrzahl der Genossen waren Stiftler, entweder in dem evangelisch-theologischen Seminar, dem sogenannten Stifte, ausgebildet, oder noch mit ihm durch das Amt verbunden. Lauter grundgelehrte, scharfdenkende Männer, lautere Charaktere, fest in ihrer Überzeugung, gewissenhaft in ihrem ganzen Wesen, aber fast alle angekränkelte und angebrochene Naturen. Sie hatten wohl innerlich die abstrakte Stiftlerbildung überwunden, fanden aber schon schwer den Übergang zu freieren Lebensformen und einer frischern Weltanschauung. Aus dem Kopfe hatten sie den Stiftler vertrieben, im Buckel, in den Armen und Beinen steckte er noch immer. Die ihnen anerzogene Stumpfheit gegen die Kraft sinnlicher Eindrücke konnte nur mühsam bekämpft werden, die Anerkennung der Macht der Thatsachen kostete schwere Arbeit. Immer drohte die Gefahr, in die Gewohnheit allgemeiner Abstraktionen und Spekulationen zurückzufallen. Selbst Schwegler, von Natur energisch und rücksichtslos, sprengte nur langsam die Fessel der Stiftlerbildung. Er klagte bitter über die verlorenen Jahre und fürchtete, nie mehr sein Leben harmonisch ausgestalten zu können. Die theologische Laufbahn hatte er aufgegeben, dem philosophischen Lehramte sich zugewandt. Wenn er auch vorwiegend die Geschichte der Philosophie trieb, so blieb es doch nicht aus, daß er sich wiederholt im Walde der Spekulation verstrickte, welcher er doch entfliehen wollte. Schon damals hegte er den Wunsch, sich ausschließlich dem Studium der alten Geschichte zu widmen, wobei ihm die gediegene philologische Gelehrsamkeit die größte Hilfe bringen mußte. Er seufzte nur, daß es ihm schwer falle, die einzelnen Nachrichten zu geschlossenen Bildern zu fassen und das Leben der Alten sich farbig auszumalen. »Zu historischer Kritik wurden wir im Stifte angeleitet, von historischen Darstellungen besitzen wir keine Ahnung.«

Diese und noch viele andere Dinge wurden in den kurzen Plauderstündchen erörtert, zu welchen wir allabendlich nach gethaner Arbeit zusammen kamen. In diesen traulichen Zwiegesprächen gewann ich von dem wissenschaftlichen Treiben der Gegenwart eine bessere Kunde, als in den Vorlesungen, welche ich ab und zu besuchte. Das Hospitieren gab ich bald auf, denn ich merkte, daß namentlich die älteren Lehrer dasselbe nicht liebten, durch die Anwesenheit eines Fremden in Verlegenheit gebracht wurden. Einzelne baten ausdrücklich um Einstellung meiner Besuche. Am längsten hielt ich bei Vischer aus. Leider zeigte er sich gerade in diesem Semester nicht in seiner wahren Gestalt. Unter allen Vorwürfen, welche die Gegner gegen ihn geschleudert hatten, erbitterte ihn keiner so heftig, als der angebliche Mangel an streng wissenschaftlicher Form seiner Vorlesungen. Er wollte den Leuten zeigen, daß er auch grundgelehrt vortragen könne, wenn er nur wolle. In den Vorlesungen über Ästhetik, erster Teil, welche er im Winter hielt, that er offenbar des Guten zu viel. Er diktierte immer erst einen Paragraphen und gab dann eine ausführliche Erläuterung der einzelnen Teile desselben. Absichtlich steckte er sich in die schwerste spekulative Rüstung und wahrte der Hegelschen Terminologie ihr volles Recht. Nur ab und zu guckte der Schalk aus dem Helm heraus und durchbrachen einzelne geistreiche Wendungen und witzige Spitzen den eintönig gelehrten Vortrag. Übrigens mußte ich bald aus äußeren Gründen den Besuch der Vorlesungen einschränken. Je weiter der Winter vorschritt, desto mehr nahm die Politik Zeit und Interesse in Anspruch. Mit fieberhafter Spannung verfolgten wir den Sonderbundskrieg, über dessen Verlauf die 108 Briefe einberufener schweizer Studenten uns eingehend unterrichteten. Anfangs überwog die Sorge, ob die liberalen Kantone dem Ansturm der reaktionären Weltmächte widerstehen würden. Um so größer war der Jubel, als der Sonderbund, trotz Landsknechten und Jesuiten, österreichischer Waffen und französischen Geldes, jämmerlich zusammenbrach und der Liberalismus zum erstenmal seit vielen Jahren einen vollen, durch nichts getrübten Sieg feierte. So war er also doch eine Macht, praktische Erfolge, so lange selbst von den eigenen Anhängern bezweifelt, keineswegs von der Zukunft ausgeschlossen. Unsere politischen Hoffnungen schwollen gewaltig an und wo bisher teilnahmlose Entsagung, Kleingläubigkeit, dumpfe Verbitterung herrschte, regte sich die Lust zu wirken und zu handeln. Der Rückschlag auf die deutschen Dinge ließ nicht auf sich warten. Die Verfassungskämpfe in Preußen wurden immer heftiger, im benachbarten Baden hob die Kammeropposition immer mächtiger das Haupt, in Bayern drohte eine sinnliche Verirrung des Regenten das Band zwischen der Dynastie und dem Volke zu zerreißen. Die allgemeinen Wünsche und unklaren Träume begannen sich zu bestimmten Forderungen zu formen, überall traten die politisch gereiften Männer einander näher, um sich zu einer großen Nationalpartei zusammenzuschließen. Die Gründung der »Deutschen Zeitung« in Heidelberg war die Furcht dieses Strebens. Der politische Idealismus feierte goldene Tage. Wir glaubten und hofften, daß alle staatlichen Reformen ohne schwere und lange Kämpfe eingeführt würden, dank der Nachgiebigkeit der Regierun- 109 gen und des maßvollen Sinnes im Volke, und ahnten nicht, daß an Stelle des beschränkten Unterthanenverstandes, der ebenso beschränkte souveräne Dünkel treten, die politische Rohheit der Massen der tönenden aber hohlen Phrase zur Herrschaft verhelfen werde.

Der politische Umschlag hatte auch für mich persönliche Folgen. Schwegler empfand es immer peinlicher, daß die Jahrbücher der Gegenwart als Monatsschrift stets den Ereignissen nachhinkten. Oft waren die letzteren bei dem raschen Laufe der Dinge schon halb vergessen, ehe sie in den Jahrbüchern erörtert wurden. Sie in eine Wochenschrift zu verwandeln, ging nicht an, da sie den schärferen Censurvorschriften wäre unterworfen gewesen. Schwegler entschloß sich daher zu einer zehntägigen Ausgabe. Dreimal im Monat sollte eine Nummer von einem bis zwei Bogen ausgegeben, der Politik und den unmittelbaren Tagesinteressen ein größerer Spielraum gegönnt, die Redaktion aber von ihm und mir gemeinsam geführt werden. Am 1. Januar 1848 erschienen die Jahrbücher zum erstenmal in der neuen Gestalt. Die Arbeit, namentlich der weitläufige Briefwechsel, war für einen Anfänger ziemlich beträchtlich, aber auch die Befriedigung, mitten im Strome fröhlich mitzuschwimmen, groß. Noch in anderer Weise wurde ich der praktischen Politik näher gebracht. Schon längst war der Wunsch der liberalen Tübinger Gelehrten gewesen, mit der ständischen Opposition, an deren Spitze der alte Römer stand, engere Beziehungen anzuknüpfen. David Strauß, welcher in Stuttgart ganz heimisch war, übernahm die Vermittelung. Es wurden regelmäßige Zusammenkünfte in einer stillen Stuttgarter Weinstube verabredet, an welchen von den Tübingern Vischer und ich am eifrigsten teilnahmen. Die lange Fahrt im Stellwagen, übrigens nicht länger als die spätere Eisenbahnfahrt von Tübingen nach Stuttgart, verkürzte Vischer, ohne daß ich etwas weiteres zu thun hatte, als die Ohren offen zu halten. Immer lebendig und anregend, immer bereit, die Dinge unter einen überraschend neuen Gesichtspunkt zu stellen, geistreich zu beleuchten, reich an Paradoxen, aber nicht minder reich an Kernsprüchen, brachte er es zuwege, daß wir stets das Ende der Fahrt bedauerten. Bald unterhielt er uns über den wahrscheinlichen Verlauf der Reform oder der Revolution – denn allmählich begann das häßliche Wort bei uns häufiger über die Lippen zu strömen. Eine politische Revolution müsse auch von einer ästhetischen begleitet werden. Er malte die Erscheinungsweise der künftigen freien Menschheit farbig aus, erging sich in Schilderungen der rechten manneswürdigen Tracht. Die Trachtenfrage spielte überhaupt in seinen Gesprächen eine große Rolle. Forschte man freilich genauer nach, so ergab sich, daß er eigentlich nur den umstehenden Rockkragen, das »Pferdekummet« und den falschen (affenschändigen) Sitz der Taille hasse, in einem festgeschlossenen, grünen, kurzen Rock und grauen, weiten Beinkleidern das Ideal der freien Tracht erblickte. Über die richtige Stiefelform kam er nie in das Reine. »Sie wollen uns ja alle zu Förstern machen«, war häufig die Gegenrede. Der Widerspruch erregte gerade bei diesem Anlaß seinen heftigen Zorn. Wer mit Vischer gut stehen wollte, durfte über seine ideale Männertracht keine Witze machen. Als er sich einmal in eigener Person, nachdem er uns lange darauf vorbereitet, und wie ein Kleid »gebaut« werden müsse, erörtert hatte, im grünen Röckchen, grauen Hosen und grauen Schlapphut zeigte und einzelne von uns das Lachen über die durchaus nicht anmutende, sondern recht schwerfällige, etwas schneidermäßige Erscheinung nicht unterdrückten, wurde er ernstlich böse. Doch zurück zu unsern Postfahrten! Viehhändlern, welche gern, sobald sie die Kutsche bestiegen, ihre schweren Stiefeln auszogen und in ausgetretenen Pantoffeln es sich bequem machten, hielt er halb grobe, halb launige Vorträge über Anstandslehre. Mit Gemeinderäten erörterte er die Lokalpolitik und ließ sich von ihren Nöten und Kämpfen erzählen. Präzeptoren gaben Anlaß zum Austausch persönlicher Erinnerungen. Nur wenn ein Helfer oder Diakon eine Strecke mitfuhr, blieb er stumm und gab höchstens einige Knurrlaute von sich.

Zu den wertvollsten Bekanntschaften bei den Stuttgarter Zusammenkünften gehörte jene Christian Märklins. Die Tübinger waren seines Lobes voll, priesen ihn einstimmig als den tüchtigsten Charakter des ganzen Kreises. Vischer, der für persönliche Schwächen ein gar scharfes Auge hatte, nannte ihn stets einen ganzen Mann, den einzigen, welcher den Stifter in seinem Wesen vollständig begraben hätte. Wie hoch Strauß ihn stellte, sagt uns sein Buch über Märklin, die beste Biographie, welche er 112 geschrieben hat, gleichzeitig ein Ehrendenkmal für den Freund, wie ein wichtiger Beitrag für die Kenntnis der geistigen Kämpfe vor dem Jahre 1848. Märklin war ein Studiengenosse von Strauß und Vischer gewesen, hatte mit ihnen im kleinen Seminar von Blaubeuren, wie im Stifte in Tübingen Leid und Freud geteilt und nachdem er wacker und ehrlich durch theologische und philosophische Systeme sich durchgekämpft, im praktischen Lehrfach (in Heilbronn) Frieden und einen ihm zusagenden Beruf gefunden. Was ihn von den Genossen unterschied, war sein praktischer Sinn, seine klare, ruhige Anschauung der Dinge, sein unbestechliches Urteil. Bei Vischer übte Temperament und augenblickliche Laune oft einen unberechenbaren Einfluß auf das Urteil. Er hätschelte mit Vorliebe seine persönlichen Schwächen und gab ihnen eine Wichtigkeit, als ob das Weltheil von ihrer Befriedigung abhinge. In Strauß hatte die Kühnheit seiner Anschauungen, die geniale Freiheit nicht vermocht, gewisse Züge eines spießbürgerlichen Konservatismus gänzlich zu verwischen. So kam eine gewisse Schüchternheit und gewundene Zaghaftigkeit in sein Wesen. Märklin dagegen stand fest und tapfer für die Sache ein, sobald er sie als die rechte erkannt hatte und ließ sich durch kleine Bedenken, durch persönliche Stimmungen von dem einmal eingeschlagenen Wege nicht ablenken. Praktisch denken, kräftig handeln, that nach seiner Meinung den Deutschen, besonders den eigenen Stammesgenossen, am meisten not. Dieses Ziel zu fördern, darauf war sein Absehen vornehmlich gerichtet. Hätte ihm das Schicksal ein längeres Leben gegönnt (er starb unerwartet schon im Jahre 1849), so würde er in der Heimat gewiß eine hervorragende politische Stellung gewonnen haben. Auch bei unsern Zusammenkünften kam seine vornehme, klare Natur zur Geltung. Die Mitglieder des Landtags erschraken denn doch zuweilen über die Opfer, welche dem Partikularismus durch eine stramme Einheit Deutschlands zugemutet würden, die Abneigung gegen Preußen, die großdeutschen Träumereien ballten alle Pläne in abstrakte, leblose Formen. Märklin allein kam immer wieder auf den Satz zurück, daß, wer das Ganze wolle, sich nicht mit abgeschlagenen Splittern begnügen dürfe, und verteidigte ihn mit gewinnendem Eifer, wie er auch am kräftigsten das Mißtrauen gegen die preußische Führung zurückwies.

Es machte sich von selbst, daß ich bei dem öftern Aufenthalt in Stuttgart mit dem *Schwäbischen Merkur,* der würtembergischen Hauptzeitung, in Verbindung trat. Ich lieferte für die Beilage, *Die Schwäbische Chronik,* mehrere kleine Artikel und focht auch in ihr einen größern Streit aus. Nach altem Gesetz durften in Tübingen zwar Seiltänzer, Kunstreiter und ähnliches fahrendes Volk ihre Künste zeigen, Theateraufführungen dagegen waren im Weichbilde der Universitätsstadt streng untersagt. Da machte ein anständiger Theaterunternehmer, ein Schüler Immermanns, Namens Kramer oder Kraner, das Angebot, im Laufe des Winters eine Reihe klassischer Vorstellungen zu geben. Vischer war für diesen Plan Feuer und Flamme. Mir übertrug er die Aufgabe, in der Presse dafür zu wirken und das Ministerium zur Rücknahme des veralteten Verbotes zu bewegen. Ich stieß in ein arges Wespennest. Die Pietisten im Lande erhoben einen greulichen Lärm, allen voran der sogenannte Zionswächter Hoffmann in Ludwigsburg, und verdammten nicht allein den Plan, sondern auch seine Förderer in der Presse. Wie tief mußten die gottlosen Junghegelianer gesunken sein, daß sie einen hergelaufenen Österreicher als Advokaten wählten. Der österreichische Gesandte wurde angewiesen, meiner verderblichen Wirksamkeit ein rasches Ende zu setzen. Zum Glück schützte mich noch vorläufig ein regelrechter Paß; aus Vorsicht ließ ich mir doch durch die Vermittelung des alten braven Prokurator Lang das Gemeindebürgerrecht in einer kleinen würtembergischen Stadt (Echterdingen) zusichern.

Unterdessen hatte ich meine Doktordissertation vollendet und zur Prüfung eingereicht. Anfangs März 1848 erhielt ich das Doktordiplom. Gegenstand der ziemlich umfangreichen Abhandlung war die Kritik der Hegelschen Geschichtsanschauung. Ich wollte den künstlichen Aufbau des Systems nachweisen und die inneren Widersprüche in Hegels Philosophie der Geschichte darlegen, also das Werk fortsetzen, welches Trendelenburg an der Logik Hegels, mein Lehrer Exner an der Psychologie vollführt hatten. Indem ich mich noch einmal in die Hegelsche Philosophie vertiefte, Schritt für Schritt ihr willkürliches Spiel mit den Thatsachen verfolgte, hoffte ich zugleich, den spekulativen Mantel, soweit er noch um meine Schultern lose hing, völlig abzuwerfen. Die Häutung gelang. Ich habe seitdem der schulmäßigen Spekulation allen Einfluß auf meine Gedankenbildung gewehrt. Dieser persönliche Vorteil war der einzige Nutzen, welchen mir die Schrift schaffte. Sie wurde ohne Sang und Klang begraben, meines Wissens niemals in einem kritischen Blatte besprochen, oder auch nur in irgend einem Buche, welches von der Philosophie der Geschichte handelt, erwähnt. Wahrscheinlich bin ich der einzige, der von ihrem Dasein Kenntnis hat. Es war übrigens höchste Zeit gewesen, daß die Arbeit vollendet wurde. In den nächstfolgenden Monaten hätte ich sie schwerlich fortgesetzt. Die Vorrede feierte bereits in burschikosem Tone den Beginn einer neuen Periode, in welcher nicht philosophiert, sondern Geschichte gemacht wird, der Humor seine Herrschaft in der Weltgeschichte antritt. Die Revolution begann ihren Rundgang durch Europa. Die Nachrichten von den Volksaufständen, von ihrem siegreichen Verlauf, von der Nachgiebigkeit oder der Niederlage der Regierungen, der Abdankung und Flucht mißliebiger Minister überstürzten sich. Bald gab es keine Stadt und kein Städtchen in Deutschland, in welchen nicht Volksversammlungen gehalten, scharf lautende Beschlüsse gefaßt und kräftige Petitionen an die Regierung unterschrieben wurden. Auch Tübingen kam in Bewegung. Eine von Bürgern und Professoren ausgeschriebene Versammlung fand in den ersten Märztagen in der großen Universitäts-Reitschule statt, in welcher Uhland, mit Jubel begrüßt, die Hauptrede hielt und die in einer Petition niedergelegten Forderungen an die Regierung knapp und bündig und doch auch mit wahrhaft poetischem Schwunge begründete. In dem Uhlandbüchlein von Otto Jahn habe ich viele Jahre später diese Scene beschrieben. Obschon ich erst kurze Zeit in Schwaben weilte, hatte ich doch das Vertrauen der Bürger gewonnen, daß sie auch meine Dienste gern in Anspruch nahmen. Mit dem jungen Römer, dem spätern Reichsgerichtsrat, zusammen hatte ich für zahlreiche Unterschriften unter die Petition Sorge zu tragen. Sie lag im Museum auf, wohin nun die kleinen Leute, die Handwerker und Winzer vom Morgen bis zum Abend pilgerten, nicht um einfach zu unterschreiben, sondern um sich zunächst die Petition vorlesen und erklären zu lassen und dann die Bitte auszusprechen, daß doch noch dieses oder jenes besondere Anliegen, das ihnen am Herzen lag, eingefügt werden könnte. Oft dauerte es eine Stunde, ehe das Bäuerlein nachgab und seinen Namen unter die Petition setzte.

Es war mir bestimmt, auch mit den Waffen in der Hand, d.h. mit einer alten Vogelflinte, welcher das Schloß fehlte, meinen neuen Mitbürgern zu dienen. Das politische Possenspiel, welches einige Tage lang ganz Süddeutschland in Aufregung hielt und die ehrsamen Spießbürger in Währwölfe verwandelte, wurde auch in Tübingen aufgeführt. Schwerlich hatte der hasenfüßige Schneidergeselle, welcher zuerst in Kehl erzählte, daß sich in Straßburg ein Arbeiter- und Emigrantenhaufe zum Einbruch in Deutschland rüste, eine Ahnung davon, wie rasch das Gerücht anschwellen und welche abenteuerliche Gestalt es im Hinterlande gewinnen werde. Der Feind rüstet nicht – er steht bereits am Rhein – er ist bereits im Lande eingebrochen. Der Haufe zählt nicht einige hundert Mann, sondern bildet ein wirkliches Heer, dem es an geschickter Leitung nicht fehlt. Reitende Boten, von geängstigten Bürgermeistern abgesandt, brachten die Nachricht von Ort zu Ort, in jedem Ort fügte die geschäftige Phantasie noch irgend einen schreckenden Zug hinzu, und so kam eines schönen Tages nach Tübingen die Kunde, das Arbeiterheer stehe bereits einige Meilen hinter Reutlingen und könne am nächsten Morgen Tübingen erreichen. Sofort versammelten sich die angesehensten Männer der Stadt auf der Universität zur Beratung, wir aber, das freie Volk, mehrere hundert Mann stark, standen aufgeregt auf dem Universitätsplatze und sahen im Geiste bereits die Augen des Vaterlandes auf uns tapfere Vorkämpfer gerichtet, was übrigens nicht hinderte, daß durch eine Stafette in Stuttgart die schleunige Sendung militärischer Hilfe erbeten wurde. Endlich trat ein Professor der Landwirtschaft, ein ehemaliger Offizier, einen mächtigen Pallasch in der Hand, auf den Balkon des Universitätshauses und hielt eine feurige Ansprache, welche mit der Aufforderung schloß, uns sofort zu bewaffnen, militärisch zu organisieren und den

bereits in der Nacht erwarteten Angriff des Arbeiterheeres kräftig zurück-
zuweisen. In wenigen Stunden war das friedliche Tübingen in ein wildes
Kriegslager verwandelt. Die älteren Männer traten zu einer Schutzkom-
pagnie zusammen, wir jungen Leute bildeten gleichsam ein fliegendes
Corps und wurden beordert, die Neckarufer und das Vorland in der
Richtung auf Reutlingen zu bewachen. Bei Anbruch der Nacht bezogen
wir die Postenkette, suchten die Neckarufer sorgfältig ab, stellten auf allen
Wegen und Stegen Wachen aus und sandten auch einzelne Späher vor.
Alle Mühe war umsonst. Der Feind kam nicht, wohl aber am nächsten
Tage die Nachricht, daß alles nur ein blinder Lärm gewesen sei. Ich
konnte meine Vogelflinte ohne Schloß unversehrt dem Eigentümer zu-
rückgeben.

Diese Komödie war glücklich vorübergegangen, die leidenschaftliche
Aufregung und Unruhe blieb, das politische Interesse nahm uns ausschließlich in Anspruch und drängte alle andern Angelegenheiten vollkommen in den Hintergrund. Da mußte ich freilich mit mir zu Rate
gehen, ob der alte Plan ausführbar sei. Die Entscheidung erfolgte rasch.
Auf die Kunde von dem siegreichen Ausgange der Wiener Revolution
schrieb ich flugs in die Jahrbücher der Gegenwart einen Triumphartikel.
Er wurde in den Prager Zeitungen abgedruckt und fand allgemeinen
Beifall. Daraufhin bestürmten mich alle alten Bekannten, ich möchte
doch eilig zurückkommen und auch meine Kräfte dem »Neubau des
Staates« widmen. Die Sorge eines Rückschlages sei ganz ausgeschlossen,
jetzt blühe in Österreich der Weizen des Liberalismus üppiger als in
Deutschland. Eine neugegründete große Zeitung, das Constitutionelle
Blatt aus Böhmen, hoffe auf meine eifrige Mitwirkung und werde mir
in ihren Spalten freies Spiel geben. Gleichzeitig bekam ich einen Brief
meines alten Lehrers Exner, welcher in Wien die Reformen des höhern
Schulwesens leitete. Ich hatte ihm meine Dissertation übersandt, als
Antwort kam gleichfalls die Einladung, in die Heimat zurückzukehren.
Er wisse, daß das Gedeihen der Universitäten von der Einbürgerung des
bis dahin in Österreich fast ganz unbekannten Privatdozenten abhänge
und glaube, wenn ich etwa im Herbst als Dozent der Geschichte oder
Kunstgeschichte aufträte, mir guten Erfolg versprechen zu können. Also
bis zum Herbst Zeitungsschreiber, vom Herbst an Universitätslehrer,
diese Aussicht erfüllte meine Wünsche vollständig. Da Schwegler ohnehin
die Jahrbücher der Gegenwart aufgeben wollte – sie hinkten, trotz der
kürzeren Fristen, den Ereignissen mehr als jemals nach – der Besuch der

Universität und der Vorlesungen sich zu verringern drohte, so folgte ich dem Rufe und schied nach siebenmonatlichem Aufenthalte von Tübingen, das mir im wahrsten Sinne des Wortes eine Schule gewesen war.

8. Das Revolutionsjahr.

In den ersten Apriltagen kam ich in Prag an. Die erste Entwickelungsstufe der Revolution gehörte bereits der Vergangenheit an: die Kuß- und Umarmungsperiode, in welcher sich alle Welt verbrüderte, als ein Herz und eine Seele fühlte, jedermann sich im Geiste in ein weißes Gewand gehüllt, einen Palmenwedel in der Hand erblickte und eigentlich wunderte, daß ihm nicht über Nacht Engelflügel angewachsen waren. Die Menschen hatten sich von dem Rausche ernüchtert. Die beiden Volksstämme begannen über Rechte und Vorrechte zu streiten, die politischen Parteien gegenseitig Klage zu erheben und nach Verstärkung auszusehen. Da ich die Wonnewochen nicht miterlebt hatte, so merkte ich den plötzlichen Wechsel in der Stimmung weniger. Mein erster Gang führte mich zur Mama. Im Czermakschen Hause konnte ich leider nicht wohnen, da alle Stuben besetzt waren. Sie mietete mich ganz in der Nähe bei ihrer Schwester ein, und so blieb ich denn doch in täglichem innigen Verkehr mit ihr. Die seltene Frau, die noch immer im Glanze ernster Matronenschönheit strahlte, entzog mir ihren Rat nicht, sie billigte im ganzen mein Vorhaben, nur predigte sie mir täglich Mäßigung, Gerechtigkeit und gegen die Armen Wohlwollen. Die Armen aber, meinte sie, wären die Czechen. Als ich das Kreuzherrenkloster betrat, fand ich in Smetanas Stube einen förmlichen politischen Klub versammelt. In dem ersten Taumel des Freiheitsdranges hatten mehrere junge Priester ihre Stationen verlassen und sich in das Kloster zurückbegeben, um hier den weitern Verlauf der Dinge abzuwarten. Sie waren alle des festen Glaubens, daß den Mönchsorden die letzte Stunde geschlagen habe und ihnen das Recht zum Übertritt in den weltlichen Stand unbedingt zustehe. Von den Anwesenden flößte mir ein einziger wahre Achtung ein, ein jüngerer Priester, namens Walter, ein schmucker, fest und klar blickender Mann. Er verhehlte nicht die Schwierigkeit seiner Lage, fürchtete eine falsche gemeine Auslegung seines Austrittes aus dem Orden, erklärte aber doch geradezu, daß das Beharren in der gewöhnlichen Kaplanswelt von einem wirklich gebildeten Manne jetzt nicht ertragen werden könne. Er wünschte in stiller Verborgenheit ehrlich zu arbeiten, als Schriftsteller irgendwie Unterkunft zu finden. Smetana war ganz der Alte geblieben; ihn kümmerte die politische Bewegung nur so weit, als er von ihr eine raschere Verwirklichung seiner Ideale hoffte. Er trug das Manuskript seines Systemes Tag und Nacht bei sich und glaubte die Welt erst dann aus allen Nöten gerettet, wenn er die Siegel von seinen Gedankenschätzen gelöst haben würde – der reine Apokalyptiker! Bei den andern Klerikern konnte ich nicht immer das Mißtrauen gegen die wahren Beweggründe ihres Standeswechsels überwinden. Geradezu verächtlich erschien mir schon damals ein junger Kreuzherr, der sich mit Wollust in cynischen Bemerkungen über Kirche und Religion erging, dem ödesten Radikalismus huldigte, später in den Sold der reaktionären Regierung trat und schließlich im Jesuitenorden Aufnahme und freien Spielraum für sein Treiben fand (Wotka). Auch in diesem Kreise war man der Meinung, daß die liberale Partei mit den Czechen rechnen müsse. Die liberale Thätigkeit ist nur so lange wirksam und fruchtbar, als sie volkstümlich bleibt. Die breite Masse des Volkes gehört aber dem czechischen Stamme an. Die Czechen haben die meisten und stärksten Arme. Nur mit ihrer Hilfe können wir unsere politischen Ideale durchsetzen. Ähnlichen Ansichten begegnete ich auch in der Redaktionsstube des »Constitutionellen Blattes aus Böhmen.« In diesem Punkte war sie also bereits fest organisiert. Die Grundsätze waren geregelt, um so weniger, wie ich mich gar bald überzeugte, der technische Betrieb. An der Spitze der Zeitung stand ein älterer, ehrenwerter, gesinnungstüchtiger Mann, *Franz Klutschak*. Er war schon an zwanzig Jahre für die größte Prager Buchdruckerei, *Gottlieb Haase Söhne*, litterarisch thätig gewesen und hatte Kalender, allerhand Lokalblätter unterhaltenden und belehrenden Inhalts redigiert. Der lange Kampf mit der Censur hatte ihn mürbe gemacht, die Fähigkeit, rasch und bündig zu schreiben, geschwächt. Als ob er noch immer von dem Censor bedroht würde, erwog und prüfte und umschrieb er mühsam jedes Wort, so daß er selten mit einem Aufsatze zu Rande kam und ihm regelmäßig die festen Knochen herauslöste. Ihm stand *Dr.* Ambros zur Seite, eine Autorität im Musikfache, litterarisch aber wegen seiner phantastischen Neigungen unbrauchbar. In der einen Tasche trug er Jean Paul, in der andern ein katholisches Gebetbuch und ließ sich abwechselnd von ihnen inspirieren. Übrigens war er zum Staatsanwalt bei dem Preßgericht vorgeschlagen und legte schon in den nächsten Wochen die Journalistenfeder nieder. Außerdem arbeitete in der Redaktion ein angeblicher Berliner Schriftsteller, den ich nach seiner Bildung und seinen Gewohnheiten für einen Potsdamer Schneidergesellen hielt und ein andrer zum Sammeln von lokalen Neuigkeiten, deren Notizen aber stets umgeschrieben werden mußten.

Am liebsten hätte mich Klutschak zu einem ständigen Sitze in der Redaktionsstube verpflichtet. Dazu konnte ich mich, so bereitwillig ich auch mein eifriges Mitarbeiten versprach, doch nicht entschließen. Dafür empfahl ich als Mitredakteur dringend den Kreuzherrenpriester Walter. Er stellte sich vor, gefiel und arbeitete sich wunderbar rasch in den neuen Beruf ein. Walter hat vierzig Jahre lang an Klutschaks Seite und dann selbständig das Konstitutionelle Blatt und später die *Bohemia* geleitet und die letztere zur angesehensten Provinzzeitung in Österreich gehoben. Für seine unantastbare Ehrenhaftigkeit spricht, daß der entlaufene Mönch niemals von der Polizei und Klerisei behelligt wurde, daß später sogar die ehemaligen Klosterbrüder mit ihm, wenn auch unter gewissen Vorsichten, in Verkehr traten, und, als es sich zweimal um die Wahl eines Ordensvorstehers handelte, auf seinen Rat hörten. Als er sich dem siebzigsten Jahre näherte, traf ihn ein unheilbares Leiden. Er sah ein ödes, sieches Greisenalter vor sich und schied (1888) lieber freiwillig aus dem Leben.

Das »Constitutionelle Blatt« konnte nicht als Parteiorgan im strengern Sinne des Wortes gelten, dazu waren die politischen Verhältnisse nicht abgeklärt genug. Es hielt im allgemeinen an liberalen Grundsätzen fest, stemmte sich gegen den unreifen Radikalismus, welcher von der Wiener Aula herwehte, sprach sich aber auch gegen die ängstliche konservative Gesinnung tadelnd aus. Insbesondere suchte es zwischen den beiden Nationalitäten ausgleichend und versöhnend zu wirken. Eine kleine Gruppe von Deutschen, an deren Spitze die beiden Dichter Alfred Meißner und Moritz Hartmann standen, äußerten ihren Zorn über das Fischblut der Zeitung. Aber weder Meißner noch Hartmann waren politisch ernst zu nehmen. Sie schwärmten für republikanische Einrichtungen, hatten die Augen einzig und allein auf das Frankfurter Parlament gerichtet, spotteten über jeden Versuch, den österreichischen Staat in liberale Bahnen zu leiten und hielten den nahen Zerfall Österreichs nicht allein für wünschenswert, sondern auch für unvermeidlich. Ebenso erwies ein Teil der czechischen Politiker, welche von Deutschen- und Judenhaß sich nährten, dem Blatt die Ehre grimmiger Feindschaft. Zum Glück war damals diese Partei weder zahlreich noch mächtig. Unter den politischen

Wortführern der Czechen zählte man 1848 zahlreiche Staatsbeamte und gereifte Männer in praktischen Lebensstellungen. Ich erinnere nur an den spätern Reichstagspräsidenten *Dr.* Strobach. Phantastische, von Größenwahn eingegebene Zukunftspläne waren ihnen fremd. Sie begnügten sich mit der Forderung bestimmter politischer Rechte, welche ihnen vom liberalen Standpunkt unbedingt zugegeben werden mußten, wie namentlich den freien Gebrauch beider Landessprachen im Landtage und Stadtrate, die Verhandlungen vor Gericht in der Muttersprache der Parteien. Das czechische Staatsrecht war 1848 noch nicht erfunden und vollends der Anspruch, die czechische Sprache an Stelle der deutschen zur Staats- und Kultursprache im ganzen Lande zu erheben, nicht einmal von den ärgsten Fanatikern erdacht worden. Wenn die wenigen Fanatiker im pelzverbrämten Sammetmantel, mit einer kronenartigen Mütze auf dem dicken Schädel, oder als polnische Sensenmänner im Schnürrock und Konfederatka oder als serbische Hirten mit einem bauschigen Hemde über dem Beinkleide durch die Straßen ziehen konnten, war ihr nationaler Stolz ganz befriedigt. Das Konstitutionelle Blatt hatte kein festes Programm formuliert. Thatsächlich konnte aber als solches die Anerkennung gleicher politischer Rechte für beide Volksstämme bei festem Einstehen für die Fortdauer deutscher Bildung als des besten Bindemittels mit dem übrigen Österreich und mit dem civilisierten Europa gelten. Diesem Programm stimmte ich von ganzem Herzen zu und in diesem Sinne habe ich ein Jahr lang und darüber am Konstitutionellen Blatt 126 mitgearbeitet. Auf meinen Anteil fielen die täglichen Leitartikel und die kritischen Berichte über politische Versammlungen.

Die Februarrevolution hatte zwei Epidemieen in Europa gezeugt: das Bewaffnungsfieber und die Redewut. Beide breiteten sich auch in Prag aus. Vom buckligen Professor und lahmen Kanzleimann bis zu den Jungens im Gymnasium und in der Realschule schleppte sich jedermann mit einem schweren Säbel. Mich befiel die Krankheit nicht. Ich hatte in Tübingen über den Blödsinn des militärischen Dilettantismus genügende Erfahrungen gesammelt und kam erst nach Prag als sämtliche Corps und Legionen organisiert waren. So blieb ich denn einfacher Civilist. Als Vorwand zu dieser allgemeinen Bewaffnung diente auch hier die Furcht vor Raubzügen der Proletarier, welche aber niemals erfolgten, oder auf die lärmende Zusammenrottung von ein paar Dutzend halbwüchsigen Burschen ausliefen. Eine derbe Tracht Prügel, von kraftvollen Bürgerhänden ausgeteilt, bereitete diesem rohen und ganz ungefährlichen Treiben ein rasches Ende. Leider fanden sich nicht immer solche Hände und dann beharrte die tapfere Nationalgarde in beobachtender Stellung, bis Regen oder Ermüdung Freund und Feind nach Hause brachten.

Eine Zeitlang herrschte neben der Redewut noch die Druckwut. Jeder erwachsene Mensch, oft auch der halberwachsene, hielt sich berufen und berechtigt, seine Meinung über das Staatswohl oder was ihm sonst am Herzen lag, der Welt kundzugeben, die Zeitungen aber verpflichtet, seine Leistung abzudrucken. Vergebens blieb jede Einrede. Die Antwort lautete immer: »Aber bitte, wir haben jetzt Preßfreiheit, da müssen Zeitungen alles drucken.« Erst allmählich legte sich der Schreibeifer, eingedämmt durch die Forderung von Druckgebühren. Die Redewut ließ sich nicht füglich besteuern, da half man sich durch die Versuche, sie an einzelne Regeln zu binden. Seit den Märztagen versammelten sich an hundert Männer verschiedener Stände täglich in einem Saal, um in Gegenwart zahlreicher Zuhörer ohne Mandat über allerhand nützliche und unnütze Dinge zu beschließen. Dem Landespräsidenten war diese Nebenregierung unbequem. Er entschloß sich zu einem Kompromisse, verlieh der Versammlung einen halbamtlichen Charakter, behielt sich aber den Vorsitz vor und schob eine Zahl von ihm ernannten Mitgliedern ein. So kam der sogenannte Nationalausschuß, eine Art von Vorparlament, zu stande, über dessen Thätigkeit ich täglich zu berichten hatte. Anfangs unter erschwerenden Umständen. Ich mußte im Hintergrunde des Saales, inmitten des andrängenden Publikums, meist breitschultrigen Kleinbürgern und Bauern, stundenlang stehen, hörte die Redner schlecht und sah sie gar nicht. Da bäumte sich mein Journalistenstolz auf. Ich erklärte in der Zeitung, von nun an keinen Redner mehr mit dem Namen zu bezeichnen, da ich sie wohl vom Gesichte, aber nicht vom Rücken zu kennen die Ehre hätte. Das half. Unmittelbar unter dem Präsidentensitz wurde mir ein besonderer, vollständig eingerichteter Kanzleitisch eingeräumt. Die Diener hielten mich offenbar für einen kaiserlichen Kommissar und erwiesen mir größere Achtung als den sogenannten Deputierten. Auf die Dauer bot diese Wirksamkeit nichts Erfreuliches. Der parlamentarische Speisezettel war schrecklich eintönig. Täglich erschienen Vertreter der Bauernschaften, um gegen die Fortdauer der Frohnden (Robot) zu protestieren. Sie wurden in langen Reden vom Präsidententische getröstet und beschwichtigt. Dann kamen endlose Petitionen, zumeist czechischer Körperschaften und Städte, an die Reihe. Zum Schluß folgten Beratungen über Gesetzentwürfe, insbesondere über eine provisorische Landtagsordnung, welche Palazky nach bekanntem englischen Muster zusammengestellt hatte. Einen praktischen Wert besaßen die Verhandlungen natürlich nicht; die Beschlüsse widersprachen sich, empfingen eine unklare, oft ganz unbrauchbare Fassung. Um so leichteres Spiel hatte die Kritik und diese übte ich auch wacker. Mit der naiven Sicherheit und dem Übermute, welche der Jugend eigen, saß ich über Personen und Einrichtungen zu Gerichte und fällte Urteile über alle erdenklichen Fragen der Politik mit der Rücksichtslosigkeit, welche der Mangel an Erfahrung erzeugt.

Dem Nationalausschuß und meinen politischen Stilübungen bereitete der frivole Pfingstaufstand in Prag ein jähes Ende. Von dem komödienhaften Glanze des Slawenkongresses berauschte, von fanatischen Polen angestachelte, auf die Macht der Wiener Aula neidische Studenten hatten ihn mutwillig angestiftet, durch die Feigheit der Nationalgarde, welche den Anfängen des Barrikadenbaues nicht entgegenzutreten wagte, und die Kopflosigkeit der Behörden überflüssig verlängert. Das Konstitutio- 129 nelle Blatt stellte für eine Woche den Druck ein. Als es unter der Herrschaft der Kriegsgesetze wieder erschien, mußte es sich großer Vorsicht befleißigen, obschon ein Belagerungszustand 1848 viel duldsamer war, als das konstitutionelle Regiment in den fünfziger Jahren. Einen Nutzen schuf der Pfingstaufruhr insofern, daß sich jetzt die Aufmerksamkeit der böhmischen Politiker dem Wiener Reichstage zuwandte, der bis dahin mit schnöder Gleichgültigkeit behandelt worden war. Er wurde der Schwerpunkt der ganzen politischen Entwickelung. Die *A.S.*-Artikel über den Nationalausschuß scheinen trotz ihrer Mängel in weiteren Kreisen gefallen zu haben. Denn Freund Klutschak forderte mich auf, in ähnlicher Weise über den Reichstag zu berichten. Beinahe drei Monate (bis Ende September) verlebte ich in dem tumultreichen Wien, wo sich der Reichstag und die demokratischen Vereine um die Herrschaft in der öffentlichen Meinung stritten. Meine Geschäfte und auch meine Neigungen brachten es mit sich, daß ich mich um den demokratischen Verein wenig kümmerte, zumal die Vertreter der demokratischen Presse im Reichstag nicht danach angethan waren, Achtung für ihre Bildung und ihr Wissen zu wecken. Gelegenheit, diese zu prüfen, wurde ungesucht in reichem Maße geboten. Der mir angewiesene Sitz befand sich auf der linksseitigen Journalistenbühne, welche von den Plätzen der Abgeordneten nur durch eine einfache Holzbrüstung getrennt war. Die unmittelbare Nachbarschaft der halb polnischen, halb deutschen Linken lockte natürlich alle Berichterstatter der radikalen Wiener Blätter auf diese Seite. Ich kam mir vor 130 wie Saulus unter den Propheten. Vor Beginn der Sitzung tauschten sie ihre Bemerkungen über die noch nicht anwesenden Kollegen aus. Aus ihnen erfuhr ich, daß der eine Journalist früher Barbier, der andere ein Hutmachergeselle, der dritte ein Tagschreiber gewesen war. Akademische Bildung besaß kaum einer, und kam in den Verhandlungen ein Fremdwort vor, so malte sich auf ihren Gesichtern arge Verlegenheit. Als wichtigste Aufgabe des Reichstages sahen sie die Anfragen an das Ministerium, die Interpellationen, an. Wurde eine solche von einem Mitglied der Linken – und das geschah beinahe täglich – gestellt, so säumten sie nicht, ihren Beifall in lauter Weise zu äußern und die natürlich immer mißliebige Antwort des Ministers, besonders des durchaus tüchtigen, aber als Soldat verabscheuten Grafen Latour und des als Renegat gehaßten Bach mit Murren und Scharren zu begleiten. Geriet die Verhandlung in ein ruhiges Geleise, so verloren sich langsam die radikalen Journalisten, so daß ich zuweilen über die ganze Loge verfügte. »Loge« ist allerdings ein häßliches Fremdwort, aber hier doch der einzig passende Name. Denn ich kam mir in der That wie ein Theaterbesucher vor, welcher der Aufführung einer politischen Komödie beiwohnt. Solange der Reichstag in Wien tagte, konnte man ihn kaum ernst nehmen. Es gab noch keine politischen Parteien, keine festumschriebenen Programme. Die Mehrzahl der Mitglieder hatte sich bis dahin mit politischen Gedanken nicht geplagt; die wenigen politisch-sachkundigen Männer sprachen gern zum Fenster heraus und sorgten vor allem für eine gute rhetorische Wirkung. Wie Schauspieler von dankbaren Rollen, sprachen sie von dankbaren Reden. Und die Zeitungskritik behandelte auch die Abgeordneten wie Schauspieler, kümmerte sich wenig um den Inhalt oder gar Gehalt der Reden, sondern lobte und tadelte allein nach Umständen die Form. Erst als der Reichstag nach Kremsier verbannt wurde, kehrte Ernst und politische Würde bei ihm ein. Doch dann hatte ich ihm schon längst den Rücken gewandt.

Mein Tagewerk in Wien, vormittags im Reichstage, nachmittags am Schreibtisch, um den Bericht vor Postschluß zu vollenden, hätte mich auf die Dauer ermüdet, wären nicht die abendlichen Zusammenkünfte mit Hans Czermak und einigen alten Studiengenossen, durchgängig Medizinern, gewesen. Wir trafen uns in der Josephstadt in irgend einem stillen Gasthause und vergaßen auf einige Stunden alle Politik.

Ende September gab ich die Stelle eines ständigen Korrespondenten auf und verließ Wien, um meine Habilitation an der Prager Universität kräftig zu betreiben. Meine Laufbahn als Korrespondent schloß leider mit einem großen, von mir übrigens ganz unfreiwillig herbeigeführten Skandal. In irgend einem czechischem Bezirke war ein gewisser Jelen zum Deputierten gewählt worden, ein leidlicher Musikant, in seiner bürgerlichen Stellung ein untergeordneter Kanzleibeamter. Der gute Mann hatte viele Kinder, großen Durst, wenig Geld – da dachte er, durch ein 132 öffentliches Konzert in Wien seine Lage zu verbessern. Der mir befreundete Präsident des Reichstages, Strobach, über diesen tollen Einfall bestürzt, kam zu mir und erbat meine Mitwirkung, um Jelen von dem Vorsatze abzuhalten. Strobach meinte, eine Notiz im Konstitutionellen Blatte, welche das Gerücht von dem Konzerte erwähnte, werde ihm die beste Waffe gegen Jelen in die Hand geben. Ich ging auf seine Bitte ein. Wenige Tage später stürzte aber Jelen auf der Journalistentribüne auf mich los, bedrohte mich mit geballten Fäusten, brüllte, ich hätte seine armen Kinder unglücklich gemacht und wurde nur mit Mühe von den anwesenden Journalisten aus dem Saale gebracht. Die Scene hatte noch ein ärgerliches Nachspiel. Die czechische Partei hatte den sonst wenig brauchbaren, aber immer dienstwilligen Jelen – er besorgte den Kollegen Wohnung, Lebensmittel, Dienstboten, gegerbte Rehhäute und noch manche andere Dinge – zum Ordner des Hauses gewählt. Er mißbrauchte das Amt, um sich an dem gesamten Journalismus zu rächen. Während die Journalisten bis dahin den Vorsaal gemeinsam mit den Deputierten benutzten, ließ Jelen in aller Hast zwei finstere, übelriechende Nottreppen errichten, von welchen man unmittelbar zu der Journalistenloge gelangte. Die Journalisten erhoben über diese Vergewaltigung einen argen Lärm und setzten einen förmlichen Strike in das Werk. Sie erzwangen schließlich zwar nicht die Rücknahme, aber doch eine Milderung der Maßregel. Ein Kumpan Jelens, der durch seine politisch-kirchlichen Wandlungen berüchtigte Helfert, hat in seiner »Geschichte Österreichs 133 seit 1848« diese Vorgänge mit andern Farben geschildert, in Wahrheit ereigneten sie sich so, wie sie hier beschrieben sind. Das Nachspiel traf mich übrigens nicht mehr in Wien.

Gleichzeitig mit mir verließ Hans Czermak Wien, um in Breslau seine Studien fortzusetzen. Ein gemeinsamer Freund, der Prosektor *Dr.* Langer, gab uns am Vorabend der Abreise noch ein Abschiedsfest im Universitätsgebäude, wo er seine Dienstwohnung hatte. Als wir um Mitternacht uns nach Hause begaben, herrschte in der Universität fast unheimliche Grabesstille. Die Aula war finster und leer, in der Wachtstube schnarchte die Mannschaft, selbst der Wachtposten gab sich in einer Mauerecke gesegnetem Schlafe hin. Wir hätten Waffen und Fahnen unvermerkt beseitigen können. Niemand von uns ahnte, daß das Dornröschen Aula in wenigen Tagen zu so entsetzlichem Leben erwachen werde.

In Prag war unterdessen meine Habilitation zu einem glücklichen Abschluß gekommen. Das Ministerium machte keine Einwendung, der akademische Senat verlangte nur eine Ergänzung des (in Österreich viel umfassendern) Doktoreides und den Eintritt in die philosophische Fakultät, welche in Prag noch eine feste Korporation bildete. Die Formalitäten (Austausch von Reden und Begrüßungen, Handschlag und Umarmung) waren rasch abgethan. Mitte November kündigte ich durch öffentlichen Anschlag den Beginn der Vorlesungen über *die Geschichte des Revolutionszeitalters* an. Es wäre klüger, für mein Fortkommen gewiß ersprießlicher gewesen, wenn ich einen ferner liegenden Gegenstand gewählt hätte.
134
Wer kam aber im Jahre 1848 weit über die Gegenwart hinaus, wer konnte sich mit Dingen, die nicht mittelbar oder unmittelbar mit der Politik zusammenhingen, beschäftigen. Dann lebte aber in mir die Erinnerung, in welcher Unwissenheit bisher die akademische Jugend in der neuern Geschichte gehalten worden war, welche bittere Scham uns erfüllte, daß uns das Völkerleben in den letzten Jahrhunderten so ganz unbekannt blieb. Dem Übelstande wollte ich in meiner jugendlichen Begeisterung abhelfen. Auf warme Teilnahme hatte ich gerechnet, daß ich aber einen so gewaltigen Erfolg mit den Vorlesungen erzielen würde, ahnte ich nicht. Sie haben mich zu einem populären Mann in Böhmen gemacht. Noch als Greis wurde ich während meiner Sommerfrische bei Bodenbach oft von Fremden, auch schon älteren Männern, begrüßt, welche sich als meine Zuhörer zu erkennen gaben, und mich durch die Recitation von ganzen Sätzen aus meinen Vorlesungen überraschten. Mit klopfendem Herzen betrat ich das Auditorium, um die (in der Bohemia abgedruckte) Antrittsrede zu halten. Die Befangenheit stieg, als ich in dem geräumigen Saale Mann an Mann, dicht gepreßt erblickte, darunter Professoren, Doktoren, angesehene Staatsbeamte, ältere Bürger. Mit zitternder Stimme begann ich den ersten Satz: »Hätte man es vor kurzer Zeit noch gewagt, den Namen der Revolution in diesen Räumen auszusprechen, ohne ihm den gräßlichsten aller Flüche nachzusenden, ohne in demselben Atemzuge beizufügen, daß die Revolution das Werk einiger Schurken und Tollhäus-
135
ler gewesen: ich glaube, diese Mauern hätten vor Schrecken über diesen

Frevel gebebt, wären vor Entsetzen über dieses Wagnis zusammengebrochen.«

Als ich den Satz geendigt hatte, ging ein leises Rauschen durch den Saal. Ich merkte, daß ich den richtigen Ton anschlug. Mein Mut wuchs, mein Redefeuer loderte auf, meine Stimme gewann an Kraft, die Gedanken flogen mir mit stürmischer Eile zu. Ich wies darauf hin, daß für die moderne Revolution Dichter und Denker kaum eine geringere Bedeutung besitzen, als die Männer der That. Aus der Stimmung der Zeit muß man den Wortlaut des letzten Satzes beurteilen, der freilich jetzt nur in kühlerer Fassung geduldet würde: »Daß der große Kampf der Gegenwart in dem unnahbaren Gebiete des Bewußtseins ausgefochten wird, ist eine köstliche Wahrheit. Die Revolution des Bewußtseins kann nicht durch Kanonen unterdrückt, der Kampf der Geister nicht durch rohe Volksgewalt entschieden werden. Unter der Oberfläche der Seele wirken die bewegenden Ideen fort, rastlos thätig, ihre Entwickelung zu fördern, ihre Herrschaft auszubreiten; sie leben fort, mögen auch die einzelnen Träger derselben fallen. Und haben sie ihre innere Entwickelung vollendet, so sprengen sie ihre Verpuppung, wie Pallas Athene entsteigen sie geharnischt dem Haupte der Gottheit; ihr Erscheinen ist auch schon ihr Sieg; sie treten in die Welt und die Welt liegt huldigend zu ihren Füßen.« An dem mächtigen Beifall merkte ich, daß ich die Herzen der Zuhörer gewonnen, meinen Erfolg als Dozent gesichert hatte.

Als ich mich am nächsten Tage in das Universitätsgebäude (Klementinum) begab, kamen mir Pedell und Studenten mit der Nachricht entgegen, daß der Saal die Zahl der Zuhörer nicht fasse, ich ein geräumigeres Auditorium aufsuchen müsse. An der Spitze der Zuhörer marschierte ich in den zweitgrößten Saal, welcher nach wenigen Minuten sich bis zum letzten Winkel mit Menschen füllte. Das nächste Mal wiederholte sich das Schauspiel. Abermals genügte der Saal nicht, abermals mußte ich in ein anderes Auditorium, das größte in der Universität, welches an fünf- bis sechshundert Menschen faßte, wandern. Freilich genügte in den folgenden Vorlesungen auch dieser Saal nicht. Doch da ein größerer nicht zu haben war, mußte ich in ihm verharren. Die Studenten halfen sich dadurch, daß sie auch den Vorplatz besetzten, die Fenster nach der Hofseite aushoben, Leitern anlegten und auf diesen oder auf den Fensterbänken reitend, mir zuhörten. Als sich der Reiz der Neuheit verloren hatte, ließ das arge Gedränge nach, dicht gefüllt blieb das Auditorium bis zum Schlusse, Ende Juni 1849.

Die begeisterte Teilnahme der Zuhörer schmeichelte meinem Ehrgeize. Minder erfreulich war das Interesse der kleinen Lokalblätter an den Vorlesungen. Sie brachten regelmäßig lange Auszüge, in welchen mir der krasseste Unsinn und die rohesten Phrasen in den Mund gelegt wurden, ohne daß meine öffentlichen Proteste beachtet wurden. Aus dieser bittern Not rettete mich einer meiner eifrigsten Zuhörer, ein angesehener Prager Verlagsbuchhändler, Friedrich Ehrlich. Er schlug mir vor,

137

die Vorlesungen im Druck herauszugeben und zwar heftweise und in kurzen Zwischenräumen, so daß eine authentische Form derselben vorläge. Es war eine harte Zumutung, wöchentlich vier Vorlesungen auszuarbeiten und unmittelbar, nachdem sie gehalten waren, ihren Druck zu besorgen. Da ich frei vortrug, so mußte ich jeden Vortrag noch am selben Abend aus dem Gedächtnis niederschreiben. Dennoch gelang es mir, wenige Wochen nach dem Schluß der Vorlesungen, den letzten Bogen in die Presse zu bringen. Ohne diesen zwingenden Anlaß hätte ich die Ausgabe des Buches nicht gewagt. Mir war wohl bekannt, daß es auf wissenschaftlichen Wert keinen Anspruch erheben könne, auf ungenügender Forschung beruhe, dem leidenschaftlichen Pathos in der Form einen ungebührlichen Einfluß einräume. Wenn ich aber verleumdet werde, daß ich giftige Stechäpfel in meinem Garten anbaue, so ist es mein Recht und meine Pflicht, von den Äpfeln, die ich in Wahrheit gepflegt habe, Proben zu liefern, mögen sie auch noch unreif sein. Das Buch ist glücklicherweise verschollen und vergessen. Sollte jemand aus Neugierde in ihm blättern, so wird er nichts Neues lernen, aber vielleicht ein gutes Stimmungsbild, wie das junge Geschlecht im Jahre 1848 dachte und zur nächsten Vergangenheit sich stellte und was sie von der Zukunft hoffte, gewinnen. In diesem Sinne bat ich auch in der Vorrede, das Buch aufzufassen.

Mit dem Schlusse der Vorlesungen über »das Revolutionszeitalter« begann für mich ein neuer Lebensabschnitt. Trotz des äußerlich glänzen-

138

den Erfolges, trotz freundlicher Aufnahme auch seitens einzelner ernster Männer – Varnhagen machte Humboldt auf das Buch aufmerksam, als ein bedeutsames Zeichen der Zeit, Droysen und Prutz schrieben mir aufmunternde Worte – stand mein Entschluß fest, wieder zu meinem eigentlichen Fache, zur Kunstgeschichte, zurückzukehren. Ein Jahr hatte die Menschen und Dinge doch sehr verändert. Die Revolutionsstürme tobten nicht mehr. Eine scharfe Reaktion bereitete sich vor. Mit so großer Schuld, selbst Verbrechen die Revolution sich beladen hatte, sie mußte alles in gehäuftem Maße sühnen. Die politische Thätigkeit wich politischen Flüchen, Seufzern, leisen Hoffnungen, je nach dem Temperamente des Einzelnen, und gab nun auch unpolitischen Gedanken und Interessen einen freien Spielraum. Ehe ich aber zur Kunstgeschichte als Lehrfach mich wieder zuwandte, fühlte ich die Notwendigkeit, die unterbrochenen Studien fortzusetzen und zu einem äußern Abschluß zu bringen. Ohnehin war ich nach dem arbeitsvollen Jahre der Erholung bedürftig. So schnürte ich denn Ende August 1849 abermals mein Bündel, um die niederländischen, Pariser und englischen Galerieen und Sammlungen eingehend kennen zu lernen.

139

9. Wieder ein Wanderjahr.

Die ersten Schritte lenkte ich nach Belgien, wohin Mama Czermak mit Jaroslav vorangegangen war, um ihn auf eine der blühenden belgischen Kunstschulen zu bringen. Sein großes Maltalent stand in Gefahr, in Prag vollständig ertötet zu werden. Auf den Rat ihrer Dresdener Freunde, Hübner und Bendemann, stellte sie ihn dem Direktor der Antwerpener Akademie, Wappers, vor, welcher nach Einblick in Jaroslavs Skizzen sofort die Aufnahme in die Malklasse zusagte. Wappers war ein untergeordneter Künstler, welcher seinen Ruhm vornehmlich einem Jugendwerk verdankte. Teils die patriotische Tendenz des Gegenstandes, er stellte den Bürgermeister von Leyden dar, welcher den hungernden Mitbürgern sein Blut darbot, teils der eifrige Versuch, die Malweise von Rubens nachzuahmen, lenkten die allgemeine Aufmerksamkeit (1830!) auf ihn und machte ihn mit einem Mal zum berühmten Manne. Wappers erfüllte die auf ihn gesetzten Hoffnungen nicht, aber er blieb lange Zeit ein ganz vortrefflicher Lehrer. Er ließ unaufhörlich nach der Natur malen und lenkte die Blicke auf die großen Koloristen in den benachbarten Galerieen. In deutschen Kunstschulen sah man aber gewöhnlich die Farbe als eine unvermeidliche Beigabe zur Zeichnung an und ließ die Schüler so lange nach der Antike kopieren, bis sie richtig das fröhliche Verständnis der mannigfachen Formen im wirklichen Leben verloren. Ich bemühte mich nach Kräften, die mir neue Unterrichtsmethode kennen zu lernen und benutzte zugleich die bequemen Verkehrswege, um mich in die alte flandrische Malerei, sowohl des fünfzehnten, wie des siebzehnten Jahrhunderts einzuleben. Mitte Oktober übersiedelte ich nach Paris. Eine sehr beliebte Herberge

140

für junge Leute, welche sparen wollten und doch in französischer Weise leben, war die Cour de commerce, im lateinischen Viertel, in der Nähe der Rue de Medicis und Rue Mazarin. Die Luft in der schmalen, ganz geschlossenen Cour de commerce war nicht gut, die Gesellschaft nicht übermäßig fein, die Kost ziemlich dürftig, aber das Haus war streng anständig. Wirt und Wirtin, ein ehemaliger Kurier, aus der Schweiz gebürtig, und eine englische Kammerjungfer, welche sich auf einer Reise zusammengefunden und ihre Ersparnisse in diesem kleinen Hotel garni angelegt hatten, duldeten nicht den Einbruch lockerer Pariser Sitten. Unsere Gesellschaft bestand aus schweizer Medizinern, Korrespondenten deutscher Zeitungen (auch des Konstitutionellen Blattes), angehenden französischen Gelehrten, welche die Studententollheit abgestreift hatten und jetzt als Muster des Fleißes und der Arbeitsamkeit gelten konnten, deutschen Doktoren und Schriftstellern. Ab und zu verlor sich auch ein Flüchtling in die Cour de commerce, doch hielten diese es unter uns Philistern nie länger als ein paar Tage aus.

141

In der Cour de commerce machte ich auch die Bekanntschaft mit dem später so berühmt gewordenen Czechenführer Franz Rieger, der schon damals als der beste Redner der Reichstagsrechten galt. Rieger hielt sich bereits mehrere Monate in Paris auf, hatte sogar ein kleines politisches Abenteuer hier erlebt. Der Zufall, vielleicht auch die Langeweile, welche er um jeden Preis fliehen wollte, brachten ihn mit magyarischen und polnischen Emigranten in nähere Berührung. Sie waren hoch erfreut, auch ein Mitglied des österreichischen Reichstages, noch dazu der gemäßigten Partei, in ihren Reihen zu zählen. Nach einer Zusammenkunft im Palaste des Fürsten Czartoryski, welcher er unvorsichtiger Weise beiwohnte, kam auch sein Name als eines revolutionären Führers auf die Polizeiliste, und bei einer Streifung nach anrüchigen Flüchtlingen seine Person ins Gefängnis. Nur auf vierundzwanzig Stunden. Es bedurfte gar nicht der Vermittelung eines befreundeten Banquiers; der Polizeipräfekt Curlier überzeugte sich gleich nach dem ersten Verhöre von seiner politischen Harmlosigkeit und daß er ahnungslos den klügeren Magyaren und Polen in die Netze gelaufen war und gab ihn frei. Er suchte seitdem nur die Gesellschaft friedfertiger Leute auf. Prager Freunde hatten ihn an zwei Landsleute empfohlen, welche schon längere Zeit in Paris ansässig waren, an den Schneidermeister Hulek und den Vorsteher einer Knabenpension, Porak. Meister Hulek hatte im Lauf der Jahre seine czechische Muttersprache vergessen, das französische nicht erlernt; Porak war kenntnisrei-

142

cher, sprach namentlich ein vortreffliches Französisch, wovon Rieger großen Vorteil zog. Um seine Persönlichkeit war ein gewisses Dunkel verbreitet, welches jeden andern als den harmlosen Rieger zur Vorsicht gemahnt hätte. Als Rieger von meiner Ankunft hörte, besuchte er mich, um etwas Abwechslung in seinen Verkehr zu bringen. Er gefiel sich in unserm Kreise so sehr, daß er ein ziemlich regelmäßiger Gast an unserm Mittagstische (6 Uhr) wurde. Oft verbrachten wir dann noch den Abend in einem Kaffeehause, oder gingen in eines der kleinen Theater, was nicht viel kostete, wenn man erst nach dem Schlusse des ersten Stückes die Eintrittskarte kaufte.

Rieger war in jenen Tagen durchaus nicht der nationale Fanatiker, welcher dem Traume eines czechischen Staates die liberale Gesinnung und die feinere Bildung zu opfern bereit war. Ihm hatte der von Stammesgenossen gestreute Weihrauch noch nicht den Kopf umnebelt und zur Überschätzung seiner Kraft verleitet. Er war eitel, aber nicht ehrgeizig, mit geringem Erfolge schon ganz zufrieden. Gern sprach er von dem Aufsehen, welches sein starker schwarzer Vollbart bei den Weibern aus dem Volke erregte. Als ihm eine blutrote Sammetweste aufgeschwatzt wurde, welche schon von weitem leuchtete, begrüßten ihn die Straßenjungen wegen dieser ungewöhnlichen Tracht als Türken. Er fühlte sich dadurch nicht wenig geschmeichelt und vergaß nie, uns von solcher Huldigung zu erzählen. Keine größere Freude konnte ich ihm bereiten, als wenn ich ihn aufforderte, in einem der Restaurants im Palais royal mit mir zu speisen und bat, eine Viertelstunde früher vorzusprechen, um das »Menu« festzustellen. Wenn ich eintrat, war alles in der schönsten Ordnung und er nun meines Lobes, das ich ihm natürlich niemals vorenthielt, gewärtig.

Vom Deutschenhasse war er noch weit entfernt. Er verkehrte fast ausschließlich mit Deutschen, sprach mit Vorliebe Deutsch – er war stolz auf seine deutsche Beredsamkeit – und führte auch seinen Briefwechsel vorwiegend in deutscher Sprache. Die Politik konnte uns nicht füglich entzweien. Die Reaktion lastete gleichmäßig auf allen Völkern und dadurch wurde jeder Streit über das größere oder geringere Recht der einzelnen Stämme gegenstandslos. Das Ministerium Schwarzenberg-Bach hatte das Gezänke der Nationalitäten glücklich zum Schweigen gebracht. Dafür brachte uns das gemeinsame Interesse an der Volkswirtschaft näher. Wollte ich auch nichts mehr mit der praktischen Politik zu thun haben, so hatte ich doch meine Unwissenheit in allen ökonomischen Fragen, die Unkenntnis selbst elementarer wirtschaftlicher Gesetze zu bitter gefühlt, als daß ich nicht willig die Gelegenheit ergriff, mich darin zu unterrichten. Rieger war in der gleichen Lage gewesen. Und so kauften wir und lasen fleißig die gangbaren französischen Lehrbücher der Nationalökonomie. Bastiat, gerade wegen seiner Oberflächlichkeit, die keine Schwierigkeit sah, alles harmonisierte, in weiten Kreisen beliebt, wurde namentlich Riegers Führer. Wenn ich nicht irre, so hat er mehrere kleine Schriften Bastiats in das Czechische übersetzt.

Überraschend schnell verging der Pariser Winter. Erst nachträglich rechnete ich nach, daß ich doch eigentlich jeden Tag die gleiche Beschäftigung geübt, in Wahrheit ein recht eintöniges Leben geführt hatte. In Paris kennt man keine Langeweile. Ein Spaziergang an einem sonnigen Tage durch die Champs Elysées, am Abende über die Boulevards bringt stets Zerstreuung und Unterhaltung. Der Hauptgrund, daß mir der Aufenthalt in Paris so kurz schien, war das viele Neue, was mir das Museum Cluny für meine Studien darbot. Ich wurde nie müde, dasselbe zu besuchen. In der Louvregalerie waren mir eigentlich nur die französischen Maler völlig unbekannt geblieben. Gerade die Meister aus der Zeit Ludwigs XIV. – das achtzehnte Jahrhundert war damals nur dürftig vertreten – flößten mir geringe Teilnahme ein. Lesueurs in Blauwasser getauchte Brunobilder konnte ich ohne Lachen nie betrachten. Im Cluny-Museum trat mir dagegen eine ganz neue Welt entgegen. Es war die einzige öffentliche Sammlung, in welcher man die mittelalterliche Kunst eingehend studieren konnte. Das that aber nicht wenig not, da bis dahin, mit Ausnahme der Bauwerke, die Kunst des Mittelalters selbst für die Kunsthistoriker ein unwegsames Gebiet geblieben war. Einige Hauptwerke wurden aufgezählt, im übrigen begnügte man sich, mit bedauerlichem Achselzucken an den barbarischen Jahrhunderten vorüberzueilen. Was die Romantiker als Mittelalter begrüßten und priesen, war die frühe deutsche Renaissance. Das wahre Mittelalter war ihnen und den auf ihnen fußenden Kunstschriftstellern fern geblieben. Im Museum Cluny sah ich die mannigfachsten Schöpfungen echter mittelalterlicher Kunst gesammelt und geordnet, lernte die Rührigkeit und die eifrige Kunstpflege auch des sogenannten finstern Mittelalters kennen und entdeckte, daß an dem falschen Urteile die unselige, gar nicht berechtigte Trennung der kunstgewerblichen Leistungen von künstlerischen Schöpfungen die Hauptschuld trage. So wurde eine der empfindlichsten Lücken in meinem Wissen ausgefüllt.

Die Zeit zur Fortsetzung meiner Kunstwanderschaft war herangerückt. Vor Antritt meiner Reise hatte ich noch Freund Noël in Rosawitz besucht und von ihm erfahren, daß ihn Familienangelegenheiten im Frühjahre nach England führen würden. Sein Angebot, die Reise mit ihm gemeinschaftlich anzutreten, nahm ich natürlich mit Jubel an. Einen bessern Führer und liebenswürdigen Mentor konnte ich mir gar nicht denken. Als Stelldichein wurde Antwerpen, wo sich Mama aufhielt, bestimmt, als Zeitpunkt der Anfang April gewählt. Ich reiste drei Wochen früher nach Antwerpen, um mit Jaroslav, der sich in der Akademie prächtig entwickelt hatte, einen Abstecher nach Holland zu machen. Rotterdam, Leyden, Haag und Amsterdam wurden besucht, überall die Kunstschätze eifrig studiert. Mit ganz andern Augen sah ich natürlich die Meister in ihrer Heimat, wo die ganze Umgebung, die Luft, die Stimmung, die Häuser, die Typen der Bewohner unmittelbar an sie erinnerten. Ich betrachtete überhaupt die Gemälde jetzt anders als vor drei Jahren auf meiner italienischen Reise, frug nicht viel nach der Bedeutung und dem ästhetischen Werte der Bilder, sondern bemühte mich, die eigentümliche Natur der einzelnen Meister verstehen zu lernen. Die große Gleichartigkeit der Darstellung zwang diese Betrachtungsweise von selbst auf. 146

Während ich auf Noëls Ankunft in Antwerpen wartete, trat eines Tages Rieger unerwartet und wirklich unverhofft in die Thüre. Überängstliche Prager Freunde hatten wieder einmal vor den Gefahren, welche ihn in Paris bedrohten, geschrieben, und ihm ohne allen Grund, wie sich später zeigte, eine Höllenfurcht eingejagt. Er ließ alles in Stich und kam mit einem kleinen Koffer nach Antwerpen mit der Erklärung, die Reise nach London gemeinschaftlich mit mir machen zu wollen. Im freien England fühle er sich allein sicher. Ich verwies ihn an Noël, der mit gewohnter Liebenswürdigkeit auch in diese Begleitung willigte, aber Rieger unverhohlen darauf aufmerksam machte, daß er ohne Kenntnis der englischen Sprache sich sträflich langweilen werde.

In London mieteten wir mit Noëls Hilfe in einer Nebenstraße der Oxfordstreet, in einem Kaffeehause, unsere sehr bescheidenen Wohnungen und begannen nun unsere Irrfahrten. Noël war unermüdlich, mich in die bessere Gesellschaft einzuführen. Einer unserer ersten Gänge galt Mrs. Jameson, der in England hochgeschätzten Kunstschriftstellerin, Noël als beste Freundin der Lady Byron noch besonders nahe stehend. Rieger ging mit. Mrs. Jameson hauste gemeinsam mit ihrer Schwester. Zwei prächtige Matronen voll Lebenslust und scharfen Geistes, dessen Äuße- 147 rungen sie durch die milde Form liebenswürdig dämpften. Das Gespräch kam bald in lebhaften Gang. Nur der arme Rieger wußte mit seiner Person nichts anzufangen. Während wir am Kamin saßen, spazierte er in der Stube auf und ab, betrachtete den Wandschmuck, nahm bald diese, bald jene Nippsache in die Hand und näherte sich endlich dem Schreibtische, um auch diesen genauer zu untersuchen. Das war denn doch der Schwester der Mrs. Jameson zu arg. Sie flüsterte Noël zu, daß sie in der Nebenstube allerhand Spielzeug für eine kleine Nichte, wenn diese zum Besuch komme, bewahre. Dieses wolle sie dem böhmischen Gentleman bringen. Sie verschwand, kam aber gleich darauf, einen Korb mit Aus- und Anziehpuppen im Arm, zurück und lud Rieger in gebrochenem Französisch ein, an einem Nebentische Platz zu nehmen und mit den Puppen zu spielen. Der in allen gesellschaftlichen Dingen überaus naive Rieger war mit dem Vorschlag ganz zufrieden und unterhielt sich stundenlang, die Papierpuppen aus- und anzukleiden. Er nahm es auch Noël nicht übel, als dieser die Meinung aussprach, daß Rieger wohl von nun an auf englische Gesellschaften verzichten werde. Ich verlor Rieger, obschon wir im selben Hause wohnten, beinahe ganz aus den Augen. Das Frühstück nahmen wir im Kaffeehause gemeinsam ein, sonst aber vergingen oft mehrere Tage, daß ich ihn sprach. Ich hörte nur, daß er zumeist mit den Deutschen verkehre, sich an Moritz Hartmann enger angeschlossen habe, fleißig die Londoner Sehenswürdigkeiten studiere und am Abend, wie er es in Paris zu thun gewohnt war, in den Hauptstraßen flaniere. Er muß furchtbar viel Stiefeln in London zerrissen haben.

Mich erfüllte das englische Leben von Tag zu Tag mit immer größerem Behagen. Noël führte mich bei seinen vornehmen Verwandten und seinen persönlichen Freunden ein. Jede Familie, zu welcher ich den Zutritt gewann, hielt sich verpflichtet, mich wieder bei ihren Freunden einzuführen, so daß ich mich nach wenigen Wochen in einem stattlichen Kreise eingebürgert fand. Im wahren Sinne des Wortes eingebürgert. Erst in England lernte ich den Wert echter Gastfreundschaft kennen. Hier wird nicht der Gast mit einer Tasse Thee oder einem Mittagessen abgespeist und dann einfach fallen gelassen. Wirt und Wirtin sehen ihn als einen Schutzbefohlenen an, welchem sie zu jedem Dienste verpflichtet sind. Sie gewähren ihm die freieste Bewegung, drängen sich ihm niemals auf, suchen aber jeden Wunsch zu erfüllen und sind bestrebt, ihm den Aufenthalt so angenehm als möglich zu machen. Gar bald stellt sich ein bequemer Verkehr, ein gemütlicher Ton zwischen Gast und Wirten ein, so daß sich der erstere schließlich ganz wie zu Hause fühlt und als Glied der Familie ansieht. Die in England verlebten Monate zählen denn auch zu den schönsten Erinnerungen aus meinen jungen Jahren. Mit Noël zusammen konnte ich noch eine kurze Reise nach den großen Industriebezirken und dem Norden Englands unternehmen. In Manchester suchten wir etwas vom Fabriksbetriebe, neben welchem damals die deutsche Industrie zum Spielzeug herabsank, abzusehen, versäumten aber auch nicht, Mrs. Gaskell, die auf der Höhe ihres Ruhmes stehende Verfasserin von Mary Barton, aufzusuchen, eine einfache, liebenswürdige Dame, welche uns sofort bei ihren Freunden, insbesondere bei der Familie Souchay einführte. Auch Birmingham bereicherte unsere technischen Kenntnisse. In Bristol dagegen lenkten unsere Gastfreunde, zwei Misses Carpenter, die Tanten des bekannten Chemikers, unsere Aufmerksamkeit auf die Wohlthätigkeitsanstalten und die Versuche, der hier herrschenden großen Armut abzuhelfen. Wiederholt mußte ich in den Bettelschulen *(ragged schools)* dem Abend- oder besser gesagt Nachtunterrichte beiwohnen, in einer derselben, auf die Bitte des Lehrers, sogar eine kurze Rede halten. An einer Landkarte wies ich ihnen den weiten Weg, welchen ich zurückgelegt hatte, erzählte ihnen von den armen Kindern in meiner Heimat, für welche nicht so gut gesorgt würde, wie für sie und ermunterte sie, brav zu werden. Ein dreifaches *cheer* aus dem Munde der Knaben, der Mehrzahl nach Taschendiebe, belohnte meinen oratorischen Versuch. Bei Noëls Bruder in Yorkshire endlich gewann ich einen Einblick in das wohlhäbige englische Pächterleben.

Die freundliche Einladung eines Seidenbandfabrikanten, Mr. Bray, führte uns nach Rosehill bei Coventry. Doch ließen wir dieses Mal die industriellen Interessen ganz beiseite liegen. Mr. Bray war gleichfalls der Phrenologie zugethan und stand mit Noël schon lange in brieflichem Verkehre. Als er meinen Titel: Doktor der Philosophie hörte und vernahm, daß ich in Tübingen Freunde besitze, da klatschte er lebhaft in die Hände: das ist etwas für die »Erzieherin meiner Kinder!« Miß Mary Anne Evans wurde gleich gerufen und nach den ersten Begrüßungen mußte ich sofort ein Kreuzfeuer von Fragen bestehen. Miß Evans machte einen bedeutenden, aber keinen angenehmen Eindruck. Das einfach zurückgestrichene Haar ließ die ohnehin hohe und breite Stirn noch mächtiger erscheinen, ihre kalten, wenn mich die Erinnerung nicht täuscht, grauen Augen bohrten sich förmlich in die Seele des Zuhörers ein, die feinen zusammengepreßten Lippen deuteten mühsam unterdrückte, leidenschaftliche Empfindung an. Ihre Bewegungen wie ihr Mienenspiel waren scharf und bestimmt, es fehlte ihnen aber die anmutige, weibliche Weichheit. Ich mußte ihr von Strauß erzählen, dessen Standpunkt sie nicht mehr teilte, dann von Feuerbach, dessen »Wesen des Christentums« sie gerade übersetzte. Meine offen ausgesprochene Meinung, daß das Junghegeltum sich überlebt habe, überhaupt ein Widerstand gegen die spekulative Richtung sich vorbereite, schien sie unangenehm zu berühren. Über die englischen Zustände sprach sie sich herbe und bitter aus. Wer hätte gedacht, daß sich aus diesem, wie auch Noël schien, etwas überspannten Frauenzimmer eine Dichterin ersten Ranges entpuppen werde. Denn Mary Anne Evans ist der Familienname für die nachmals so gefeierte Mrs. Elliot. Ich kam noch einmal in späteren Jahren mit ihr in nähere Beziehungen. Sie frug bei mir in Bonn an, in welchem deutschen Staate die Wiederheirat eines von seiner Frau thatsächlich, aber nicht gerichtlich geschiedenen Mannes – dies war Mr. Lewis – auf die geringsten Schwierigkeiten stoßen würde. Ich empfahl ihr schließlich Coburg. Ob sie meinen Rat befolgt hat, weiß ich nicht.

Als Noël im Mai abreiste, vermochte ich bereits selbständig in der Londoner Gesellschaft zu schwimmen. Wie viele bunte Bilder zogen an mir vorüber, welche freundlichen Beziehungen ergossen sich in kurzer Zeit über mich. Ich bewahre noch jetzt mehr als ein halbes hundert Einladungen, welche meinen Erinnerungen an jene genußreichen Tage zu Hilfe kommen. Heute war ich auf einem »*Rout*« bei Lord und Lady Lovelace, der Tochter Lord Byrons. Hunderte von Personen drängten sich durch die Gemächer, Prinzen von königlichem Geblüte, Peers und Mitglieder des Unterhauses, Bischöfe und Gelehrte, letztere in ziemlich großer Zahl, da Lady Lovelace als mathematisches Genie in hohem Ansehn stand. Hier sah ich auch Macaulay, um welchen sich stets ein Kreis aufmerksamster Zuhörer sammelte, um seiner wunderbar fesselnden Plauderei zu lauschen. Am andern Tage konnte ich meinen Namen im Morning Chronicle und zwar gleich hinter den Bischöfen lesen. Mein simpler Doktortitel galt in England als Abzeichen höherer geistlicher Würde. Ein anderes Mal, in einer Abendgesellschaft bei dem Nationalökonomen Senior, traf ich die politischen Spitzen des Landes versammelt. Mr. Moncton-Milnes, der spätere Lord Houghton und Präsident des britischen Schriftstellervereins, führte mich in die litterarischen Kreise ein, Tom Taylor, ein beliebter Komödiendichter, gewährte mir Einblick in das muntere Leben im Temple. An einem Tage hörte ich in einer

93

privaten Matinee die berühmtesten Sänger und Musiker der Season, an einem andern Tage bekam ich eine Einladung, Mrs. Procter mit ihrer Tochter in die italienische Oper zu begleiten. Ich warf mich in meinen besten Staat, fuhr mit den Damen in die Oper, wo uns Rubini, Lablache entzückten und geleitete sie nach Schluß des Theaters als galanter junger Mann wieder an ihren Wagen, dann aber schlug ich mich seitwärts, suchte eine noch offene Kneipe auf und trank mitten unter Kutschern und Lastträgern stehend einen Krug schäumenden Porters.

Am liebsten und häufigsten verbrachte ich meine Abende in zwei Familien. Mrs. Jameson hatte mich an ihre Freundin Miß Julia Smith empfohlen, eine Vorstandsdame des Ladies-College in Bedfordsquare, in welchem, ich glaube in London zuerst, Frauenerziehung nach liberalen Grundsätzen durchgeführt wurde. Sie hatte dabei die Zuversicht ausgesprochen, daß ich von nun an gut versorgt sei und keine weiteren Empfehlungen bedürfe. So war es auch. Die kleine, behende, unaufhörlich thätige Dame ließ mich nicht einen Augenblick aus den Augen. Sie fand immer einen Gegenstand, für welchen sie ein Interesse bei mir voraussetzte, entsann sich auf eine Persönlichkeit, deren Bekanntschaft sie als nützlich oder wünschenswert vermutete. Oft brachte mir die Post am Morgen das Tagesprogramm, welches sie noch am späten Abend vorher für mich entworfen hatte, oder sie sandte einen Boten, um eine Zusammenkunft mit ihr zu verabreden. Miß Julia Smith war die Seele und der Mittelpunkt einer weitverzweigten Familie. Sie stand dem Haushalt eines Bruders vor, welchen Geschäfte zwangen, den größten Teil des Jahres außerhalb Londons zu verleben und dessen Töchter unter der Aufsicht ihrer Tante in London erzogen wurden. Sie hatte aber außerdem auch noch auf die Familie eines zweiten Bruders stetig ihr Augenmerk geworfen, deren weibliche Mitglieder gleichfalls in London wohnten, während der Vater mit Vorliebe auf einem Landgute (Combehurst) weilte. In beiden Häusern war ich ständiger Gast, mit den Töchtern machte ich, sobald es die Jahreszeit erlaubte, Ausflüge nach Windsor, Hamptoncourt, Richmond oder besuchte Londoner Ausstellungen und Konzerte. Niemals belästigte uns eine steife Gardedame. Die gute englische Sitte gestattet dem Verkehr zwischen jüngern Leuten beiderlei Geschlechts große Freiheit und steigert dadurch, wie ich aus eigener Erfahrung bestätigen kann, nur das Ehrgefühl und den Sinn für feineren Anstand bei den jungen Männern. Wir lebten wie gute Kameraden zusammen, ich selbst kannte aber keinen höhern Stolz, als von Miß Julia freundlich als echter Gentleman begrüßt zu werden.

Während in den verschiedenen Smithfamilien der Verkehr sich zumeist in den Grenzen der allerdings zahlreichen Verwandten hielt, herrschte im Hause von Mr. und Mrs. Proctor eine weitere Geselligkeit. Mr. Proctor hätte ich niemals die Identität mit dem beliebten Dichter Barry Cornwallis angesehen. Der rundliche Mann, ruhiges Behagen im Blicke, verhielt sich in der Regel wortkarg und wenn er sprach, kam mehr der scharfe Verstand als die leicht erregbare Phantasie zur Geltung. Einen ungleich poetischeren Eindruck machte seine Tochter, eine wahrhaft ätherische, wie sich später zeigte, auch hysterische Persönlichkeit. Sie ergab sich einer ungeregelten Phantastik und starb als katholische Nonne. Mrs. Proctor, viel jünger als ihr Gatte und noch immer eine anmutige Erscheinung, liebte eine reiche Geselligkeit, zu welcher sie nicht allein zahlreiche einheimische Notabilitäten, sondern auch mit Auswahl an sie empfohlene Ausländer heranzog. Sie gab im Monat drei größere Abendgesellschaften, außerdem sammelte sich an jedem Sonntag ein engerer Kreis um ihren Theetisch. Solange ich in London weilte, versäumte ich keinen Abend. Hier lernte ich, außer vielen andern Berühmtheiten, auch Carlyle näher kennen. Er war seit Jahren Hausfreund, doch jetzt in seinen Besuchen besonders eifrig. Fanny Lewald, bei Mrs. Proctor in hoher Gunst stehend, war, wie wir bald entdeckten, der Magnet. Obschon nicht mehr jung und von einer fast überquellenden Körperfülle, fesselte Fanny durch den schönen Schnitt des Kopfes, ihre feurigen Augen und ihr reiches, tiefschwarzes Haar noch immer viele Männerherzen. Vielleicht danke ich dem Umstande, daß ich Carlyle manches über Fanny Lewalds Jugend und Schicksale erzählen konnte, sein Wohlwollen. Er lud mich ein, ihn in seinem kleinen Hause in Chelsea zu besuchen, was ich natürlich freudig annahm. Carlyle schrieb damals seine Latter-day Pamphlets und beschäftigte sich viel mit politisch-sozialen Fragen. Was er darüber im Gespräche – er liebte wie Macaulay die Monologe – mitteilte, war von größtem Interesse. Ich beherrschte aber den breiten schottischen Dialekt nicht genug, um ihm stets folgen zu können. Und so gewann ich doch nicht soviel durch Carlyles Verkehr, als ich erwartet hatte.

Man darf übrigens nicht glauben, daß diese reiche Geselligkeit meine Fachstudien ganz in den Hintergrund drängte. Sie nahm mir allerdings viel Zeit, doch versäumte ich darüber nicht den regelmäßigen Besuch des Britischen Museum und der Nationalgalerie. Mrs. Jamesons Empfeh-

95

lungen öffneten mir außerdem die Thüren zu vielen Privatsammlungen, welche Fremden sonst wenig zugänglich waren.

In den beiden Sommermonaten Juli und August lernte ich das englische Leben von seiner schönsten Seite kennen. Die Sonntage brachte ich regelmäßig bei meinen Freunden und Gönnern auf dem Lande zu, dehnte zuweilen die Besuche bis zu einer halben Woche aus. Der Sonntag in einem englischen Landhause besitzt bei weitem nicht den öden langweiligen Charakter, welcher ihm in den Städten, besonders in London anklebt. Die Morgenandacht wurde im Hause gehalten, da alle meine Wirte der Hochkirche fern standen, also auch nicht den öffentlichen Gottesdienst in der ohnehin meist entlegenen Kirche besuchten. Dann zog sich jeder in seine Stube zurück oder las im Bibliothekzimmer, das in keinem größeren Landhause fehlt, die eingelaufenen Wochenschriften. 156 Dem zweiten Frühstück folgte ein weiterer Spaziergang der jüngeren Welt. Eine kurze Abendandacht nach dem »dinner« schloß die Sabbathruhe. Nun kam die Musik, allerdings die ernste zu ihrem, Recht. Die Macht der Töne zeigte sich nach der Stille des Tages besonders wirksam und die heiligende Kraft der Kunst wurde nach der vorangegangenen inneren Sammlung der Seele in ihrer ganzen Gewalt offenbar.

Der gewöhnliche Zielpunkt der Sonntagswanderungen war Combe-Hurst, durch die vielen anmutigen Nichten von Miß Julia Smith belebt, dann Lea-Hurst in Derbyshire, wo Mr. Nightingale einen reizenden Landsitz besaß und ich die im Krimkriege so berühmt gewordene Tochter, ein zartes, klug blickendes, in ihren Gedanken bereits für Armen- und Krankenpflege erglühendes Mädchen zuerst näher kennen lernte, und endlich Waverley-Abbey, dem Eigentum des Mr. Nicholson. Alle diese Familien waren in irgend einer Weise miteinander versippt und verschwägert, so daß ich mich niemals völlig in der Fremde fühlte. In Waverley-Abbey spielte die Musik eine Hauptrolle. Die jüngste Tochter Marianne besaß eine silberhelle, gut ausgebildete Stimme, auf deren weitere Pflege sie mit Recht bedacht war. Ihr Musikmeister, mein Landsmann Kropp, den das Schicksal von Prag nach London verschlagen hatte, gehörte daher zu den ständigen Gästen in Waverley-Abbey. Eines Abends kam die Rede auf Volkslieder und alte nationale Gesänge. Ich wurde aufgefordert, einige böhmische Volkslieder zu spielen und gab unter andern Proben auch das Hussitenlied zum besten. Es ist bekannt, 157 daß Liszt von ihm so entzückt, von seinem historischen Werte so überzeugt war, daß er die von der Censur verweigerte Druckerlaubnis mit vieler Mühe bei dem Fürsten Metternich endlich durchsetzte. Als ich die Melodie zu Ende gespielt hatte und meine Erzählung, wie das Lied jetzt beliebt sei, geschlossen, klopfte mir der Musikmeister auf die Schulter. Er dankte mir für mein Lob und die interessante Geschichte. Aber das Lied wäre kein Hussitenlied, sondern sein Eigentum, von ihm 1831 zu Ehren der polnischen Revolution in Mainz, wo er als Theatersänger engagiert war, komponiert worden. Als Beweis brachte Marianne alsbald ein Musikheft herbei, und in der That, hier stand schwarz auf weiß Kropp als der Kompositeur, Schott und Söhne in Mainz als Verleger, die innern Seiten zeigten die identische Melodie mit dem Hussitenlied. Kropp hatte den Refrain einem altböhmischen Kirchenliede entlehnt und dadurch der Melodie einen altertümlichen Charakter verliehen. Darauf bauten die czechischen Musikpatrioten ihre Fälschung auf. Eine Fälschung lag vor, eine ganz grobe und gemeine, und Liszt, Metternich, zahlreiche Musikfreunde waren ihr zum Opfer gefallen. Als ich einige Tage später in London Rieger die Fälschung vorhielt, gab er sie sofort zu, meinte aber, das sei nicht schlimm, da ja doch der Refrain wenigstens altböhmisch sei. Im folgenden Jahre enthüllte ich den wahren Ursprung des Hussitenliedes in Prutz' »Deutschem Museum«, erregte aber dadurch bei den Czechen einen gewaltigen Zorn, besonders Palatzky, der Historiker, sprach sich grimmig über meine vorlaute Kritik aus, wodurch ein so »nützliches« Denkmal czechischer Kultur im Werte herabgesetzt würde.

Ich kann die Reihe meiner englischen Freunde nicht abschließen, ohne noch einer besonders werten Freundin zu gedenken. Sie war keine Engländerin, sondern eine echte und rechte Schwäbin, die aber schon lange als Erzieherin bei einem Zweige der Smithfamilie lebte und als halbe Engländerin gelten konnte. Julie Becher, die Schwester des Reichsregenten, mit Robert Mohl, dem Tübinger Baur, Zeller nahe verwandt, war nichts weniger als hübsch, dabei etwas radikal angehaucht, und auf die deutschen Zustände schlecht zu sprechen. Man vergaß aber rasch ihre Häßlichkeit und versöhnte sich mit ihrem Radikalismus, sobald sie jemandem näher trat und ihr klarer Geist, ihr reiches Wissen, ihre Herzensgüte sich offenbarten. Sie erwies mir nicht allein viele freundliche Dienste, sondern gab mir auch in liebenswürdigster Weise nützliche Winke, daß ich mir keine arge Blöße in den geselligen Formen und Sitten gab. Sie schmuggelte wahrscheinlich auch meine Schilderung der Reformthätigkeit Robert Peels aus der Geschichte des Revolutionszeitalters in die Daily News, wodurch mein Name in weiteren englischen Kreisen bekannt wurde.

Mit schwerem Herzen schied ich Mitte August von England, mit um so schwereren, als keine Hoffnung naher Wiederkehr sich zeigte. Um so größer war meine Freude über die Besuche so mancher englischer Freunde in den beiden nächsten Jahren in Prag. Sie scheuten oft Umwege 159 nicht, um mich in meiner Heimat zu begrüßen. Zuerst kam Mrs. Anne Jameson, welcher zu Ehren ich in einem befreundeten Hause eine größere Abendgesellschaft improvisierte, dann Moncton-Milnes, bemüht, durch persönliche Anschauungen etwas Klarheit über die österreichischen Wirren zu gewinnen. Auch die Familie Nicholson überraschte mich durch mehrtägigen Besuch. Ich hatte die peinliche Aufgabe, sie auf den, durch Sturz des Postwagens in einen Abgrund erfolgten Tod ihres ältesten Sohnes in Spanien vorzubereiten. Nicht wenig stolz war ich auch durch Miß Nightingales Begrüßung auf ihrer Rückreise aus Griechenland. Sie trug stets eine auf der Akropolis gefangene junge Eule im Strickbeutel. – Leider hat schon nach wenigen Jahren Tod, Heirat, Übersiedelung nach den Kolonieen fast den ganzen schönen Kreis auseinandergesprengt. 160

10. Wochen-Redakteur.

Die Auflösung des Kremsierer Reichstages im März 1849 traf alle politischen und nationalen Parteien wie ein plötzlicher Blitzschlag. Gerade im Augenblick ihrer gewaltsamen Vertreibung aus der alten Bischofsresidenz waren die Abgeordneten der gegenseitigen Verständigung und friedlichen Einigung ganz nahe getreten und hatten sich in die Hoffnung einer endlichen Regelung der nationalen Kämpfe hineingeträumt. Deshalb konnten sie auch nicht glauben, daß der Staatsstreich des Fürsten Schwarzenberg das Schicksal Österreichs endgültig besiegelt habe. Sie erwarteten vielmehr mit Zuversicht einen nahen Umschwung der Dinge, darin bestärkt durch die Siege der ungarischen Truppen über die kaiserlichen Heere im Frühling 1849 und die grenzenlose Anarchie in allen Verwaltungszweigen. Ein Provisorium jagte das andere, so daß schließlich niemand mehr wußte, was gesetzliche Vorschrift war. Dazu kam die allgemeine Unzufriedenheit, erhöht durch die steigende Geldnot und heimlich selbst von hochstehenden Staatsmännern geschürt, welche die Unfähigkeit des Fürsten Schwarzenberg, einen großen Staat zu verwalten, rasch entdeckt hatten. Es galt also, weiter zu kämpfen und Widerstand 161 zu leisten, bis die erwünschte Veränderung eingetroffen sei. Noch bestand die Preßfreiheit zu Rechte; von einer Zeitung hoffte die Opposition den größten Erfolg.

Im Mai 1849 erhielt ich von einem Führer der Reichstagsrechten, dem allgemein beliebten und geachteten Advokaten Doktor Pinkas in Prag, die Einladung, einer Versammlung beizuwohnen, in welcher die Ausgabe einer großen Zeitung erörtert und beschlossen werden sollte. Mehrere czechische Abgeordnete waren zugegen, aber auch die deutsche konservative Partei hatte sich nicht ausgeschlossen. Die Aufgabe der Zeitung, die herrschende Reaktion zu bekämpfen und den im Kremsierer Reichstage festgestellten Verfassungsentwurf zu verteidigen, wenn möglich wieder in Wirksamkeit zu setzen, brach die nationalen Gegensätze und ließ die Feindschaft zwischen den einzelnen Stämmen zurücktreten. Dem Ministerium war es glücklich gelungen, eine geschlossene Oppositionspartei, welche von Südtirol und Böhmen bis nach Siebenbürgen und Serbien reichte, in das Leben zu rufen. Die Verhandlungen verliefen daher ganz friedlich, auch die Wahl des Redakteurs machte keine Schwierigkeiten. Sie fiel mit allen gegen eine Stimme auf mich. Der griesgrämige Palazky allein, dessen Ekelfalten zu beiden Seiten des Mundes sich, seit er Politik trieb, bedenklich stark entwickelt hatten, brachte mit schalen Komplimenten gemischt allerhand Bedenken gegen mich vor und empfahl den Leipziger Magister Jordan, einen Wenden von Geburt, welcher sich seit einem Jahre in Prag als fahrender Litterat herumtrieb. Dieser, meinte Palazky, hätte für die nationalen Strömungen doch noch ein besseres Verständnis, sei überhaupt der beste Journalist der Gegenwart. Ich ließ Palazky das Lob seines Schützlings singen, hörte ruhig zu, wie Pinkas und die andern Herren den angeblich besten Journalisten als eine litterarische Schmeißfliege ausmalten und erklärte zum Schlusse, daß ein ganz einfacher Grund mir die Annahme des Vertrauensamtes unmöglich mache. Ich zählte erst dreiundzwanzig Jahr, besaß also nicht das vom Gesetz für den Herausgeber einer Zeitung vorgeschriebene Alter. Dagegen war nun nichts einzuwenden und da gegen Magister Jordan sich alle Stimmen, jene Palazkys ausgenommen, erhoben, so mußte der Plan vorläufig aufgegeben werden. Ich trat bald darauf meine Reise an und hörte lange Zeit nichts von dem Unternehmen. Erst im nächsten Jahre, während ich mich in London aufhielt, erfuhr ich, daß der Zeitungsplan, wenngleich in veränderter Weise, doch zur Ausführung gelangt sei. Mitglieder der Reichstagsrechten hatten ein kleines Prager Lokalblatt gekauft, dasselbe in die »Union« umgetauft und zum Redakteur meinen früheren Lehrer, den aus seinem Kloster ausgetretenen Kreuzherrnpriester Smetana, bestellt. Bald darauf kam die Kunde, Smetana, welcher ganz überflüssig seine Unzufriedenheit mit der katholischen Lehre und seinen Austritt auch aus der katholischen Kirche zur Kenntnis der Abonnenten gebracht und dadurch großes Ärgernis hervorgerufen hatte, sei bewogen worden, auf die Leitung des Blattes zu verzichten. Als Mitarbeiter noch ferner thätig zu sein, hinderte die bald darauf erfolgte schwere Erkrankung des mehr wunderlich als tief angelegten Mannes. Meine Neugierde, wer wohl Smetana als Redakteur folgen werde, blieb nicht lange unbefriedigt. In einem sehr langen Briefe, einer förmlichen Denkschrift, erbat Pinkas meine schleunige Rückkehr zur Übernahme der Leitung. Ich schlug zuerst das Anerbieten rundweg ab, weil ich weder den mir liebgewordenen Aufenthalt in England vorzeitig abbrechen, noch der politischen Thätigkeit mich wieder vorwiegend oder gar ausschließlich widmen wollte. Meine Absicht war vielmehr auf die Wiederaufnahme meiner Vorlesungen an der Prager Universität, jedoch im Fache der Kunstgeschichte, gerichtet. Pinkas ruhte jedoch nicht. Brandbriefe folgten einander auf dem Fuße nach. Er gab zu, daß das Schreiben einer Zeitung, während noch das Kriegsgesetz herrscht – Prag war im Mai 1849 wieder in Belagerungszustand versetzt worden – geringe Annehmlichkeiten biete. Er ließ auch die Mangelhaftigkeit des Redaktionspersonals durchblicken. Der Belagerungszustand könne aber nicht mehr lange dauern, außerdem gewähre das Militärgericht, wenn man nur persönliche Angriffe auf die Minister und den Soldatenstand vermeide, politischen Erörterungen große Duldung. Das Personal der Redaktion zu ändern stehe durchaus in meiner Gewalt, sei sogar wünschenswert. Als ich noch immer mit dem Jawort zögerte, berief sich Pinkas auf unsere persönliche Freundschaft und auf meine patriotische Pflicht. Er sei jetzt, nachdem er seit Smetanas Abgang die Leitung der Union ausschließlich besorgt, täglich ein bis zwei Artikel für dieselbe geschrieben habe, mit seinen Kräften zu Ende. Als persönlichen Dienst erbat er sich meine Zusage. Jetzt sei ferner der Zeitpunkt gekommen, in welchem die Union eine besonders fruchtbare Wirksamkeit entfalten würde. Pinkas war damals noch optimistisch gesinnt und glaubte an eine baldige Rückkehr verfassungsmäßiger Zustände. Nur für diese voraussichtlich kurze Periode verlange er von mir die Leitung des Blattes. Später könne ich mich ja der akademischen Laufbahn wieder zuwenden, ja vielleicht auch als Redakteur, wenn nur einmal die inneren Verhältnisse der Union geregelt wären, Vorlesungen an der Universität halten. So gedrängt, und weil ich in der That für Pinkas die größte Hochachtung fühlte, entschloß ich mich dem Rufe zu folgen, bestand nur darauf, daß ich noch den ganzen Sommer in England verweilen werde.

Am 20. August 1850 kam ich in Prag an, am folgenden Morgen betrat ich zum erstenmal die Redaktionsräume der Union. Peinliche Überraschungen harrten meiner. Das ganze Personal arbeitete in einer und derselben allerdings saalartigen, aber überaus schmutzigen Stube. Von den Mitgliedern der Redaktion kannte ich dem Ansehn nach nur ein einziges, einen gewissen *Dr.* Gabler, welcher nach Smetanas Austritt die Verantwortung für das Blatt getragen hatte und sich bereit erklärte, auch fernerhin dem Kriegsgericht gegenüber als verantwortlicher Redakteur zu gelten. Ich nahm selbstverständlich das Anerbieten willig an. Gabler galt bei seinen Freunden als ein feiner Kenner französischer Verhältnisse. Sie klagten nur über die legitimistischen Sympathieen, welche zuweilen sein politisches Urteil färbten. Verehrung für eine hocharistokratische Dame führten sie zur Entschuldigung des seltsamen Eifers für die Bourbons an. In Wahrheit war es nur ein Liebesverhältnis zur Tochter eines Concierge im Faubourg St. Germain, welches seine legitimistischen Anwandlungen verschuldet hatte. Neben dem unbedeutenden, nur ganz oberflächlich gebildeten, aber gutmütigen Gabler spielte ein Herr Wawra eine Hauptrolle in der Redaktion. Ihm fiel die Aufgabe zu, aus den französischen und englischen Zeitungen die brauchbaren Nachrichten auszuziehen. Herr Wawra hatte große Eile, mich über seine politischen Ansichten aufzuklären. Er beklagte den Verlust, welchen England durch den Tod Pühls – so sprach er den Namen Peel aus – erlitten hatte und versicherte mich seines Einverständnisses mit dem General Zawagnatz (lese Cavaignac). Das waren also meine Gehilfen. Mein Schrecken steigerte sich, als ich an einem Ecktisch das runzelige Magistergesicht Jordans entdeckte. So hatte also der alte Palazky seinen Liebling doch in die Redaktion der Union einzuschmuggeln verstanden. Um das Maaß der erhebenden Eindrücke zu füllen, erfuhr ich noch zu guterletzt, daß zwischen der Druckerei und dem Herausgeber der Zeitung ein heftiger Streit ausgebrochen sei, die erstere zum nächsten Monat gekündigt habe. Mutlos eilte ich zu Pinkas. Durch sein kräftiges Eingreifen war bereits eine neue Druckerei gewonnen worden und was Jordan betraf, so kamen wir überein, ihn sobald als möglich an die Luft zu setzen, schon jetzt aber seine Thätigkeit auf das sogenannte Abendblatt der Union, eine Beilage,

welche nur Lokalnachrichten bringt und eine kurze Übersicht der Tagesereignisse brachte, zu beschränken. Dadurch würde der »Ränkeschmied«
unschädlich gemacht werden. Nun hatte ich zwar schon mancherlei
Schlimmes über Jordan gehört, das Anrecht auf diesen Ehrentitel war
mir aber noch neu. Pinkas belehrte mich nun eingehend über den Mann
und weihte mich zugleich in die mir bis dahin wenig bekannten inneren
Verhältnisse der Union ein.

Mehrere Mitglieder des aufgelösten Reichstages, einige wohlhabende
Advokaten, Gutsbesitzer und der Banquier Lämmel hatten das Kapital
zusammengeschossen und sich das Aufsichtsrecht über die Verwaltung
vorbehalten, während Pinkas als politischer Ratgeber der Redaktion zur
Seite stehen sollte. Leider gehörte auch Palazky zu den Gründern der
Zeitung und zeigte sich sofort eifrig bemüht, sie seinem Interesse
dienstbar zu machen. Es kam zu einem scharfen Kampf zwischen ihm
und Pinkas. Der letztere dachte durchaus nicht daran, in der Union nur
die besonderen Angelegenheiten der Czechen, ihre nationalen Anliegen
und persönlichen Wünsche zu verteidigen. Die Zeitung sollte vielmehr
die ganze Opposition um ihre Fahne scharen, zunächst und vorwiegend
das konstitutionelle Recht wieder zum Leben erwecken. Palazky dagegen
hatte nur Sinn für die czechische Kirchturmpolitik, war viel zu einseitig
und verbohrt, um einer freieren Anschauung der Dinge zu huldigen. Ihn
erfüllte namentlich eine gehässige Mißgunst gegen alle Nichtczechen,
und jedes zu gunsten der Deutschen, Magyaren, Italiener gesprochene
Wort erschien ihm schon als Verrat an der eigenen Nation. Palazky un-
terlag den überlegenen Waffen des Gegners; um es aber nicht zu einem
schroffen Bruch kommen zu lassen, wurde halb aus Mitleid Jordan ein
Plätzchen in der Redaktion eingeräumt. Kaum hier warm geworden, begann er, ob auf eigene Faust, ob von Palazky angereizt, seine Umtriebe.
Jeder Redakteur sollte unmöglich gemacht werden, bis endlich die Leitung
ihm von selbst zufiele. Jordan hatte Smetana zu der unglücklichen Erklärung in der Union verleitet, welche diesem das Amt kostete. Und auch
Gabler warf er heimtückisch spitze Steine in den Weg. Die Beschränkung
auf Wiedergabe kurzer, zumeist lokaler Nachrichten half, wie ich mich
bald überzeugte, nicht viel. Jordan verstand es selbst in die scheinbar
harmloseste Notiz Gift zu tröpfeln. Die Nachricht, daß im Banate die
neuerrichtete Gendarmerie bei dem Landvolke hier und dort auf Widerstand stoße, erhielt durch Jordan die Fassung, daß serbische Bauern die
Gendarmen windelweich durchgebläut hätten. Einmal las ich in dem

Abendblatte die Notiz, daß sich eine Frau Blaha für einen vom Militärgericht zu Stockprügeln verurteilten Arbeiter bei dem kommandierenden General erfolgreich verwandt habe. Ich dachte nichts Arges dabei, hielt Frau Blaha für die Mutter oder Gattin des Verurteilten, bis mich eine grobe, durch eine noch gröbere Ordonnanz überbrachte Zuschrift des Generals eines bessern belehrte. Er nehme von Frau Blaha (einer Kaufmannsfrau) seinen Zucker und Kaffee, habe aber sonst nichts mit ihr zu schaffen und verbitte sich fernerhin das Herauszerren seiner privaten Verhältnisse an die Öffentlichkeit. Das Tollste blieb aber doch die Art, wie Jordan die Vollendung des von den böhmischen Ständen gestifteten Denkmals Kaiser Franz I. den Lesern der Union mitteilte: »Heute Nacht ist Kaiser Franz von Arbeitern im gotischen Tabernakel auf dem Franzenskai hinaufgezogen worden.« Das war dem Militärgericht doch zu viel. Wir mußten eine hohe Summe als Strafgeld zahlen und außerdem wanderte der verantwortliche Redakteur auf acht Tage zum Profossen. Das Haus Pinkas sorgte dafür, daß es Gabler wenigstens an reichlichster Kost nicht gebrach. Er brachte jedesmal – denn die Arreststrafen häuften sich – vollere Backen in die Freiheit zurück. Immerhin merkte ich, daß die Union nicht auf die Nachsicht der Militärbehörde rechnen könne.

Die wenigen Tage bis zum Antritt der Redaktion benutzte ich, um mich über die Lage der Dinge in Österreich und die Stimmungen in den verschiedenen Klassen zu orientieren und den innern Geschäftsbetrieb besser zu ordnen. Zum Schreiben kam ich nur selten. Meine Thätigkeit in der Redaktion beschränkte sich wesentlich darauf, die selbstständigen Beiträge meiner Kollegen zusammenzustreichen oder einfach in den Papierkorb zu werfen. Auszüge oder einfache Abdrücke aus fremden Zeitungen mußten vorläufig genügen. In den ersten Septemberwochen übernahm ich vollständig und ausschließlich die Leitung des Blattes. Ein neuer tüchtigerer Drucker war gewonnen worden, die Abendbeilage hörte auf zu erscheinen. Die Union wurde nur einmal am Tage, aber in großem Folioformat, ausgegeben. Als Ideal schwebten mir – man vergesse nicht, daß ich fünfundzwanzig Jahre alt war und das Zeitungswesen in Österreich noch in den Windeln lag – die Pariser Journale, besonders Emile Girardins »Presse« vor Augen. Drei bis vier kurze Leitartikel mit starken Drückern, epigrammatischen Spitzen, volltönenden Schlußsätzen, sollte jede Nummer bringen, darauf eine kurze Übersicht der Tagesereignisse und stets knapp gefaßte Berichte aus den Einzelländern folgen. Auf Originalkorrespondenzen legte ich kein Gewicht. Gute waren nicht zu haben, schlechte, in der Regel je schlechter desto langstieliger, verdarben die Zeitung. Wichtiger waren nur private Mitteilungen kundiger Männer, welchen ich dann in den Leitartikeln vorarbeitete, und solche begannen besonders aus Ungarn und den Balkanstaaten ziemlich reichlich zu fließen.

Mein Tagewerk war folgendes: Von früh 8 Uhr an als ich die eingegangenen Briefe und Zeitungen, strich an, was übersetzt, ausgezogen oder ausgeschnitten werden sollte und stellte die Übersicht der Tagesereignisse zusammen. Magister Jordan übergab ich gleich am ersten Tage einen dicken russischen Roman, den er für das Feuilleton übersetzen sollte. So wurde er unschädlich gemacht. Nach kurzer Mittagspause kehrte ich in die Redaktion zurück, schrieb die Leitartikel, las und korrigierte, was die andern Mitglieder der Redaktion gearbeitet hatten und schloß um sechs Uhr das Blatt ab. Meine einzige Erholung war der Abendbesuch auf dem noch in der Stadt, aber hoch und frei gelegenen Landhause des *Dr.* Pinkas. Dorthin zog mich in den ersten Tagen der geistreiche, allseitig gebildete und mit mir in der Politik vollkommen übereinstimmende Mann, gar bald aber die reizende, übrigens viel umworbene Tochter, die ich später als Gattin heimführen durfte und welche, solange ich lebe, mein höchstes, nie getrübtes Glück ausmachen wird. Gleich bei dem ersten Besuche nahm sie mein Herz durch ihre liebenswürdige Natur, ihre Schönheit und ihren feinen Geist gefangen und wenn bei der Übernahme der Redaktion alle Skrupel des Verstandes leicht wogen und ich rascher zusagte, als ich ursprünglich die Absicht hatte, so lag der Grund in der blitzschnell aufkeimenden Liebe zu meiner Isabella. Da war es nun freilich hart, wenn gegen neun Uhr der Druckerjunge atemlos gelaufen kam, um mir zu melden, daß die Satzberechnung nicht stimmen wolle und der *metteur-en-page* nicht wisse, was er zurücklegen oder anfügen solle. Da half nichts; ich mußte den gastlichen Tisch, und was mir noch schrecklicher war, die Geliebte, um welche mehrere Nebenbuhler eifrig warben, verlassen, und eine gute halbe Stunde von der Höhe des Laurenziberges bis in die Neustadt über die Brücke eilen, um Ordnung zu schaffen.

Die Zeitung hatte mit dem neuen Quartal an Abnehmern und noch mehr an Lesern gewonnen. Mit Befriedigung vernahm ich, daß man auch in Wien und in Ungarn der Union eine größere Aufmerksamkeit zuwandte und selbst einzelne Minister, wie Bruck, ihr Beachtung schenkten. Das hinderte nicht, daß ich schon nach wenigen Wochen die ganze Nutzlo- sigkeit meiner Arbeit erkannte. Ich schrieb die Zeitung sozusagen allein. Außer den Leitartikeln mußte ich auch alle andern Beiträge, selbst die geringsten Notizen genau prüfen, oft völlig umschreiben, selbst Aufsätze für das Feuilleton fielen mir anheim. Die andern Mitglieder der Redaktion genossen Ferien, ich keuchte unter der Arbeitslast. Daß meine Kräfte auf die Dauer zusammenbrechen müßten, lag klar zur Tage. Dann aber gewann ich nur zu rasch die Überzeugung von dem Irrtum optimistischer Anschauungen. Die Reaktion machte durch ganz Europa ihren Weg in aufsteigender Linie, war sichtlich noch lange nicht an das Ende ihrer Siege gelangt. Am wenigsten in Österreich, wo sie nach dem Fieberrausche des achtundvierziger Jahres unstreitig eine gewisse Berechtigung besaß. Die allgemeine Ermüdung der Geister, das Ruhebedürfnis kam der Regierung zu statten. Jedermann war mit den einzelnen Maßregeln des Ministeriums unzufrieden, aber niemand wollte aus der Behaglichkeit des privaten Lebens heraustreten oder wohl gar für die allgemeinen Interessen sich opfern. Der Kampf, welchen die Union gegen die Regierung führte, glich den Schlägen mit einem dünnen Stabe auf eine große Wasserfläche. Einen kurzen Augenblick kräuselte sich das Wasser und machte kleine Wellen, dann war alles wieder ruhig wie zuvor. Einige Unterhaltung gewährte der kleine Krieg mit dem Militärgericht und der Polizei. Ihre Befehle wurden mit höflicher Ironie behandelt, auf ihre Maßregeln für jeden Verständigen der Schein des Lächerlichen geworfen. Einmal gelang es mir, die Militärbehörde und die Polizei gründlich miteinander zu verfeinden. Im Herbst 1850 wurde bekanntlich ein Armeecorps im nördlichen Böhmen unter dem Kommando des Erzherzogs Albrecht gesammelt, um auf Preußens Entschlüsse in der deutschen Frage einen starken Druck zu üben. Ängstliche witterten bereits den Beginn eines preußisch-österreichischen Krieges. Selbst in den militärischen Kreisen setzte man gar ernste Mienen auf und rasselte gewaltig mit dem Säbel. Die Zeitungen erhielten ein strenges Verbot, über die Bewegungen des Armeecorps irgend etwas mitzuteilen. In den Zuschriften der Polizei an die Redaktion der Union war aber nur von der Rückbewegung der Armee die Rede. Das gab mir Anlaß, mich über den Mangel an Patriotismus bei der Polizeibehörde zu beschweren, welche unsere tapferen Truppen bereits auf dem Rückzuge, auf der Flucht begriffen, erblicke. Wutschnaubend stellte das Militärkommando die Polizei über diese »Dummheit« zur Rede, die Polizei wieder warf die Schuld auf den schlechten Stil der Militärkanzlei. Kurzum, die beiden hohen Behörden lagen sich grimmig in den Haaren, aber freilich, die Stellung der Union wurde dadurch nicht gebessert. Doch hätte diese wohl noch lange das Leben gefristet, wenn nicht ein unmittelbarer Befehl des Ministerpräsidenten Fürst Schwarzenberg, aus Olmütz datiert, ihr das Todesurteil gesprochen hätte. Der Anlaß dazu war folgender:

Die brennende Tagesfrage war die künftige Stellung Österreichs und Preußens im Deutschen Bunde. Die hessischen Wirren, bei dem schroffen Gegensatze zwischen den beiden Großmächten unlösbar, beschleunigten die Entscheidung. Seit ich das deutsche Leben genauer kennen gelernt und eine nähere Einsicht in die Zustände Österreichs gewonnen hatte, galt mir als Eckstein meiner Politik die Ausscheidung Österreichs aus dem Deutschen Bunde, die ausschließliche Leitung des letztern durch den preußischen Staat. Das Recht des deutschen Volkes auf eine nationale Einigung auch im Staatsleben durfte ich natürlich in einer österreichischen Zeitung nicht ausschließlich in den Vordergrund rücken. Um so schärfer betonte ich das Unrecht, welches die österreichischen Völker durch das Beharren im Deutschen Bunde erleiden würden. Die festere Angliederung der einzelnen Länder, Stämme – denn an die Wiederherstellung des alten Dualismus Österreich-Ungarn glaubte damals niemand, sie wäre auch durch eine folgerichtige volksfreundlichere Verwaltung zu vermeiden gewesen – konnte nicht vollzogen werden, wenn sich Österreich vorwiegend als erste deutsche Bundesmacht fühlte, ebensowenig war an die Durchführung einer selbständigen Verfassung zu denken, wenn zwei Reichstage durcheinander sprachen. Wir ahnten, daß der Wiederherstellung des alten Bundestages das Verfassungswesen in Deutschland wie in Österreich zum Opfer fallen werde, desto eifriger mußten wir den Plan bekämpfen. Die Union brachte fast täglich Variationen über das Thema: Die Vorherrschaft in Deutschland gehört Preußen von Rechtswegen, Österreich dagegen muß seinen Schwerpunkt im Osten sichern und schon jetzt seine schützende, behutsam befreiende Hand über den Balkanstaaten halten, um bei der unvermeidlichen Zersetzung der Türkei nicht zu kurz zu kommen. Der Ruf: Heraus aus dem deutschen Bund! traf die verwundbare Stelle des Fürsten Schwarzenberg. In dem Augenblicke, in welchem er, auf die Unterstützung der Großmächte bauend, in seinem Stolze nicht wenig gehoben durch die demütige Huldigung süddeutscher Fürsten, dem jungen Kaiser in Bregenz dargebracht, sich anschickte, Preußen so tief als möglich zu erniedrigen und dann zu vernichten, wagte es eine österreichische Zeitung, seine Politik nicht allein als verwerflich, sondern auch als thöricht und auf die Dauer erfolglos anzugreifen. Der Warschauer Kongreß hatte mit den Triumphen des Kaisers Nikolaus, mit der ängstlichen Nachgiebigkeit Preußens geschlossen. Schon schwirrten die Gerüchte von dem Siege der Friedenspartei in Berlin, von noch weiterem Zurückweichen Preußens. In Wien begann man bereits Siegeslieder anzustimmen, den Untergang des »abscheulichen Liberalismus und Konstitutionalismus« zu verkünden. Da thaten scharfe Trümphe not. Von Anfang Oktober an brachte die Union täglich einen geharnischten Protest gegen Schwarzenbergs Politik.

Eine heftige Invektive der ministeriellen Zeitungen gegen Radowitz, niemals hätte ein Minister ein so unwürdiges Spiel mit der Ehre und den Interessen des Staates getrieben; er verdiene daher auch die tiefe Demütigung und harte Strafe, welcher er jetzt entgegengehe, gaben mir Anlaß zu der spöttischen Frage, ob nicht die gleichen Worte noch auf andere Minister anzuwenden wären. Ich gab den Citaten eine solche Fassung (»Champagnerrausch des Übermuts« z.B.), daß alle Welt auf Schwarzenberg mit Fingern wies. In einem andern Leitartikel bewies ich die materielle Unfähigkeit Österreichs, einen großen Krieg zu führen. Der Kriegserklärung würde die Bankerotterklärung auf dem Fuße folgen. Dieser Aufsatz war mir aus naher Umgebung des Finanzministers zugeflüstert worden. Dann schilderte ich die schlimme Einwirkung eines österreichischen Sieges auf unsere Verfassungszustände. Kein Zweifel, daß die leitenden Männer, durch ihr Siegesbewußtsein aufgebläht, zum Absolutismus zurückkehren würden, ja zurückkehren müßten. Die Unterwerfung des deutschen Volkes unter den Bundestag forderte notwendig noch in Österreich den Bruch der Verfassung. Selbst die augenblickliche Niederlage Manteuffels, legte ein Leitartikel vom 7. November dar, könne den Verfassungskampf nicht beenden. Der preußische und deutsche Volksgeist wird sich nur um so leidenschaftlicher gegen die österreichische Verwandtschaft auflehnen. »Wenn Stein und Hardenberg, wenn Gneisenau und Scharnhorst noch heute lebten, sie müßten sich zu den Wühlern schlagen und wären, wie sie es einst in ähnlichen Zeiten bereits halb und halb gewesen, offene Rebellen gegen die legitimen Staatsgewalten, ist es ja doch nicht bloß Deutschlands Heil, sondern auch Preußens Ehre, die ihre schlechtesten Vertreter im Berliner Ministerrate gefunden. Zerstampfe man nur die reiche Litteratur, die über die Blütezeit preußischer Führer geschrieben worden. Solange sie besteht, kann die preußische Regierung nicht ruhig atmen. Jedes Wort, das dort gesprochen, ist ein Verdammungsurteil ihrer gegenwärtigen Politik.«

Mit scharfem Hohn übergoß ich wiederholt die Faseleien der Großdeutschen, unter welcher Maske sich die Ultramontanen und österreichisch Gesinnten gern bargen. Einem lügnerischen Traumbilde opfern
sie die wirkliche Freiheit und Selbständigkeit des deutschen Volkes. Leidenschaftlich bekämpfte ich das in der Wiener Zeitung veröffentlichte
Programm des österreichisch-deutschen Großreiches. »Was ist der Sinn
des ganzen Manifestes? Österreich soll deutscher sein als Preußen. Wir
wissen wahrlich nicht, sollen wir mehr über die uns Österreichern zuge-
dachte Beschämung, oder über jene, welche auf das deutsche Volk fällt,
ergrimmt sein. Wie, eine Bevölkerung von mehr als zwanzig Millionen
ist nur gerade so viel wert, um als Beiwerk zum deutschen Bunde hinzugefügt zu werden, und auf der andern Seite, Deutschland ist noch immer
nicht reif zur Selbstregierung, bedarf noch immer, daß Bundestagsgesandte
über sein Schicksal zu Gerichte sitzen, der Bundestag! Was ist dieser
Bundestag: er ist die Wiener Schlußakte, die Karlsbader Konferenzbe-
schlüsse, die Mainzer Untersuchungskommission. An diesen Zeichen ist
er zu erkennen, diese Merkmale haben seinen zeitlichen Tod überlebt,
mit dieser Natur wird er wieder auferstehen.« Wunderbarer Weise nahm
das Militärgericht an allen diesen Artikeln keinen Anstand. Daß sie in
der Stille gesammelt wurden, um bei passendem Anlaß als Anklagestoff
zu dienen, davon besaß ich keine Ahnung. Die Nachsicht der Militärcen- 177
sur stärkte meinen Mut und gab mir Lust zu noch heftigeren Angriffen.

In dem Leitartikel, am 10. November abgedruckt, ging ich dem Fürsten
Schwarzenberg unmittelbar zu Leibe. »Mag auch Fürst Schwarzenberg
ein kurzes Gedächtnis besitzen, schrieb ich, mag er vergangenen Reden
und Gelöbnissen für seine Person keine bindende Kraft mehr zuschreiben,
das hindert nicht, daß die österreichischen Völker den Wortlaut der
Reichsverfassung, das Programm des gegenwärtigen Ministeriums und
die Natur des ehemaligen Bundestages im Gedächtnisse behalten und
den Minister an seine eingegangenen Verbindlichkeiten, an seine Pflichten
erinnern.« Ich hielt ihm sein Sündenregister, die Niederlagen, welche er
im Orient, in der Handelsfrage erlitten hatte, vor, klagte ihn förmlich
des Treubruches, an der Verfassung und dem eigenen Programm began-
gen, an. »Ist das Ministerprogramm keine Wahrheit und Wirklichkeit
mehr, dann thut es Not, ein neues zu schaffen und mit demselben auch
neue Lenker des Staates.«

Dieser Leitartikel, der allerdings scharf persönlich gefaßt war und
großes Aufsehen erregte, brach der Union den Hals. Als er dem Minister-

präsidenten vorgelegt wurde, befahl er telegraphisch (12. November) die Unterdrückung des Blattes. Der Druck der Union wurde sofort eingestellt, der Redaktion aber nicht einmal gestattet, den Grund des Verbotes, – »wegen ihrer in neuester Zeit gebrachten leidenschaftlichen, regierungsfeindlichen Leitartikel« traf sie der Zorn des Fürsten – ihren Lesern mitzuteilen.

178

Fürst Schwarzenberg ahnte nicht, daß er mir durch seine brutale Maßregel einen großen Dienst erwiesen hatte. Anstandshalber legte ich eine kräftige Verwahrung gegen das Verbot ein, welche an den Ministerrat gerichtet war, aber natürlich ohne Antwort blieb. Im Herzen dankte ich dem Fürsten, daß er mich aus einer unhaltbaren Stellung verdrängt hatte. Ein gewaltsamer Tod war für die Union unter allen Umständen ehrenvoller als ein langes unheilbares Siechtum. So konnte ich denn wieder ruhig meine akademischen Pläne und kunsthistorischen Studien aufnehmen. Ohne ein letztes Wort entließ mich aber Frau Politika doch nicht. Wie ich im Jahre 1849 meine Eindrücke in dem Büchlein: »Österreich nach der Revolution« gesammelt hatte, so gab ich jetzt eine kleine Schrift unter dem Titel: »Österreich, Preußen und Deutschland« heraus. Den unmittelbaren Anlaß bot eine Brochüre des ehemaligen Staatsministers, Grafen Ficquelmont, welcher die alte Metternichsche Politik breit trat und die einfache Wiederbelebung des Bundestages empfahl. Meine Schrift, welcher ich als Vorrede ein ziemlich spöttisches Sendschreiben an den edlen Grafen vorangestellt hatte, blieb völlig unbeachtet. Denn gleich am Tage der Ausgabe wurde die Auflage von dem Militärgericht konfisziert und vernichtet. Persönlich blieb ich völlig unangefochten und da ich auch sonst in keinem politischen Prozeß verwickelt gewesen, so glaubte ich, daß die Universität gegen die Wiederaufnahme meiner akademischen Thätigkeit nichts einwenden werde. Ich richtete an die philosophische Fakultät ein wohlbegründetes Gesuch, in welchem ich um die Zulassung als Privatdozent der Kunstgeschichte bat. Ein Zeugnis des früheren Geschäftsleiters der Prager Kunstakademie, Grafen Franz Thun, daß ich einen Kursus kunsthistorischer Vorlesungen bereits an der Kunstschule erfolgreich gehalten, lag bei, in meinen Augen ein Haupttrumpf des Gesuches. Denn Franz Thun, der Bruder des Unterrichtsministers, war jetzt der Kunstreferent im österreichischen Ministerium und mir persönlich wohlgesinnt. Außerdem erbot ich mich, eine besondere Habilitationsschrift, wenn es verlangt würde, abzufassen. Trotzdem wies die Fakultät das Gesuch in schroffster Weise, ohne irgend einen Grund dafür anzuge-

179

ben, oder meine Fähigkeit zu prüfen, zurück. Wie ich nachträglich erfuhr, hatte seltsamer Weise Georg Curtius, der aus Deutschland berufene Philologe, am heftigsten gegen mich gesprochen und daß die Fakultät sich durch meine Zulassung politisch kompromittieren würde, am nachdrücklichsten betont. Politische Tapferkeit war nie seine Sache gewesen, während seines Prager Aufenthaltes streifte die Furcht, irgend welchen Anstoß bei den Behörden zu erregen, an das Lächerliche. So ließ er z.B. sich bei *Dr.* Pinkas durch eine gemeinsame Freundin, Frau Arnemann in Altona, entschuldigen, daß er den anfangs eifrig gepflegten Verkehr nicht ferner unterhalte, weil der Umgang mit einem Liberalen ihm in den Augen des Ministers, Grafen Leo Thun, schaden könnte.

Also auch dieser Weg ehrlichen Fortkommens war mir in meiner Heimat abgeschnitten. Der alte Plan, nach Deutschland zurückzukehren und hier mein Glück als Dozent zu versuchen, gewann neues Leben. Doch nicht allein wollte ich die Wanderung antreten. Ich hatte, zahlreichen Bewerbern zum Trotze, das Herz meiner Isabella gewonnen. Im Mai 1851 verlobten wir uns unter einem blühenden Fliederbaume. Nun galt es freilich mit doppeltem Eifer nach irgend einer festen Stellung auszuspähen, zunächst durch eine größere litterarische Arbeit mich in deutschen wissenschaftlichen Kreisen einzuführen. In stiller Thätigkeit verging ein volles Jahr. Die einzige Erholung bot eine kurze Reise nach Dresden zu meinem englischen Freunde, Ralph Noël, die einzige Aufregung brachten die Scenen, welche den Tod meines früheren Lehrers, Smetana, begleiteten und mich wider Willen auf den politischen Schauplatz zurückführten.

Noël, von einer liebenswürdigen, feingebildeten Frau unterstützt, lebte sehr gesellig. Er unterhielt sowohl mit der vornehmen Dresdener Gesellschaft, wie mit litterarischen Kreisen regen Verkehr. Da gerade die Dresdener Konferenzen im Gange waren, so hatte ich Gelegenheit, mehrere kleinstaatliche Diplomaten kennen zu lernen. Großer Gott, welche Summe von eigener Überschätzung, sklavischer Unterwürfigkeit unter Österreichs Machtwort, von wildem Preußenhasse und bodenloser Unwissenheit war hier vereinigt zu schauen. Der schlimmste Geselle unter diesen angeblichen Staatsmännern war ein Staatsrat Strauß, der Vertreter von Waldeck, dessen Stimme sich in ein förmliches Krähen überschlug, wenn er auf das so schrecklich anmaßende Preußen zu sprechen kam. In solcher Umgebung gewann ich die später oft noch bekräftigte Überzeugung, daß selbst ein ganz mittelmäßiger Journalist solche Dutzend-Diplomaten an politischer Sachkunde weit überrage. Der einzige Vorzug, die größere Personalkenntnis, nützt ihnen nichts, da sie den Wert der Persönlichkeiten nicht abzuschätzen verstehen, durch Äußerlichkeiten gewonnen oder abgestoßen werden.

Eine größere Anziehungskraft übten die litterarischen Freunde Noëls auf mich. Mit ihm im selben Hause wohnten Gutzkow und Auerbach, beinahe tägliche Gäste an seinem Kamine. Gutzkow erschien zugeknöpft, um seine Lippen spielte häufig ein ironisches Lächeln; das Bewußtsein der Überlegenheit prägte sich in den kurzen spitzen Bemerkungen, mit welchen er sich in das Gespräch mischte, deutlich aus. Er vergab nie das geringste seiner Würde, während Auerbach nur zu oft durch seine, ich weiß nicht, ob natürliche oder künstliche Naivetät zum Lachen reizte. Auerbach zeigte damals häufig elegische Stimmungen. Er hatte den Sprung von der einfachen Dorfgeschichte zum großen sozialen Roman gewagt. Aber sein: »Neues Leben«, der erste Versuch in dem Fache, griff nicht durch, eine Anzeige in Zarnckes Centralblatt, als deren Verfasser Mommsen galt, führte geradezu vernichtende Hiebe gegen das Buch. Da ging denn nun Auerbach klagereich herum und suchte nach einem Ritter, der zu seinen Gunsten gegen die Kritiker auf den Kampfplatz treten sollte. Auch mich wollte er für diese wenig dankbare Aufgabe werben, doch ließ er schließlich den Grund meiner Ablehnung, die geringe Bekanntschaft mit der deutschen Presse, gelten und bewahrte mir eine freundliche Gesinnung. Auerbach war überhaupt im Verkehr eine liebenswürdigere Natur als Gutzkow. Er verfügte auch über volle Brusttöne, während Gutzkow durch sein hohles Pfeifen auf die Dauer erbitterte. Bei ihm hatte man immer die Furcht, daß er plötzlich die Maske des patronisierenden Wohlwollens abnehmen und ein von Eifersucht verzerrtes Gesicht zeigen könne. Niemals habe ich aus seinem Munde ein Wort unbedingter, freudiger Anerkennung eines Schriftstellers vernommen, dagegen besaß er für ihre Schwächen das schärfste Auge. Er verfügte über eine feine satirische Ader, entbehrte aber vollkommen des gemütlichen Humors. Selbst die Fehler Auerbachs waren harmloser Art. Wenn wir mit ihm spazieren gingen und Noël irgend einen guten Gedanken äußerte, zog Auerbach regelmäßig das Taschenbuch heraus und notierte sich den Satz mit den Worten: »Schenken Sie mir den Einfall, ich will Ihnen nächstens auch was Gutes schenken.« Da Noël nur mit phrenologischen Studien sich beschäftigte, so kam er nie dazu, das Versprechen zu erfüllen. Wirklich geschmacklos war der gute Auerbach nur einmal, als er uns zur »Menschenerklärung« seines neugeborenen Kindes einlud. In einem Salon war der bekränzte Kupferstich der Sixtina aufgestellt und Auerbach hielt eine mit vielen Gemeinplätzen und Sentenzen gespickte Rede an die Freunde, das Kind und die Frau, welche letztere, wie mir schien, die Scene wenig erbaulich fand.

Bald nach meiner Heimkehr nach Prag erfuhr ich, daß Smetana auf den Tod krank liege. Frau Arnemann in Altona hatte den unglückseligen Mann im Hause des *Dr.* Pinkas kennen gelernt und ihm nach seinem Abgang von der Redaktion der Union, nach seiner feierlichen Exkommunikation aus der katholischen Kirche, ein Asyl in Holstein angeboten. Er folgte dem Rufe und übernahm eine Erzieherstelle bei dem Grafen Pourtales. Aber nur wenige Monate hielt er in der Fremde aus. In engsten spießbürgerlichen Kreisen aufgewachsen, konnte er sich in neue Verhältnisse nicht mehr finden. Die Butter war zu salzig, der Aal zu fett, die Suppe zu süß, die Leute sprachen anders und empfanden anders, als er gewohnt war, kurz, das Leben wurde ihm unerträglich. Das Gefühl des rasch nahenden Endes steigerte das Heimweh. Er wollte zu Hause sterben. Und so kam er denn zur peinlichen Überraschung der Freunde schon nach wenigen Monaten wieder in Prag an und fand Aufnahme im Hause seines Schwagers, eines nicht gerade feingebildeten, aber kreuzbraven Mannes.

Smetanas Austritt aus der katholischen Kirche hatte den Zorn der Klerisei in einem viel zu hohem Grade erregt, als daß er nicht ihre Rache hätte fürchten müssen. Schon kündigten fromme Bettelweiber an, daß sein Leichnam, wie der Kadaver eines räudigen Hundes, am Schindanger werde verscharrt werden und Betschwestern hatten Visionen des leibhaftigen Teufels, welcher auf die Seele des Ungläubigen lauere. Der Teufel kümmerte uns wenig, wohl aber besorgten wir, daß die fanatische Priesterschaft den Kranken in den letzten Augenblicken überrumpeln werde, um einen Widerruf zu erzwingen. Die Bekehrung des Philosophen wäre ein glänzender Triumph für die Ultramontanen gewesen. Unsere Sorge erwies sich als gut begründet. Eines Morgens kam Smetanas Schwager atemlos zu mir, um zu melden, daß der Kardinalerzbischof, Fürst Schwarzenberg, für den Nachmittag seinen Besuch angekündigt habe. Als treuer Hirt müsse er sich bemühen, das verirrte Schaf zur Herde zurückzuführen. Smetana rief meine Hilfe an und bat flehentlich, ihn mit dem Hirten um keinen Preis allein zu lassen. In seiner Aufregung sah er in dem Hirten den Wolf und fürchtete eine gewaltsame That. Eine kurze Beratung mit Freunden führte zu dem Beschluß, daß der Kardinal nur in Gegenwart eines Arztes mit dem Kranken sprechen dürfe. Der Zustand des Kranken rechtfertigte unsere Absicht vollkommen. Nur mußte erst ein Arzt gefunden werden, da der furchtsame Hausarzt gewiß auf den ersten Wink des Kirchenfürsten sich demütig entfernt hätte. Zum Glück war mein bester Freund, Hans Czermak, welcher damals als Assistent im physiologischen Institut arbeitete, gern bereit, die Rolle des praktischen Arztes zu übernehmen. Pünktlich stellten wir uns ein. Auch der Kardinal ließ nicht lange auf sich warten. Er kam begleitet von einem baumstarken Priester, welcher sich überdies mit einem derben Knotenstocke bewaffnet hatte. Wunderbares Spiel des Zufalls! Derselbe Priester, namens Hruscha, hat sich viele Jahre später als Bischof, aus feiger Furcht vor dem Tode, erhenkt. Jetzt stand er bereit, einem Sterbenden die letzte Stunde vergällen zu helfen. So groß war die Macht der Gewohnheit, daß

185 die anwesende Familie des Kranken bei dem Eintritt des Kardinals sich tief bis beinahe zum Kniefall beugten. Der Kardinal spendete rasch den Segen und eilte in die anstoßende offene Krankenstube. Hier traten wir ihm unerwartet entgegen. Den vornehmen kalten Wink mit der beringten Hand, uns zu entfernen, übersah ich, erklärte ihm vielmehr in der höflichsten Weise, daß der Arzt bei der hochgradigen Aufregung des Kranken diesen keinen Augenblick verlassen dürfe, ich selbst auf die Bitte Smetanas der Unterredung als Zeuge beiwohnen werde. Unwillig wandte sich der Kardinal zu dem Sterbelager und begann einen ziemlich seichten – die Schwarzenberge haben, wie der Kardinal selbst einmal bei einer Schulvisitation einräumte, das Pulver nicht erfunden – Sermon über die Unzulänglichkeit der Philosophie, die Kraft des Glaubens u.s.w. Der Kranke drehte ihm den Rücken zu und wiederholte immer nur keuchend die Worte: Fort mit ihm! Der Einsicht, daß hier kein Sieg für die Kirche zu hoffen sei, konnte sich selbst der Kardinal nicht verschließen. Zornig erhob er sich und verließ, ohne sich um jemand weiter zu kümmern, die Stube und das Haus. Pater Hruscha, welcher derweilen im Nebenzimmer besonders der Mutter und den Schwestern des Kranken mit Drohungen arg zugesetzt hatte, folgte ihm grimmigen Blickes, die Augen rollend, den Stock schwingend. Am folgenden Tage starb Smetana. Die ratlose Familie übertrug mir die Sorge auch für die Bestattung. Fröhlichen Herzens übernahm ich die neue, voraussichtlich peinliche Aufgabe nicht. Ich bedang mir nur die Begleitung des Schwagers als gesetzlichen Vertre-

186 ters der Familie aus, um den Vorwürfen, daß ich mich in fremde Ange-

legenheiten eigenmächtig mische, zu entgehen. So trotteten wir denn von
Pontius zu Pilatus. An ein Begräbnis auf dem katholischen Friedhof war
nicht zu denken. Die Kirchenbehörden wiesen unser Ansuchen als halben
Wahnsinn zurück. Die Bestattung auf dem evangelischen Friedhofe un-
terlag gleichfalls großen Schwierigkeiten, da Smetana nicht zur protestantischen Gemeinde gehörte. Der humane Sinn und die wissenschaftliche
Bildung des Pastors der deutsch-evangelischen Gemeinde, Martins, half
sie glücklich lösen. Eine kirchliche Funktion werde er nicht üben, von
einer solchen könne vernünftigerweise nur bei wirklichen Glaubensgenossen die Rede sein, selbstverständlich gönne aber die protestantische Gemeinde einem ehrlichen und ernsten Geisteskämpfer eine Ruhestätte auf
ihrem Boden. Vorausgesetzt, daß die Polizei zustimmte, hatten wir also
ein Grab für den Verstorbenen gefunden. Den Gang in das finstere Poli-
zeigebäude traten wir mit schwerem Herzen an. Wiederholt mußten wir
anklopfen, stundenlang warten, bis wir vor den Polizeigewaltigen, den
berüchtigten Sacher-Masoch, vorgelassen wurden. Sacher-Masoch hatte
bis 1848 das Amt eines Polizeipräsidenten in Lemberg verwaltet, in den
Märztagen aber eiligst die Flucht ergriffen. Die Polen vergaßen nicht,
daß er nach dem verunglückten Aufstande 1846 die Gefangenen in raffi-
nierter Weise mißhandelt und zur Strafe stets noch grausamen Hohn
zugefügt hatte. Sie bedrohten ihn jetzt, nachdem das Blatt sich gewendet,
mit harter Wiedervergeltung. Sacher-Masoch fand ein Asyl in Prag, wo
er zuerst ein Privatbüreau für Polizeiinteressen einrichtete, später an die
Spitze der Polizeidirektion gestellt wurde. Ich stand nicht das erstemal
dem allgemein gehaßten, nicht minder gefürchteten Manne gegenüber.
Als ich 1849 den akademischen Leseverein leitete, erbat er sich meinen
Besuch, um mir ein reiches Büchergeschenk für den Verein zu übermа-
chen und zugleich sein warmes Interesse an meiner Thätigkeit auszusprechen. Wollte er mich in das andere Lager ziehen oder mir nur eine Falle
legen, und mich zu offener Kundgebung meiner Gesinnungen verlocken?
Schon damals übte Sacher-Masoch einen abschreckenden Eindruck auf
mich. Die Natur hatte ihn gezeichnet, den Typus des Häßlich-Bösen in
ihm verkörpert. Zum pockennarbigen Gesicht gesellten sich kleine
schielende Augen, struppiger Bart und unheimlich lauernde, an ein
Raubtier erinnernde Bewegungen. Ich fand ihn bei der zweiten Begegnung
nicht verschönert. Umgeben von einem zahlreichen Polizeistabe trat er
uns entgegen. Von unserm Begehren wollte er nichts wissen. Smetana
sei ja kein Protestant gewesen, könne daher auch nicht als solcher begra-

ben werden. Nachdem er uns weidlich ausgeschimpft hatte, wandte ich mich mit den Worten der Thüre zu, daß wir ein stilles Begräbnis, das nach keiner Seite hin Anstoß erregen könnte, gewünscht hätten, die Polizei aber, wie es scheine, um jeden Preis einen Skandal hervorrufen wolle. Diese Erklärung würde ich öffentlich abgeben. Darauf kam er zur Besinnung. Er erlaubte endlich die Bestattung auf dem evangelischen Friedhofe, doch müßte ich persönlich die Verantwortung tragen, und gewärtig sein, für jeden »Unfug« zur Rechenschaft gezogen zu werden. Was diese Rechenschaft bedeute, erfuhr ich noch am selben Abend durch einen Brief, welchen *Dr.* Pinkas von einem hochgestellten befreundeten Beamten empfing. Er wurde gebeten, mich ja dringend zu warnen, etwa eine Grabrede zu halten. Denn in diesem Falle war der Befehl ergangen, mich zu verhaften und in ein ungarisches Regiment als gemeinen Soldaten zu stecken.

Die Scenen, welche sich bei dem Begräbnis abspielten, sind oft beschrieben worden. Da die von der Kirche besoldeten Leichenträger ausstanden, so mußten Freunde den Sarg von dem Sterbezimmer zu dem auf der Straße harrenden Totenwagen tragen. Uns war bange zu Mute. Auf der Treppe und Hausflur drängten sich die Menschen, auf dem Platze vor dem Hause standen sie Kopf an Kopf. Unter ihnen allerdings liberale Studenten, Handwerker und Arbeiter, aber auch die von Fanatikern kommandierten Betschwestern und Bettelweiber fehlten nicht. Ein dumpfes Gemurmel empfing uns. Wir wußten nicht, ob wir es freundlich oder feindlich halten sollten. Da hatte einer der Sargträger, *Dr.* Pinkas, die glückliche Eingebung mit erhobener Stimme: Hut ab! zu rufen. Das wirkte wie ein plötzlicher Blitzschlag. Die Reihen öffneten sich, die Männer entblößten das Haupt, die Weiber verstummten. Kaum war der Sarg im Wagen, von welchem ein Kirchendiener mit auffälligem Lärm das Kreuz abschraubte, geborgen, so befahl ein Polizeikommissar dem Kutscher im Galopp zu fahren und den Weg nicht wie gewöhnlich durch die Stadt, sondern um die Stadtmauer herumzunehmen. Die nächsten Freunde warfen sich in bereitstehende Kutschen und folgten, so gut es ging, dem Leichenwagen. Nur wenigen Studenten gelang es, auf einem kürzern Wege im Laufschritt, gleichzeitig mit der Leiche den evangelischen Friedhof zu erreichen. Am Grabe angelangt, wurde ich von zwei Polizeiagenten in die Mitte genommen. Sie warteten auf das erste Wort, welches am Grabe gesprochen würde, um mich zu verhaften. Ohne daß wir Freunde eine Abrede getroffen hätten, standen wir fest und einig zu einander. Wir nahmen die Hüte ab, warfen jeder einige Schollen in das offene Grab und entfernten uns im tiefsten Schweigen. An Leib und Seele müde, kehrte ich in das gastliche Haus des *Dr.* Pinkas zurück, Trost suchend und findend bei dem wackern Manne und der geliebten Tochter. Die Gefahr war glücklich überstanden. Ein zweites Mal wollte und sollte ich nicht mit der Polizei in Berührung kommen. Der Gedanke rascher Übersiedelung nach Deutschland reifte zum festen Plan.

Was sollte ich auch in Österreich, welche Thätigkeit konnte ich im besondern auf dem heimischen Prager Boden entfalten. In diesen Tagen wurde es für jeden Unbefangenen klar, daß die brutale militärische Herrschaft, unter welcher wir seit der Unterwerfung Ungarns litten, durch die klerikale Reaktion abgelöst werden würde. Militärrock und Kutte zankten sich eine kurze Zeit miteinander, schließlich siegte die Kutte.

Rasselte im Jahre 1848 jeder halbwüchsige Junge mit dem Säbel, so galt jetzt der Rosenkranz als gute Empfehlungskarte. Das Strebertum kleidete sich in kirchliche Farben. Spötter erzählten, daß man die beiden leitenden Minister, Alexander Bach und Leo Thun, täglich in der Michaelskirche antreffen könne. Der eine kniee vor einem Kruzifix rechts, der andere vor einem Marienbilde links und wer ihrer Gunst sicher sein wolle, thäte gut daran, sich neben sie auf die Kniee zu werfen.

In den ersten fünfziger Jahren wurde der Grund zu der Schwächung der äußern Macht und zu der innern Zerrüttung gelegt, aus welcher nur ein genialer Staatsmann Österreich wieder herausreißen kann. Wir warten noch bis zur Stunde auf ihn. Die herrschende Regierungsform war einfach die organisierte Anarchie. Alle Staatskörper und Verwaltungskreise gerieten in Unordnung. In der Armee deckte Gunst der Hohen die persönliche Untüchtigkeit. »Intelligenz« machte einen Offizier verdächtig, jedenfalls nicht beliebt. »Wir brauchen keine Räsonneurs, sondern tüchtige Dreinhauer!« Die siegreichen Feldzüge in der Lombardei hatten in die Reihen des Heeres einen tollen Übermut verpflanzt. Man hielt sich für unbezwinglich. Wozu also arbeiten und mit dem Studium der Kriegskunst sich plagen? – Wie die Armee, so wurde auch die Justizpflege grundsätzlich verdorben. Die neuerrichtete Gendarmerie schien nicht dazu da zu sein, Verbrechen zu verhüten und auszuforschen, sondern um die Justizbeamten zu überwachen. Solange Exner lebte, waltete im Unterrichtsministerium der Grundsatz, daß wenigstens das philologische Studium nach Kräften gefördert werden müsse. Nach seinem vorzeitigen Tode wurde die kirchliche Gesinnung bei Berufungen maßgebend. Die Verwaltung verlor, da sich die Gesetze, Verordnungen, Organisationen jagten, alle Stetigkeit, die Beamten zeigten sich teils verbittert und heimlich Oppositionsgelüsten zugethan, teils vollzogen sie mechanisch den Dienst, wenig bekümmert um das Wohl des Staates, desto eifriger dagegen beflissen, ihr persönliches Interesse zu wahren und ihre Beförderung zu beschleunigen. In dem Augenblicke, wo alle politischen Gedanken im Volke streng verpönt waren, tauchten die elementaren nationalen Bestrebungen wieder empor. Sie waren 1848 nicht gefährlich gewesen, weil sie mit liberalen politischen Wünschen Hand in Hand gingen. Jetzt fehlte das politische Gegengewicht. In schroffer Einseitigkeit wurden nationale Programme aufgestellt, langsam aber stetig vollzog sich die Wandlung von Gleichgültigkeit zur förmlichen Staatsfeindschaft. Nicht das Staatswohl, sondern das nationale Interesse lenkte die Stammesgenossen. Auf nationaler Gliederung wollten wir österreichischen Liberalen 1848 das österreichische Reich neu aufbauen; nun mußten wir unthätig zusehen, wie die nationalen Sonderinteressen den Staatskörper bedrohen und schwächen. Die Reaktion der fünfziger Jahre hat den Größenwahn der slawischen Stämme erzogen.

So fest unter diesen Umständen mein Plan stand, die Heimat, die mir jedes ehrliche Fortkommen verwehrte, zu verlassen, so hafteten doch an der Ausführung große Schwierigkeiten. Wird mich eine deutsche Universität als Privatdozenten aufnehmen, und welche sollte ich wählen? Als der letzte Präsident des Frankfurter Parlamentes, Simson, welcher gleichzeitig mit *Dr.* Pinkas in Karlsbad die Kur gebrauchte, von meinem Vorhaben hörte, lachte er über meine Leichtgläubigkeit laut auf. Es sei gar nicht daran zu denken, daß irgend eine deutsche Fakultät einen jungen österreichischen Gelehrten zur Habilitation zuließe. Ich würde von jeder als Ausländer angesehen und schon deshalb zurückgewiesen werden. Dieser Einwand hätte mich leicht entmutigt, wenn nicht gleichzeitig Droysen aus Jena, der mich auf einer Durchreise freundlich in Prag aufsuchte, um, wie er liebenswürdig sagte, das Handwerk zu grüßen, und Robert Prutz, an dessem »Deutschen Museum« ich fleißig mitarbeitete, mich aufgemuntert hätten, den Plan weiter zu verfolgen. Um sicher zu gehen, wollte ich noch vorher an einer größeren litterarischen Arbeit meine Kräfte versuchen.

Anfangs der fünfziger Jahre kam ein besonderer Zweig wissenschaftlicher Litteratur, die Brieflitteratur, in die Mode. Die Erläuterungsschriften zu Humboldts Kosmos hatten dazu wesentlich beigetragen. Sie erschienen in der Form von geologischen, botanischen Briefen, welchen psychologische, ästhetische Briefe u.s.w. folgten. Der Schriftsteller hatte dabei den Vorteil, daß er den trockenen Ton des Lehrbuches leichter vermeiden, das Wesentliche in ein schärferes Licht setzen konnte. Ich plante eine Reihe kunsthistorischer Briefe, in welchen ich versuchen wollte, den Entwickelungsgang der bildenden Künste in großen Zügen zu schildern und ihren Zusammenhang mit der übrigen, besonders poetischen Kultur darzulegen. Als ich diese Gedanken meinem alten Freunde und Verleger, Friedrich Ehrlich, mitteilte, war er gleich bereit, den Druck zu übernehmen. Der Umfang wurde auf vier Hefte, den vier Weltaltern entsprechend, festgestellt. Mit Fleiß und Liebe ging ich an die Arbeit, so daß bereits im Winter 1851 das erste Heft, die Briefe über die altorientalische Kunst, ausgegeben werden konnte. Unerwartet stieß ich dabei auf Censurschwierigkeiten. Der Militärrichter, welcher die Presse zu überwachen hatte, nahm Anstoß daran, daß ich den Hindus die antike Schicksalsidee absprach und dadurch die Mängel in ihren lyrisch so fesselnden Dramen erklärte. Der weise Salomon, Franz hieß er und Auditeurmajor war er, fand darin einen gehässigen Angriff auf die Hindureligion und zwang mich zu einer abgeschwächten Form meines Satzes und zum Umdrucke des ganzen Bogens.

Hatte das Heft sich nicht den Beifall der löblichen Militärbehörde erobern können, so fand es an anderer Stelle eine gute Aufnahme. Humboldt schrieb mir in seiner Weise einen schiefen und krummen Brief, aus welchem ich zwar die Lobeserhebungen als Höflichkeiten strich, aber doch entnahm, daß er die zehn Bogen mit Aufmerksamkeit gelesen hatte. Hermann Hettner zollte dem Heft im Deutschen Museum eine so reiche Anerkennung, daß ich schon eitel hätte werden können. Jedenfalls besaß ich jetzt eine litterarische Einführung in deutsche Fakultäten. Die folgenden Hefte erschienen viel langsamer und waren nicht mehr mit gleicher Liebe gearbeitet. Mein Freund Ehrlich starb, der Erbe seines Verlags drang auf rasche Vollendung und wollte von einer Vermehrung der Hefte, die mir notwendig erschien, nichts wissen. Dadurch wurden die letzten Abschnitte überhastet und zu kurz behandelt.

Anfang Juni 1852 begann ich die Entdeckungsreise nach einer neuen Heimat. Zuerst sprach ich in Halle vor, um mit den persönlichen Freunden und politischen Verwandten, besonders Robert Prutz und Max Duncker, Rat zu pflegen. Sie waren der Meinung, daß ich sofort nach Berlin reisen und hier Johannes Schulze, dem vortragenden Rat im Kultusministerium und Universitätsreferenten, mich vorstellen sollte. Hätte ich dessen Zustimmung zu meinen Plänen, so wäre mir die Zulassung als Privatdozent an einer preußischen Universität gesichert. Die letztere hatte ich allerdings im Sinne, da ich nach meiner ganzen politischen Anschauung dem preußischen Staate zuneigte. Ich war sogar Thor genug, zu glauben, meine Verteidigung des Rechtes Preußens und Deutschlands gegen die gewaltsame Politik Schwarzenbergs würden mir in Berlin gut ausgelegt werden. Johannes Schulze, an den mich Prutz brieflich empfohlen hatte, empfing mich freundlich, hörte geduldig die Erzählung meines Lebensweges, meine Pläne an. Dann sprang er auf: »Liebes Kind, Sie gehen nach Bonn, nur nach Bonn. Dort allein ist der rechte Platz für Sie, dort allein können Sie Erfolg haben. Kommen Sie in einigen Tagen wieder, ich will an Ritschl schreiben Nach Bonn, nur nach Bonn!« So war

in wenigen Minuten meine Laufbahn fest bestimmt.

Den Aufenhalt in Berlin benutzte ich natürlich, um mich auch den ältern Fachgenossen vorzustellen. Schnaase, obschon seit Jahren kränkelnd und zurückgezogen lebend, nahm mich doch auf das freundlichste auf. Unvergeßlich bleibt mir die Erinnerung an den feinsinnigen, trotz seines großen Ruhmes überaus bescheidenen Mann mit dem durchgeisteten Antlitz, dem scharf und doch milde blickenden Auge, mit dem humorvollen Zuge um die Lippen, welcher so völlig frei von allen persönlichen Interessen nur der Wissenschaft und der guten Sache lebte, jeden, der es verdiente, gelten ließ, für jeden, dessen ernstes Streben er erkannte, wohlthuende Aufmunterung bereit hatte. Schnaase blieb seitdem bis zu seinem Tode mit mir in regem persönlichen und brieflichen Verkehr. Auch Waagen, ein jovialer, älterer Herr, den Kopf voll Schnurren und Anekdoten, aber auch voll wertvoller Kunstnotizen, erwies sich gleichfalls überaus wohlwollend. Durch die beiden Gönner wurde ich mit Gerhardt, Raumer, Passow, von Schlözer, dem alten Bendemann näher bekannt, so daß die Tage des Wartens in Berlin nur zu rasch verflogen. Unglück hatte ich nur mit Friedrich Eggers und Franz Kugler. Bei ersterem glaubte ich anfangs an einen Irrtum in der Adresse. Ich wurde in ein Damenboudoir geführt, in welchem es stark nach feinsten Parfüms duftete. Zierliche Blumenständer, ein glänzender Vogelkäfig, auf Tischen goldgeränderte Bücher, der Schreibtisch auf das säuberlichste geordnet, trafen mein Auge. Freilich als Eggers eintrat, in eleganter Haustracht,

jedes Wort abgemessen, jede Bewegung abgerundet, da merkte ich, daß Stube und Bewohner trefflich zusammen passen. Wir wechselten einige höfliche Redensarten und damit hatte die Begegnung ein Ende. Kugler empfing mich mit unbegreiflicher Grobheit, er ließ mich stehen, gab mir deutliche Winke, daß er meine kunstgeschichtliche Thätigkeit für ganz überflüssig erachte und schloß seine Rede, ohne daß ich eigentlich zu Wort kam, mit der Versicherung, seine Zeit sei sehr kostbar, er nehme selten Besuche an, erwidere sie niemals. Ich empfahl mich und habe Kugler nie wieder gesehen.

Am Tage meiner Abreise nach Bonn konnte ich meiner Braut schreiben, daß ich die Tasche voll gewichtiger Empfehlungen an Bonner Professoren und Privatdozenten besitze, und meine Absicht, mich in Bonn niederzulassen, wohl gelingen dürfte. Wir schwelgten in kühnen Hoffnungen und sahen den Tag unserer Verbindung merklich näher gerückt. Allerdings waren wir uns der Unzulänglichkeit der Einnahmen eines Privatdozenten zur Gründung eines heimischen Herdes, und wenn er noch so klein wäre, bewußt. Aber auch in diesem Punkt wandte sich jetzt mein Schicksal unerwartet zum guten.

Seitdem ich im »Konstitutionellen Blatte aus Böhmen« und namentlich in der »Union« die orientalische Politik in dem Sinne besprochen hatte, daß es in Österreichs Interesse liege, die Rumänen, Bulgaren, Serben in ihren Ansprüchen auf größere Selbständigkeit zu unterstützen, ihnen das stete Schielen nach Rußland abzugewöhnen und bei der Pforte sich zu ihren Gunsten zu verwenden, stand ich mit den südslavischen Politikern und Regierungsmännern auf gutem Fuße. Hätte die Union länger ihr Dasein gefristet, so wäre sie das Hauptorgan der südslavischen Volksstämme geworden. Nach ihrer gewaltsamen Unterdrückung fehlte es an einem solchen Sprachrohre. Da faßten der serbische Minister Garaschanin und sein Sekretär Marinovich, ein Bulgare von Geburt, von den jüngern südslavischen Staatsmännern unstreitig der tüchtigste und gebildetste, den Plan, statt die Gunst einer einzelnen Zeitung zu suchen, lieber einen ständigen Agenten zu bestellen, welcher die Vertretung der Interessen Serbiens und weiter der Donauländer gegenüber der wenig günstigen Meinung Westeuropas übernehmen sollte. Diese Rolle war mir zugedacht. Am zweiten Tage nach meiner Ankunft in Bonn erhielt ich die Aufforderung zu einer Konferenz mit Garaschanin und Marinovich in Köln. Sie waren auf der Reise nach Paris begriffen und machten in Köln Halt, um mit mir die Sache in Ordnung zu bringen. Garaschanin sprach nur gebrochen Deutsch, Marinovich dagegen ein vortreffliches Französisch. Mit diesem verhandelte ich. Waren wir über einen Punkt einig geworden, so verdolmetschte er ihn für den Minister in das Serbische. In zwei Tagen waren wir vollkommen einig. Mir fiel eine doppelte Aufgabe zu. Ich sollte in den angesehensten Zeitungen Frankreichs, Englands und Deutschlands alle Berichte, welche sich auf Serbien bezogen, aufsuchen, in Auszügen an Marinovich senden, in dringenden Fällen die vorkommenden Irrtümer gleich widerlegen. Dann aber fiel mir noch die wichtigere Aufgabe zu, auf Grund der empfangenen Instruktionen die öffentliche Meinung über die Zustände und die berechtigten Ansprüche Serbiens aufzuklären. Als Richtschnur galt: Lockerung der türkischen Bande, Steigerung der politischen und wirtschaftlichen Selbständigkeit und Abwehr des russischen Einflusses. Anfangs ging unsere Meinung dahin, daß sich das österreichische Ministerium für die serbischen Interessen gewinnen ließe. Gar bald erkannten wir den Irrtum. Die brutale und doch immer ganz schwankende und unklare Politik der Wiener Staatskanzlei wurde dem Streben der Donaustaaten ebenso gefährlich wie der russische Ehrgeiz. Als Jahresgehalt bot mir die serbische Regierung 2000 österreichische Gulden (ca. 1000 Thaler) an, eine Summe, die weit meine Erwartungen überstieg. Gehobenen Sinnes verließ ich Köln, wo wir auf der Straße durch den uns stets auf dem Fuße folgenden roten Serežaner mit Yatagan und Pistolen im Gürtel nicht geringes Aufsehn machten. Lief nun noch die Habilitation in Bonn ohne Gefährde ab, so stand ich auf dem Gipfel des Glücks, durfte mit Sicherheit auf die nahe Verbindung mit der geliebten Braut hoffen.

11. Bonner Anfänge.

An einem Sonnabend Vormittag kam ich in Bonn an und stieg im kleinen Hotel Rheineck am Landungsplatze der Dampfschiffe ab. So lernte ich das fröhliche Rheinleben gleich an der Quelle kennen. Kurt von Schlözer hatte mir in Berlin auf die Seele gebunden, doch ja zuerst und vor allen andern den jungen Historiker Otto Abel aufzusuchen. Das sei ein goldener Mensch, ein ehrlicher Schwabe und guter Deutscher, wohlwollend im Herzen, aber unbestechlich im Urteil. Dieser würde mir den besten Rat geben und mich über die Bonner Verhältnisse am besten unterrichten. Ich folgte Schlözers Mahnung und gewann in dem ersten Bonner Bekannten zugleich meinen besten Freund. Otto Abel war nicht allein Dahlmanns Liebling, sondern stand auch bei der ganzen Fakultät in verdientem Ansehen, genoß in den besten Familien die Rechte des Hausfreundes. Er hatte aus den Zeitungen schon mancherlei über mich gehört, so daß ich mich nicht förmlich bei ihm einzuführen brauchte. Im Laufe des Gespräches fand es sich, daß wir die gleichen politischen Grundsätze hegten und auch sonst in der Wertschätzung zahlreicher Menschen übereinstimmten. Freilich machte ich die Entdeckung, daß ich auch in Preußen zur *ecclesia pressa* gehören werde, solche politische Anschauungen, wie sie Abel und ich hegten, in Berlin als schnöde Opposition galten.

An jedem Sonnabend versammelten sich im Sommersemester die jüngeren Dozenten nachmittags zum Kegelspiel und einem Schoppen sauersten Weines in Honeckers Garten vor der Stadt. Abel lud mich ein, mitzuhalten, da ich auf diese Art ganz zwanglos mit einer größeren Zahl tüchtiger Kollegen in Verkehr treten könne. Wie viel Neugierde auf den Knaben aus der Fremde, wie viel persönliches Interesse bei den einzelnen mit im Spiel war, konnte ich natürlich nicht abmessen. Im ganzen durfte ich mit dem Empfange wohl zufrieden sein. Aus den Gesprächen merkte ich, daß mein Eintritt in den Universitätskreis bereits als sicher angenommen wurde und die geselligen Beziehungen der Dozenten bei allem Freimut einen überaus liebenswürdigen, heitern Zug besaßen.

Unerwartet glatt und rasch verlief die vom Präsidenten Simson als Unding erklärte Habilitation. Die philosophische Sektion, an ihrer Spitze Ritschl und Welcker, hatten über mein Gesuch zu entscheiden. Beide Männer, von mir bald nach meiner Ankunft begrüßt, äußerten sich im Privatgespräche wohlwollend und meinen Wünschen freundlich gestimmt. Sie bewährten das Wohlwollen vollauf auch in ihren amtlichen Gutachten. Durch die Wiedereinführung der Kunstgeschichte in den Kreis der Lehrfächer der philosophischen Fakultät wurde eine Lücke ausgefüllt, von meiner persönlichen Befähigung lege aber das erste (und das unterdessen herausgegebene zweite) Heft der »Kunsthistorischen Briefe« ein gültiges Zeugnis ab. Die Fakultät beschloß von der Forderung einer besondern Habilitationsschrift oder Prüfung abzusehen, mit der »Nostrifikation« sich zufrieden zu stellen. Das heißt: ich sollte vor der versammelten Fakultät eine in lateinischer Sprache verfaßte Abhandlung vorlesen und gegen etwaige Angriffe verteidigen. Der Gegenstand der Abhandlung wurde mir freigestellt. Ich griff zu meinem alten Lieblingssatze zurück, daß die Natur und die Gesetze der künstlerischen Thätigkeit richtig und vollständig nur auf dem Wege der historischen Forschung ergründet werden können, die spekulative Ästhetik immer nur die in einem Zeitalter herrschenden Kunsterscheinungen in eine allgemeine Form bringe, der

Geschichte also nachhinke. Eifrig schritt ich an die Arbeit; alle meine ciceronianischen Erinnerungen rief ich wach, um ein halbwegs genießbares Latein zu stande zu bringen. Mit Herzklopfen las ich in der Fakultätssitzung meine Weisheit vor. Bei einzelnen, wie mir schien, besonders eleganten Wendungen und kühnen Konstruktionen glitt über Ritschls Antlitz ein leises Schmunzeln. Er erzählte mir später, daß ihn mein Vortrag nicht wenig ergötzt habe, das wäre kein geradezu falsches, ja sogar ein fließendes Latein gewesen, aber von der alten Römersprache hätte er nichts bemerkt. Ich hätte ihm erst klar gemacht, was Kloster- und Jesuitenlatein bedeute. Das Herzklopfen steigerte sich, als ich die

202 Vorlesung geschlossen hatte und nun den Anfang der Disputation natürlich auch in lateinischer Sprache erwartete. Zu meiner angenehmen Überraschung hielt der alte Brandis die Gegenrede auf gut Deutsch. So sehr er auch die Verdienste der historischen Forschung würdige, so habe doch nicht sie, sondern erst die Philosophie das letzte Wort zu sprechen. In diesem Punkte scheine ich ihm denn doch der Spekulation nicht gerecht zu sein. Ich schickte mich an, meine bescheidenen Einwendungen vorzubringen, wollte auf das Gebiet der Religion hinweisen, wo ja gleichfalls erst historische Untersuchungen das volle Licht in das Wesen und den Ursprung der religiösen Vorstellungen bringen. Doch Welcker kam mir zuvor: Brandis überschätze denn doch den Wert der philosophischen Betrachtung, welche nachweisbar niemals von selbst eine neue Auffassung des Kunstlebens und vor allem der Kunstentwickelung angebahnt hätte. Er geriet in immer größeren Eifer und steckte damit seinen Gegner an, welcher nun gleichfalls in Feuer geriet und seine Ansicht mit gesteigerter Leidenschaft verteidigte. Wir andern hörten erstaunt und ergötzt dem Kampfspiel der beiden Helden zu. Ich blieb ganz vergessen. Die für die Disputation anberaumte Zeit war längst verstrichen, mehrere Mitglieder der Fakultät wurden unruhig, da sie bereits in ihren Auditorien erwartet wurden. Der Streit, bei welchem ich unwillkürlich eine stumme Rolle übernommen hatte, schien noch lange nicht zu Ende zu sein. Da drang endlich Ritschl mit seiner scharfen Stimme durch. Er schlage vor, nachdem meine Abhandlung zu so fesselnden Erörterungen geführt habe,

203 die Disputation als geschlossen, die Habilitation als vollzogen anzusehn. Ritschl, von Welcker unterstützt, that noch mehr. Nachdem ich bereits an der Prager Kunstakademie und Universität als Dozent aufgetreten sei, könne man von einer Probevorlesung als Bedingung der Habilitation füglich absehen. Ich solle zwar eine Probevorlesung am Anfang des

nächsten Semesters halten, aber schon jetzt seien mir die »*venia docendi*«
zu erteilen und meine Vorlesungen in den Lektionskatalog aufzunehmen.
Somit war ich also dem Bonner Lehrkörper förmlich einverleibt. Weder
Ritschl, welchen wesentlich menschliches Wohlwollen und Abneigung
gegen unnütze Formalitäten leiteten, noch ich hatten eine Ahnung, wie
tief dieser Fakultätsbeschluß in mein Schicksal eingreifen sollte. Jubilierend
trat ich die Heimreise an. Alles war mir geglückt, alle Pläne und Hoffnungen reiften der Erfüllung entgegen. Meine materielle Lage erschien
vollkommen gesichert, mein Jugendideal, als deutscher Universitätslehrer
zu wirken, stand als Wirklichkeit vor mir. Nur zu rasch verflogen die
Wochen in Prag. Natürlich verbrachte ich alle freien Stunden in der
Nähe der geliebten Braut, welcher ich nicht genug von dem fröhlichen
Leben am Rhein, von den freundlichen Menschen in Bonn erzählen
konnte. Wir brauchten nicht mehr von einer glücklichen Zukunft zu
träumen, wir glaubten sie mit den Händen bereits zu greifen. Nachdem
ich meine Junggesellenwirtschaft aufgelöst, mit Isabella die Einrichtung
unserer künftigen Behausung verabredet hatte, – wir beschlossen für die
ersten Wochen in einer möblierten Wohnung zu wohnen und gemeinsam
dann unser endgültiges Heim zu wählen – kehrte ich im Herbst wieder
nach Bonn zurück. Für das Winterhalbjahr hatte ich als Publikum Raffael,
als Privatkolleg eine allgemeine Übersicht der Kunstgeschichte gewählt.
Durch die letztere Vorlesung wollte ich mich selbst orientieren, mit den
Zuhörern Fühlung gewinnen, die erstere Monographie sollte meine besondern Kenntnisse bekunden. Abel und die übrigen Freunde machten
mich darauf aufmerksam, daß ich bei der Neuheit des Gegenstandes nur
in der öffentlichen Vorlesung auf Zuhörer rechnen dürfe, das Privatkolleg
selten gleich das erstemal zu stande komme. Es war also doch schon ein
Erfolg, daß sich auch zu diesem Zuhörer, allerdings nur vier meldeten,
welche mir aber sämtlich treu blieben. Mir sind ihre Namen bis heute
fest im Gedächtnis geblieben: von Noorden, Vater und Sohn, der letztere
nach vielen Jahren wieder mein Kollege in Leipzig, Graf Solms-Laubach
und Theodor von Bunsen. Die öffentliche Vorlesung hatte gleich von
Anfang eine größere Zahl von Zuhörern versammelt, welche von Woche
zu Woche anschwoll, so daß gegen den Schluß des Semesters der geräumige Hörsaal fast ganz gefüllt war.

Zur Befestigung meiner Stellung als Dozent trugen vornehmlich zwei
Umstände bei. Mehrere jüngere Universitätslehrer hatten sich vereinigt,
zum Besten der vertriebenen Schleswig-Holsteiner öffentliche Vorträge

in dem weitbekannten Saal zum goldenen Stern zu halten. Sie forderten mich zur Mitwirkung auf. Damals waren öffentliche Vorträge noch nicht so abgegriffen und abgenützt, wie in den späteren Jahrzehnten. Wer einen Erfolg erzielte, wurde den besten Kreisen bekannt und gewann die Gunst der öffentlichen Meinung. Es gelang mir, sowohl in Bonn, wie bei der Wiederholung der Vorträge in Köln, zum Besten der Dombaukasse, bei den Zuhörern Beifall zu finden. Aber auch die andere schwerere Probe, eine Vorlesung im Kreise der Kollegen und für diese ausschließlich bestimmt, bestand ich mit Ehren. Der »Schwan« lebt nur noch dunkel in der Erinnerung des jüngeren Geschlechts, da seine Glanzzeit schon in den sechziger Jahren zu Ende ging. Aus einer fröhlichen Vereinigung einiger Privatdozenten hervorgegangen, ohne fest formulierte Satzungen, hatte er sich allmählich zu einer ständigen, man möchte sagen, offiziell anerkannten Universitätseinrichtung entwickelt. Jeden Samstag abends versammelten sich im »Schwanen«, einem Gasthaus dritter Klasse, bei Honnecker, der dafür sorgte, daß Speise und Trank stets die Nebensache, eine leidige Pflichterfüllung blieben, die Privatdozenten und einige jüngere Professoren, welche sich ihnen anschlossen, um zunächst einen wissenschaftlichen Vortrag anzuhören und dann noch eine bis zwei Stunden zwanglos zu plaudern, auch zu streiten. Zweimal im Jahre, am Martinstag und am Sonnabend vor Karneval wurde der Schwan selbst Gastgeber und lud die alten Herrn der Universität zu einer solennen Bowle ein. Man merkte es nicht allein den Trinksprüchen der letzteren an, welches Ansehen der Schwan genoß. Schon der Eifer, mit welchen auch die ältesten und angesehensten Mitglieder, an ihrer Spitze Dahlmann, Brandis und Welcker, der Einladung stets folgten, bewies, daß es der Schwan wohl verstanden hatte, sich bei der ganzen Universität in Achtung zu setzen. Er war der Gerichtshof, welcher über jeden neuen Dozenten das Urteil fällte. Genügte dessen Schwanvortrag nicht, zeigte er in den wissenschaftlichen Erörterungen arge Blößen, so hatte er Mühe, eine gelehrte Regulative wieder zu gewinnen. Gerade in meinem ersten Bonner Winter schwamm der Schwan im besten Fahrwasser. Otto Abel hielt seinen berühmten Vortrag über die Legende des böhmischen Nationalheiligen Johann von Nepomuk, in welchem er die großartige, von Jesuiten verübte Geschichtsfälschung unwiderleglich nachwies und mit Humor erzählte, wie der Heilige durch Mischung aus einem historischen Johann von Pomuk und dem Magister Huß geschaffen wurde. Ein czechischer Historiker, namens Tomek, hatte ihm in Berlin die erste Anregung zu dieser kritischen Studie gegeben, ich konnte ihm aus meiner Heimat mancherlei Beiträge zu ihrer Stütze liefern, das beste hat aber doch erst Abels Scharfsinn und unbestechlicher Blick für die Wahrheit hinzugefügt. Die Ultramontanen in Bonn, welche ich bei diesem Anlaß zuerst kennen lernte, schäumten vor Wut, der böhmische Episkopat hielt es für Pflicht, durch einen obskuren Theologen eine lendenlahme Gegenschrift ausarbeiten zu lassen. Später bedachte sich die Kirche eines besseren und suchte den wissenschaftlichen Streit totzuschweigen. Das gelang ihr auch in Böhmen. Die Czechen fühlen bekanntlich den Boden unter sich zittern, wenn von historischen Fälschungen die Rede ist und verbanden sich mit den Klerikalen, die Jesuitenlegende noch fernerhin aufrecht zu halten. 207 Für die wissenschaftliche Welt hat Otto Abel das letzte Wort gesprochen.

Mein Schwanvortrag bewegte sich im ruhigsten Fahrwasser, da ich einen streng kunstgeschichtlichen Gegenstand behandelte, doch hatte er das Glück zu gefallen und das Mißtrauen, welches vielleicht anfangs einzelne Kollegen gegen den Mann aus Nazareth-Österreich hegen mochten, völlig zu zerstreuen. Bei den nächsten Wahlen wurde ich sogar in den Vorstand des Schwanen gewählt.

An Arbeit und auch an geselligen Zerstreuungen fehlte es mir in diesem Winter nicht. Dennoch schlich er entsetzlich langsam vorüber. Zählte ich doch die Wochen und dann die Tage bis zu meiner Heirat und stand es bei mir fest, sobald ich die Kollegien geschlossen hatte, auf der Stelle abzureisen. Beinahe hätte aber noch ein schlimmer Kobold meine Pläne zu Wasser gemacht. Das von der serbischen Regierung ausgeworfene Gehalt, obschon längst fällig, kam nicht, und auf meine Anfrage nur die Antwort, daß es zur Absendung bereit liege. Mein eigener Geldvorrat ging aber bedenklich zur Neige. Sollte ich ruhig in Bonn zuwarten, auf die Gefahr hin, daß vielleicht die Hochzeit verschoben werden müsse? Ich faßte einen verzweifelten Entschluß. Die schöne gebundene Gesamtausgabe Fichtes und Hegels, einige Prachtwerke ohne wissenschaftlichen Wert auf meinem Büchergestell schienen mich über meine arge Verlegenheit zu verhöhnen: »Ein schöner Bräutigam voll Liebessehnsucht, der sich nicht zu helfen weis! Uns brauchst du doch nicht und lässest uns nur verstauben! Mache, daß wir in würdigere Hände kommen!« Es 208 überkam mich doch eine große Scham, als ich dem Antiquar meine Bücher zum Kaufe anbot und nach geschlossenem Geschäft meinen Namen nennen mußte, damit der Antiquar auch eine Bürgschaft meines redlichen Erwerbes besitze. Mir blieb aber keine andere Wahl. Die Zeit drängte und in Prag allein konnte ich auf die eine oder die andere Art aus meiner Verlegenheit mich reißen. Zum Glück nahmen dieselben ein rasches Ende. In Prag lag mein Gehalt bei dem Bankhause zur Auszahlung bereit. Und so feierte ich am 5. April 1853 ohne jede äußere Trübung den glücklichsten Tag meines Lebens.

Unsere Hochzeitsreise schränkten wir auf eine langsame Rückfahrt nach Bonn ein, wo uns ein trauliches Nest und die Freude einer ersten Hauseinrichtung winkten. Nach einer kurzen Rast in Dresden bei Noëls wanderten wir nach Hannover. Ich kannte die niedersächsischen Städte noch nicht, auch Isabella war die norddeutsche Art fremd, bisher sogar antipathisch gewesen: die Berliner Geheimräte, mit welchen ihre Eltern in Karlsbad verkehrten, waren allerdings nicht danach angethan, für Norddeutschland Sympathieen zu werben. So machten wir also beide eine Studienreise, beide mit gutem Erfolge. Lebendig trat mir die alte, echte deutsche Kunst in den romanischen Kirchen und in den schmuckreichen Holzbauten der Renaissance vor die Augen. Meine junge Frau aber war überrascht von der herzlichen Teilnahme, welche sich hinter scheinbar kühlen Umgangsformen barg und erfreut über den reichen Interessenkreis auch der Frauen. Nur unser Magen sehnte sich zuweilen nach der Heimat zurück; er ist bis zur Stunde gut österreichisch geblieben.

Den längsten Aufenthalt machten wir in Hildesheim, wo der würdige Senator Römer, der Bruder des Bonner Dozenten, des Geologen Ferdinand Römer, als trefflicher Führer und zugleich als liebenswürdiger Gastfreund uns zu größtem Dank verpflichtete. Wir ahnten nicht, daß unterdessen in Bonn eine dunkle Wolke aufgestiegen war, welche sich über meinem Hause zu entladen drohte.

Schon im Laufe des Winters hatte mich der Staatsanwalt, oder Oberprokurator, wie er damals hieß, am Bonner Landgericht, Herr von Ammon, der viel in Universitätskreisen verkehrte, darauf angesprochen, daß der Prager Polizeidirektor Sacher-Masoch mich dem Gericht als bedenkliche Persönlichkeit denunciert hätte. »Ich habe ihm in einer Weise geantwortet, fügte er hinzu, daß er uns wohl nicht mehr mit so gemeinen Anschwärzungen behelligen wird.« Da viele Monate vergingen, ohne daß sich Sacher-Masoch regte, so hielt ich die Sache für abgethan. Als wir nun in Bonn in unsere kleine schmucke Wohnung einzogen, fand sich unter den vielen Blumen und Willkommengrüßen der Freunde auch ein Brief des Rektors vor, in welchem er mich bat, ihn sofort, wegen einer

wichtigen Sache, zu besuchen. Er teilte mir mit, daß der Prager Polizeidirektor, durch die erste Abweisung nicht abgeschreckt, sich an das Unterrichtsministerium in Berlin gewandt und in einer ausführlichen
Denkschrift vor meinem Thun und Treiben in Preußen gewarnt hätte. 210
Er stützte seine Anklagen auf drei Punkte: auf meine Geschichte des
Revolutionszeitalters, auf meine notorisch politische Anrüchigkeit in Prag
und endlich auf meine demagogischen Umtriebe als Präsident des akademischen Lesevereins. Der Minister von Raumer forderte mein Buch ein
und befahl dem Rektor, mich über die weiteren Anklagen zu vernehmen.
Zwischen den Zeilen war zu lesen, daß der Minister vorhabe, mir die
Erlaubnis zum Dozieren zu entziehen. Zum Glück für mich war der
Rektor, der Professor der katholischen Theologie, Hilgers, ein überaus
human gesinnter, milder und wohlwollender Mann. Er hatte selbst von
kirchlichen Fanatikern mannigfache Verfolgungen erduldet und wußte
daher aus eigener Erfahrung, wie leichtfertig solche Denunciationen in
die Welt geschleudert werden. Ich sollte nur Mut fassen, er und die
Universität würden gewiß für meine Rechte eifrig eintreten, nun aber
ruhig überlegen, wie man die Anklagen Sacher-Masochs am besten ent-
kräften könne. Auf den dritten Punkt lege das Ministerium das größte
Gewicht. Welche Beweggründe mochten Sacher-Masoch zu einem so
feindseligen, überdies verleumderischen Angriffe getrieben haben? Ich
konnte keinen andern finden, als seine bekannte Polizeimanie. Er hielt
den Tag für verloren, an welchem er nicht irgend eine Polizeiintrige
angezettelt, obere Behörden durch Schreckensnachrichten aus ihrer Ruhe
gebracht, Körperschaften und einzelne Individuen hinterrücks verdächtigt
hatte, das alles, um den Eifer und den Wert der Polizei in helles Licht 211
zu stellen. Hatte er doch einige Jahre später ganz aus dem blauen Himmel
einen weitverzweigten revolutionären Bund böhmischer Bauern erfunden
und denselben in Wien angezeigt, nur um den Statthalter Böhmens, der
nun zum Bericht aufgefordert wurde, in Verlegenheit zu bringen. Diese
letzte That brach ihm übrigens den Hals und hatte seine Absetzung vom
Amt zur Folge. Wahrscheinlich spielte auch tiefer Groll gegen meinen
Schwiegervater bei der gegen mich gerichteten Denunciation mit. Pinkas
war der einzige angesehene Politiker, welcher Sacher-Masoch unverholen
Verachtung zeigte, während die anderen Mitglieder der Reichstagsrechten,
insbesondere die Czechenführer, ihm scherwenzelten. In mir sollte Pinkas
getroffen werden.

Gar trübselig saßen nun Isabella und ich beisammen, sinnend, wie wir die über uns zusammenstürzenden Himmelsstützen wieder befestigen könnten. Die »notorische Anrüchigkeit in Prag« konnte ich glänzend widerlegen. Unter den Papieren, welche ich der Universität der Vorschrift gemäß vorlegen mußte, befand sich auch ein »sogenanntes Sittenzeugnis« die Bestätigung des Prager Magistrats, also der zuständigen Behörde, daß ich mich bisher eines guten Leumundes erfreut hätte. Mein Schwiegervater, welcher mir das Sittenzeugnis besorgte, erinnerte den betreffenden Beamten daran, daß das Schriftstück in das Ausland ginge; er möge es daher nicht nach dem üblichen »Schimmel«, d.h. der Schablone abfassen, sondern sich eines guten Deutsch befleißigen. Der Beamte verstand ihn so, daß er einen pathetischen Ton anschlagen müsse und sparte nicht die Ausdrücke des Lobes. Ich stand als wahrer Musterbürger da, welcher die höchste Anerkennung bei allen Klassen der Bevölkerung genoß. Diesem Pfeile aus Sachers Köcher war also glücklich die Spitze abgebrochen. Wie sollte ich aber beweisen, daß der nach dem Muster deutscher Universitätsvereine gegründete akademische Leseverein ein durchaus harmloses unpolitisches Institut gewesen sei? Auf den Wunsch gemäßigter deutscher und czechischer Studenten hatte ich den Vorsitz übernommen, mit der offen ausgesprochenen Absicht, hier einen neutralen Mittelpunkt für *deutsche* Bildung zu gewinnen. Die Universitätsbehörden unterstützten den Verein, waren sogar willig, ihm in der Universität Räume anzuweisen, was nur aus Mangel an passenden größeren Stuben nicht ausgeführt wurde. Im Verein lagen außer einigen Zeitungen zahlreiche wissenschaftliche Zeitschriften auf, außerdem wurden ab und zu Vorträge über litterarische Gegenstände gehalten, so z.B. von mir über Goethes Faust, über Lessings Laokoon, über Winkelmann. Übrigens stand ich seit dem Herbst 1849, seit meiner Reise nach Paris und England, mit dem Verein in keiner Beziehung mehr.

Um uns in unsern Kümmernissen zu zerstreuen, schlug Isabella vor, wir sollten doch die unterdessen angelangten Ausstattungskisten öffnen. Jeder Teller, jede Tasse des Eßgeschirrs war säuberlich in ein Blatt der amtlichen Prager Zeitung verpackt worden. Wir glätteten das Packpapier und legten es auf einen Haufen, um in der Stube einige Ordnung zu schaffen. Da fiel unser Blick zufällig auf meinen großgedruckten Namen im amtlichen Teil der Zeitung. Neugierig nahm ich das Blatt zur Hand, und welcher Jubel! hier las ich meine glänzende Rechtfertigung. Im Namen des akademischen Lesevereins sprach ich dem Herrn Polizeidirektor

Sacher-Masoch meinen Dank aus für ein reiches Büchergeschenk, sowie überhaupt für die wohlwollende Gunst, welche er dem Verein seit dessen Gründung unablässig gewidmet habe. Atemlos eilte ich zum Rektor, um ihm meinen Fund mitzuteilen. Aus seiner herzlichen Freude ersah ich, daß ich an ihm, wie an den Universitätsgenossen überhaupt wackere Beschützer und Helfer gewonnen hatte. Sacher-Masochs Namen wurde in Bonn als Bezeichnung eines dummen Verleumders geradezu volkstümlich.

Der Bericht des Rektors an den Minister wies in scharfen Worten auf die vollkommene Grundlosigkeit der Anklage, auf die ehrlose Verlogenheit des Denuncianten hin und sprach die Erwartung aus, der Minister werde für die der Universität zugefügte Beleidigung ausreichende Genugthuung fordern. Das that ein Minister Raumer nicht. Nach mehreren Wochen kam ein Ministerialschreiben: Meine Habilitation sei nicht rückgängig zu machen, wohl aber die Eile, mit welcher sie vollzogen wurde, zu tadeln.

Einen großen Eindruck hatte Sacher-Masochs Denunciation auf den Minister Raumer doch gemacht und die schlimmen Folgen der Anschwärzungen hatte ich bis zum Ende der fünfziger Jahre zu spüren. Ich wurde dem Oberpräsidenten der Rheinprovinz, Kleist-Retzow, zur genausten Beobachtung empfohlen, und erhielt auf privatem Wege den Bescheid, daß eine Beförderung, solange Raumer Minister bleibe, unbedingt ausgeschlossen sei. Mein Name kam endlich in das schwarze Buch der deutsch-österreichischen Polizei. Das letztere wurde mir auf meinen vielen Reisen besonders unbequem. Überall, wo ich hinkam, mußte ich mich auf das Polizeiamt begeben, um meinen Paß vorzuzeigen und bei der Paßvisitation an den Grenzen wurde ich nicht viel besser als ein vagierender Handwerksbursche behandelt. Das jüngere Geschlecht hat keine Ahnung von den Paßplackereien, welche wir in den Jahren 1850 bis 1860 zu überstehen hatten. Auch wir haben sie, Gottlob! vergessen und die Regierungen seitdem haben uns das Vergessen leicht gemacht. Wer sich aber jetzt über den verbitterten und gereizten Ton in der Presse jener Jahre wundert, das beinahe blinde Mißtrauen, welches wir den Staatsmännern entgegenbrachten, nicht begreift, der weiß eben nicht, in welchem Maße wir gepeinigt und in kleinlicher Weise geärgert wurden.

Jede Reise wurde, dank der österreichischen Polizei, zu einer Kette von Drangsalen. Meine Frau pflegte einige Sommermonate bei ihren Eltern in Prag zu verleben, ich holte sie und später unsere kleine Familie im Herbst dann ab. Solange ich in Prag weilte, blieb mein Paß in der

Verwahrung der Polizei. Erst am Tage der Abreise wurde er mir zugleich mit einem sogenannten Passierschein ausgehändigt. Den letzteren lieferte ich im Eisenbahnwagen ab, der erstere wurde schon in Bodenbach wieder von einem Polizeibeamten abgenommen. In einer schmierigen Stube versammelten sich vor Abgang der Züge die Reisenden, um den Paß wieder aus den Händen der groben Polizeibeamten zu empfangen. Mein Paß befand sich stets auf einem Nebentisch, regelmäßig wurde ich, nachdem ich vom Kopf bis zu den Füßen gemustert worden war, der letzte aufgerufen. Blieb ich einen Tag in Dresden oder Leipzig, so legte die Polizei wieder gleich nach meiner Ankunft Beschlag auf meinen Paß, bis zur Stunde der Abreise. Außerdem wurde er auch auf den Bahnhöfen einer genauen Musterung unterworfen. Der gleiche Vorgang wiederholte sich in Magdeburg und in Minden. Beinahe auf jeder Reise war ich da oder dort in Gefahr nicht mehr mit dem Zuge mitzukommen, da die Polizisten absichtlich die Herausgabe meines Passes bis zur letzten Minute verzögerten. Uns war nicht danach zu Mute, in das Lied einzustimmen: »Welche Lust gewährt das Reisen!« Aber schließlich waren wir jung und lebten in jeder andern Hinsicht so glücklich, daß wir diese dunkeln Punkte leicht nahmen. In Dahlmanns Hause fanden wir eine zweite Heimat. Frau Luise Dahlmann beriet und beschirmte mütterlich meine Frau, und blieb, solange sie lebte, eine treue, auf unser Wohl unaufhörlich bedachte Freundin. Durch Dahlmann wurde ich in die beste deutsche Welt eingeführt. Der einzige Mann vereinigte in seiner Person gediegenste wissenschaftliche Bildung mit strenger sittlicher Würde. So trat er mir gleich nach den ersten Begegnungen entgegen. Bei näherem Umgang zeigten sich auch die vielen liebenswürdigen Züge, welche die fast rauhe Außenseite dem Fremden verhüllte. Dahlmann galt als größter Schweiger. Das war er auch gewöhnlich. Wenn er aber im Kreise der Familie und der nächsten Freunde am Abend im Lehnstuhl behaglich saß, bei der Verteilung des frugalen Abendbrotes, welche er sich nicht nehmen ließ, jede Gabe mit einem leichten Scherz begleitete, wenn er dann aus seinem Leben, aus seiner schleswig-holsteinischen Heimat erzählte, ruhig, ohne jede Bitterkeit, aber mit scharfen Accenten, oder wenn er uns aus Goethe oder andern Lieblingsdichtern vorlas, dann merkte man, daß ihm nicht nur die Lust an vertraulichen Mitteilungen innewohnte, sondern ihn auch eine tiefe Empfindung beseelte. Selbst wenn er sich im ganzen schweigsam verhielt, so bewiesen doch einzelne eingestreute Aphorismen, daß er dem Gange des Gesprächs aufmerksam folgte. Heimisch fühlten wir uns auch in Boisserées Hause. Leider starb Boisserée bald und seine Frau verzog in ihre schwäbische Heimat, um erst in den letzten Jahren meines Bonner Aufenhaltes zurückzukehren. Dann freilich knüpften sich die nahen freundlichen Beziehungen wieder an. Sulpiz Boisserée, das Ideal eines schönen kräftigen Greises, hatte aus der alten Zeit die zierlichen Umgangsformen, die feinere Verkehrssitte und gegenüber Frauen die liebenswürdig galante Höflichkeit sich bewahrt. Schon ihn anzusehn, that wohl. Aber auch die Unterredungen in seiner Arbeitsstube boten mannigfache Genüsse. Es war leicht, die Punkte zu vermeiden, in welchen wir auseinandergingen. Am liebsten brachte ich das Gespräch auf seine Entdeckungen alter Bilder in den Rheinlanden, auf seine Dombaustudien. 217 Hier war er unerschöpflich in anmutigen Erzählungen, hier holte ich mir die genaue Kenntnis der rheinischen Kunst.

Auch in den andern Professorenfamilien waren wir gern gesehene Gäste, so daß wir schier zum eisernen Bestand aller größeren und kleineren Gesellschaften gehörten und als »die unvermeidlichen Springers« von dem Spottvogel der Universität, dem Geologen Römer, begrüßt wurden. Wir übten in unserer bescheidenen Wohnung auf der Koblenzer Straße gleichfalls Gastfreundschaft und boten wir auch den Freunden nur mäßige materielle Genüsse, so verstand es doch meine Frau vortrefflich, durch allerhand wirtschaftliche Scherze (maskierte Weinflaschen, kostümierte Braten, u. dgl.) die Zusammenkünfte fröhlich zu beleben. Daß der Sylvesterabend nur bei uns gefeiert werden konnte, nahmen die jüngeren Kollegen, die verheirateten und ledigen, als selbstverständlich an.

Die akademische Wirksamkeit befriedigte mich vollständig. Seitdem ich an die rheinische Kunst in den Vorlesungen anknüpfte, durch regelmäßige Ausflüge nach Köln, Schwarzrheindorf u.a. dem Wort die Anschauung folgen ließ und die kunsthistorischen Vorlesungen durch kulturgeschichtliche ergänzte, gewann ich einen festen Zuhörerkern, welchem sich von Semester zu Semester eine immer größere Zahl von Studenten aller Fakultäten anschloß. Es gab damals für junge Dozenten keinen bessern Tournierplatz als die Rheinische Hochschule. Bonn besaß eine stattliche Reihe von berühmten Namen, erfreute sich trotzdem keiner vollkommenen Blüte. Die berühmten Männer, wie Arndt, Dahlmann, 218 Welcker, Brandis, Löbell, Treviranus, waren alt geworden und entfalteten nicht mehr eine so ausgedehnte Wirksamkeit, wie in früheren Jahren. Sie standen in höchstem Ansehn, galten in jeder Hinsicht als Autoritäten, aber ihr Einfluß auf die Studenten war im Schwinden begriffen. Kostbare

Schmuckstücke der Universität, aber nicht ihr eigentlicher Hausrat. Bei den späteren Berufungen bewies das Ministerium selten eine glückliche Hand. Insbesondere schleppte die Universität eine ganze Reihe von Extraordinarien als unnützen Ballast mit sich. Am tiefsten lag die medizinische Fakultät darnieder. Keinem Bonner fiel es ein, in ernsten Krankheitsfällen sich an einen Kliniker zu wenden. Auf meine naive Frage, in welchem speziellen Fach der Kliniker für innere Krankheiten besonders glänze, erhielt ich schmunzelnd zur Antwort: In der Geographie Amerikas. Aber auch die andern Fakultäten zeigten, neben einzelnen hervorragenden Männern, bedenkliche wissenschaftliche Nullen. Und wären jene nur immer am rechten Platz gestanden. Welche erstaunliche Gelehrsamkeit besaß Eduard Böcking. In der deutschen humanistischen Litteratur des sechzehnten Jahrhunderts war er, der berühmte Herausgeber der Werke Huttens, zu Hause wie kein anderer. Die Natur hatte ihn zum Philologen bestimmt, äußere Umstände ließen ihn die juristische Laufbahn wählen. Ihm fehlten aber alle von den Studenten geschätzten Eigenschaften eines Pandektisten. Der Professor der Chemie, Bischof, trieb mit Vorliebe Geologie, so daß der eigentliche chemische Unterricht einem ehemaligen Apotheker überlassen blieb, dessen Geschicklichkeit im Fleckputzen von Frauen gerühmt wurde. Der wahre Held der Universität, welcher ihr Richtung gab und ihren Charakter bestimmte, war der Philologe Friedrich Ritschl, der größte Philologenerzieher unserer Zeit, damals noch nicht von schwerem Siechtum heimgesucht, vielmehr von frischem Lebensmut und unverwüstlicher Thatkraft. Ihm dankte es Bonn, daß es zwei Jahrzehnte das Mekka aller deutschen Philologen wurde. Bei dieser Sachlage machte es sich von selbst, daß die alten Herren und die wirklich hervorragenden Lehrer über die Köpfe der andern Professoren hinweg zu uns Privatdozenten in befreundete Beziehungen traten und wir mit jenen am innigsten zusammenlebten. Frei von jeder Eifersucht, suchten sie uns nach Möglichkeit zu fördern und in unserm akademischen Wirken zu unterstützen. Es befanden sich aber unter den Privatdozenten auch manche lebenserfahrene Männer oder Gelehrte, welche bereits auf tüchtige Leistungen zurückweisen konnten. Der Geologe F. Römer hatte eine längere Forschungsreise in Texas gemacht, Otto Abel sich im diplomatischen Fache versucht, als Historiker bewährt. Der Ruf des leider tauben Nikolaus Delius als Shakespearekenner war im Steigen begriffen, von dem Theologen Albrecht Ritschl, einem Vetter des Philologen, bekannten, wenn auch sauersüß, die älteren Kollegen, daß er sie alle an Scharfsinn und dialektischer Kunst weit übertreffe. Die Privatdozenten erfreuten sich auch sozial allgemeiner Achtung, sie verkehrten mit den Professoren auf gleichem Fuße und genossen hier ein höheres Ansehn, als an vielen andern Hochschulen. Sie wurden bald das Salz, bald wenigstens der Pfeffer der Universität genannt. Den Beigeschmack des Pfeffers dankten sie den scharfen Zungen A. Ritschls und Römers.

220

Die akademische Thätigkeit durfte die litterarische Arbeit nicht ganz zurückdrängen. Zunächst galt es, ältere Schulden abzutragen, also die »Kunsthistorischen Briefe« schlecht und recht abzuschließen. Unterdessen war schon eine ähnliche Aufgabe an mich herangetreten. Ein Stuttgarter Verleger gab eine Encyklopädie der Wissenschaften heraus, zu welcher Friedrich Vischer einen Abriß der Kunstgeschichte zugesagt hatte. Jahre vergingen, ohne daß er sein Wort einlöste. Da der Buchhändler immer heftiger drängte, wandte sich Vischer in seiner Not an mich, ob ich nicht in seine Stelle rücken wollte. Sein Vertrauen mußte mich ehren; dennoch hätte ich unbedingt den Antrag zurückgewiesen, wenn Vischer nicht den persönlichen Dienst betont hätte. Ich hatte so viel Freundliches, so zahlreiche Anregungen von ihm erfahren, daß jede fernere Weigerung ein schnöder Undank gewesen wäre. Hart war die Bedingung, den ganzen Verlauf der kunstgeschichtlichen Entwickelung auf zwanzig Bogen zu erzählen und die Forderung, das Manuskript in kürzester Frist fertig zu stellen. Ich war damals in Buchhändlersitten so unerfahren, daß ich diese Zumutungen für vollen Ernst nahm und zu meinem Schaden sie pünktlich erfüllte. Bald nach Antritt der Dozentur besuchte mich auch ein Bonner Buchhändler, um mich für ein anderes litterarisches Unternehmen zu gewinnen. Kinkel hatte eine Geschichte der christlichen Kunst zu schreiben begonnen und eine große Reihe von Tafeln lithographieren lassen, welche nun, da Kinkel an die Fortsetzung des Buches nicht dachte, nutzlos bei dem Buchhändler lagerten. Ließen sich die Tafeln, um einige passend vermehrt, nicht als Illustrationen in einer knappen Schilderung der mittelalterlichen Architektur verwenden? Vieles sprach für diesen Plan. Aus meinen Vorlesungen wußte ich, daß den meisten Zuhörern selbst die elementaren Begriffe in der mittelalterlichen Kunstgeschichte abgingen. Die Buchhändler aber (Henry und Cohen) waren überzeugt, daß das Buch in der Provinz, wo sich gerade ein regeres Interesse für die alten Denkmäler wieder zu regen begann, guten Absatz finden werde. So schrieb ich denn als Vorschule zur Archäologie der

221

christlichen Kunst einen kurzen Leitfaden der »Baukunst des christlichen Mittelalters.«

Mein litterarischer Weg war bisher vom Allgemeinen zum Besondern gegangen, oder richtiger gesagt, ich war im Allgemeinen, in den universalhistorischen Übersichten, in Schilderungen ganzer weiter Weltalter stecken geblieben. Die Gefahr der Verflachung, und die noch schlimmere Gefahr, die Lockung, durch populäre Handbücher den Beifall der Halbgebildeten zu gewinnen, lag nahe. Es war ein Glück, daß ich rechtzeitig den bedenklichen Ausgang des bis jetzt eingeschlagenen Weges entdeckte und zur Umkehr mich anschickte. Standhaft wies ich von nun an alle Aufforderungen zu neuen Auflagen, alle Anträge auf die Abfassung halbwissenschaftlicher populärer Darstellungen zurück. Erst nach dreißig Jahren, als ich mir die volle Herrschaft über den Lehrstoff erworben hatte, lenkte ich in die alte Bahn wieder ein. Durch diesen Entschluß wurde ich der Sorge ledig, schließlich zu einem oberflächlichen Vielschreiber und Kompilator herabzusinken. Bald merkte ich sogar, daß das wiederholte Durchackern des ganzen kunsthistorischen Bodens auch gute Folgen haben könne. Ich blieb nicht an dem Einzelnen haften, lernte den Zusammenhang der Dinge schärfer in das Auge fassen. Schon um die Eintönigkeit des Studiums zu vermeiden, wechselte ich die Betrachtungsweise und legte bald (nur für mich) auf diesen, bald auf jenen Punkt den stärkern Nachdruck. Eine Reihe von Problemen, von ungelösten Aufgaben und Fragen, die dringend eine klare Antwort heischten, tauchten vor mir auf. Allmählich gewann ich die Überzeugung, daß die wissenschaftliche Kunstgeschichte erst geschaffen werden müsse. Aber auch für die historische Methode war es von Vorteil, daß ich gezwungen war, stets ein größeres Ganze zu überblicken, die richtigste, der innern Entwickelung des Stoffes entsprechende Gliederung zu prüfen, überall den Wurzeln, Blüten und Früchten, dem Wachstum der Kunstperioden nachzuspüren, den Einfluß der Volksbildung, der herrschenden Anschauungen auf das Kunstleben zu übersehen. Alle diese Dinge ließ ich langsam in mir ausreifen und befließ mich in den nächsten Jahren einer großen litterarischen Enthaltsamkeit. Vom Jahre 1855–1860 gab ich nur zwei Schriften wissenschaftlichen Inhalts heraus, beide durch meinen Pariser Aufenthalt, bei Gelegenheit der Weltausstellung 1855 angeregt und veranlaßt: *Paris im dreizehnten Jahrhundert* und *die Geschichte der bildenden Künste im neunzehnten Jahrhundert*. Sie dürften wohl die ersten Schriften sein, welche man mir nicht als Jugendsünden anrechnen wird. Beide Schriften

hatten wenigstens in der Fremde einen großen Erfolg. »Paris im dreizehnten Jahrhundert« wurde von Victor Faucher in das Französische übersetzt
und von Aubry in einer reizenden Ausgabe dem *Trésor des pièces rares
ou inédites* einverleibt. Aus der andern Schrift brachte die *Fine art
quarterly Review* größere Auszüge.

224

12. Harte Zeiten.

Wer hätte gedacht, daß der Krimkrieg auch in meine privaten Verhältnisse scharf eingreifen, meinem ganzen Leben einen andern Zuschnitt
geben würde. Sorglos, fröhlichen Blickes in die Zukunft atmeten wir die
rheinische Luft. Das von der serbischen Regierung ausgeworfene Gehalt
reichte vollständig für unsere Bedürfnisse aus. Mißlich waren nur die
unregelmäßigen Zahlungsfristen, welche uns zuweilen in bittere Verlegenheit brachten. Eines besonders peinlichen Augenblicks entsinnen meine
Frau und ich uns noch heute mit größter Lebendigkeit. Wir hatten am
späten Abend unsere Kasse untersucht und gefunden, daß sie bis auf einige Thaler ganz leer sei. Die nächste Geldsendung war zwar angekündigt,
konnte aber noch mehrere Tage sich verzögern. Wir beschlossen, am
nächsten Morgen nach Köln zu reisen und bei dem Antiquar eine schöne
Goetheausgabe zu versilbern. Da wurde plötzlich die Hausglocke scharf
gezogen. Auf unsere Frage, kurz vor Mitternacht, zum Fenster heraus,
kam die Antwort: die Köchin aus Prag mit einem Schiffsmanne. Meine
gute Schwiegermutter, für unser leibliches Wohl stets bedacht, hatte für
uns eine treffliche Köchin angeworben. Sie war nun da, aber zu unge-
wohnter Stunde. Sie hatte offenbar die Eisenbahn in Köln versäumt, den
weiteren Weg mit dem Dampfschiffe angetreten. Wie dann, wenn ihr
Reisegeld nicht reichte, der Schiffsmann etwa dasselbe einforderte. Uns
standen Angsttropfen an der Stirn. Aber das Reisegeld war bezahlt.
Meine gute Schwiegermutter hatte außerdem für eine so reiche Reserve
gesorgt, daß die Köchin uns ein Päckchen Banknoten einhändigen
konnte. Die Reise nach Köln unterblieb diesmal. Solche Scenen wiederholten sich öfter, mein Goethe mußte doch später einmal die Wanderung
zum Antiquar antreten. Aber schließlich kam doch immer wieder alles
in das richtige Geleise. Die Fortdauer meiner Thätigkeit im Interesse
Serbiens auf mehrere Jahre hinaus schien mir nicht zweifelhaft. Schrieb
mir doch Marinovich wiederholt von der Zufriedenheit der Regierung

225

mit meinen Diensten und von meiner wachsenden Unentbehrlichkeit. Mit dem Beginn der orientalischen Wirren steigerte sich die Arbeitslast. Wöchentlich langten bogenlange Instruktionen aus Belgrad an, welche mich teils mit politischem Materiale versorgten, teils die Richtpunkte ihrer Benutzung angaben. Sie mußten stets so rasch als möglich in größeren und kleineren Artikeln, bald deutsch, bald französisch oder englisch verwertet werden. In den Richtpunkten war eine mir ganz begreifliche Änderung eingetreten. Ich wurde angewiesen, die Versuche, die Sympathie des Wiener Kabinetts für Serbien und die Balkanländer zu gewinnen, fortan zu unterlassen, da dieses jede freundschaftliche Annäherung schroff zurückweise. Die hochmütige Beschränktheit der österreichischen Staatskunst erreichte in der Behandlung der orientalischen Frage ihren Gipfel. Zwei Minister, welche der böse Feind nicht schlimmer für den alten Kaiserstaat schaffen konnte, leiteten nacheinander die äußere Politik. Fürst Felix Schwarzenberg, eine entnervte Natur, der nur noch durch hochgesteigerte leidenschaftliche Aufregung seine Lebensgeister aufrütteln konnte, hatte an die Spitze seiner Politik einfach die Brutalität gestellt. Was bei diesem Staatsverderber ein Ausfluß moralischer Krankheit war, faßte sein schwächlicher Nachfolger, Graf Buol, in die Form allgemeiner Grundsätze. Schwarzenberg hätte sich nicht einen Augenblick besonnen, seine roh-gewaltsame Politik durch gewaltsame Mittel durchzuführen. Dazu fehlten Buol die Kraft und der Mut. Den großen Worten folgten keine oder halbe Thaten nach.

Seit dem Jahre 1849 war die Pforte von der Wiener Staatskanzlei in Acht und Bann gethan worden. Sie hatte die ungarischen Flüchtlinge gastfrei aufgenommen, ihre Auslieferung verweigert. Dieses Verbrechen mußte gesühnt werden. Als 1853 Omer Pascha sich anschickte, die in das türkische Gebiet eingefallenen montenegrinischen Räuberbanden zu züchtigen, hielt ihn Österreichs Einspruch zurück. Eine unerhört grobe Note verbot der Pforte jeden Angriff auf Montenegro und um die Drohung zu verstärken, wurde General Leiningen nach Konstantinopel geschickt, mit dem Auftrage, durch grobe Worte die Wirkung der groben Depesche zu verstärken. Leiningens Sporengeklirr war das Vorspiel zu Menschikoffs Paletotmission. In deutschen diplomatischen Kreisen bewunderte man die Klugheit der Wiener Staatskanzlei. Sie hätte durch diesen kühnen Eingriff Rußland die Vorhand abgewonnen und die Pforte gegen russische Zumutungen geschützt. Aber die brutale Ausführung dieses angeblichen Schutzes schüchterte die Pforte nur ein und bewies ihr, daß sie von Österreich keine ehrliche Unterstützung erwarten könne. Man sollte meinen, wenn das Wiener Kabinett zu gunsten der Montenegriner einschritt, daß es auch den übrigen Balkanländern einiges Wohlwollen zuwenden werde. Ganz im Gegenteil. Sie standen nicht auf streng legitimen Boden, hatten sich in den letzten Jahren allerhand liberale Schwachheiten zu schulden kommen lassen. Sie wurden daher mit der gleichen schnöden Verachtung, mit demselben blinden Hasse behandelt, wie die hohe Pforte.

Nachdem ich in zahlreichen Zeitungsartikeln auf Grund vortrefflichen Materials – ich publizierte z.B. zuerst die Aktenstücke, welche sich auf Leiningens Sendung bezogen – die öffentliche Meinung über die russische und österreichische Politik unterrichtet hatte, empfing ich den Auftrag, die Wünsche der Südslaven in einer größern Denkschrift zusammenzufassen. Sie wurden in französischer Sprache den Mitgliedern der Wiener Konferenz 1854 mitgeteilt, in deutscher Sprache, unter dem Titel: »Zur Orientalischen Frage« als Broschüre in Leipzig ausgegeben. Was ich als fromme Wünsche in der Denkschrift aussprach, ist allmählich zu wirklichen unumstößlichen Thatsachen geworden. Die Denkschrift verlangte die Vereinigung der beiden Donaufürstentümer, das Aufhöhren der Tributpflichtigkeit Serbiens, die Schöpfung eines, wenigstens halb unabhängigen Zwischenstaates (Bulgarien), welcher die unmittelbare Berührung Rußlands mit der Türkei verhindere, gleichsam als Puffer dienen sollte, das Aufhören des einseitigen österreichischen oder wohl gar russischen Protektorates, die Stellung der Balkanstaaten unter den gemeinsamen Schutz der europäischen Großmächte. Sie fand bei der serbischen Regierung ungeteilten Beifall, auch bei einzelnen Mitgliedern der Konferenz stille Billigung, offiziell wurde sie vollkommen totgeschwiegen. Rußland zog aber die Lehre aus ihr, daß seinem herrschenden Einflusse über die Südslaven durch solche Selbständigkeitsgelüste Einbuße drohe und nahm seine Maßregeln danach. Der Rubel rollte in Serbien; die russische Partei gewann wieder das Übergewicht, das Ministerium Garaschanin mußte seine Entlassung nehmen. Nach einigen Monaten schrieb mir Marinovich, daß er gezwungen sei, auf jede politische Thätigkeit zu verzichten, demnach auch mein Verhältnis zur Regierung gelöst sei. Das war, da der Ankündigung die Ausführung auf dem Fuße folgte, für mich ein harter Schlag. Meine Sache, doch nein, unsere Sache, denn ich war inzwischen Familienvater geworden, war wieder auf nichts, auf rein zufällige Einnahmen gestellt. Aber verzagen durfte ich nicht. Ich hatte mit vielen angesehenen Zeitschriften und Zeitungen Beziehungen geknüpft, in den letzten Jahren von verschiedenen Seiten dringende Aufforderungen, einen geschlossenen Kreis von Vorlesungen zu halten, empfangen. Als Journalist und Wanderlehrer hoffte ich bis auf weiteres mich durchzuschlagen. Den ersten Versuch, einem weitern Kreis von Zuhörern einzelne Abschnitte der Kunstgeschichte in geschlossenen Bildern vorzuführen, wagte ich in Bonn. Er gelang. Nach der ersten Vorlesung mußte ich den zuerst gewählten Saal mit einem größern vertauschen. Bald gab es keine angesehene rheinische Stadt, in welcher ich nicht zur Winterszeit, in manchen mehrere Jahre nacheinander, solche Vorträge gehalten hätte. Überall wurde ich überaus gastfrei empfangen, überall erwarb ich gute Freunde, so in Krefeld Alexander Heimendahl und Beckerath, in Barmen Bredt, in Elberfeld Simons, alle im Rheinlande hochgeschätzte und allgemein beliebte Persönlichkeiten. In Köln nahmen mich der Regierungspräsident von Möller und die Generäle von Schack und von Gansauge unter ihren Schutz, nach Düsseldorf führte mich eine Einladung des Malkastens. Künstlern gegenüber von kunstgeschichtlichen Dingen zu reden, hat seine besonderen Schwierigkeiten. Die Erörterung technischer Fragen darf nicht in den Vordergrund geschoben werden, da Künstler mit Recht in diesen Dingen sich ein schärferes Urteil zutrauen, als der gelehrte Laie besitzt. Sie stehen zu den einzelnen alten Meistern in dem Verhältnis von Liebhabern. Je nach ihrer eigenen Richtung und Stimmung schwärmen sie für bestimmte Künstler und schütteln ungläubig den Kopf, wenn diese von dem Historiker nicht gebührend gerühmt werden, während

andern, ihnen viel weniger sympathischer, große Ehren erteilt werden. Ich muß aber doch das richtige Maß getroffen haben, trotzdem ein auserwähltes kritisches Publikum, u.a. Lessing, Achenbach, Schrödter mir gegenüber saß. Denn am Schluß des zweiten Cyklus wurde ich einstimmig zum Ehrenmitglied des Malkastens gewählt und mir ein von dem Maler Michaelis kunstreich ausgestattetes Diplom zugleich als Dankadresse überreicht. Später sind solche Vorlesungskreise und Einzelvorträge, die ich gleichfalls in verschiedenen Städten (Bonn, Koblenz, Frankfurt, Berliner Singakademie) hielt, in Mißkredit gekommen. Ich nahm sie sehr ernst, bereitete mich auf das sorgfältigste auf sie vor, bemühte mich, in leichtgeschürzter Form auch neue Früchte wissenschaftlicher Forschung zu bieten und hatte die Freude, mir zahlreiche, bis zu dieser Stunde treu anhängliche Freunde im Rheinlande zu erwerben.

Auf die Gegenstände der Vorträge kann ich mich noch heute besinnen; was ich aber alles in jenen Jahren in die Zeitungen und Zeitschriften, natürlich anonym geschrieben, darüber fehlt mir jede sichere Erinnerung. Selbst die Zeitungen könnte ich jetzt schwerlich vollständig aufzählen. Ich weiß nur, daß ich am fleißigsten in die Kölnische Zeitung, die Freund Kruse, von Dahlmann hoch geschätzt, in Bonner Kreisen auch als Gelehrter und Dichter angesehen, leitete, und die Allgemeine Zeitung schrieb und ein eifriger Mitarbeiter an den Grenzboten und (etwas später) Preußischen Jahrbüchern wurde. Für die »Gegenwart«, eine encyklopädische Ergänzung des Konversationslexikons von Brockhaus, lieferte ich so viele Aufsätze, daß sie füglich einen stattlichen Band bildeten. Es sollte mein Schicksal sein, trotz eifrigen Widerstrebens, der Politik immer wieder in die Arme zu fallen. Politische Artikel waren die am meisten begehrte Ware, solche zu schreiben, vorausgesetzt, daß sie mein Vaterland Österreich betrafen, kosteten mir die geringste Mühe. Ich traute mir eine ziemlich gute Kenntnis der Thatsachen und Persönlichkeiten zu, besaß überdies an meinem Schwiegervater eine ebenso vortreffliche wie unerschöpfliche Quelle. *Dr.* Pinkas stand in hohem persönlichen Ansehn in allen Schichten der Gesellschaft, seine wohlbekannte Uneigennützigkeit und Unbefangenheit des Urteils öffnete ihm alle Herzen. So gewann sein Verkehr den weitesten Umfang, erstreckten sich seine freundschaftlichen Beziehungen auf die mannigfachsten Kreise. Ihm klagten die Beamten ihr Herzeleid über die administrative Anarchie, ihm berichteten die Mitglieder der Aristokratie, haßerfüllt gegen das »Bachministerium«, über die geheimen Vorgänge in den maßgebenden Wiener Kreisen; mit ihm berieten die Banquiers und Industriellen alle wichtigen Pläne, an ihn wandten sich vertrauensvoll die Genossen des alten Reichstages, um ihm die Nöte in ihren Provinzen vorzutragen. Er war geradezu der Beichtvater aller Stände und Parteien geworden. Soweit er sich nicht zum Schweigen verpflichtet hielt, weihte er mich in die politischen Dinge ein, so daß meine Artikel sich vor vielen andern durch die lebhafte Färbung und neue Mitteilungen auszeichneten. Die umfangreichste Leistung waren die vier Abhandlungen in der »Gegenwart« über die Geschichte Öster- reichs von den Märztagen 1848 an bis zur Aufhebung der Verfassung und ein ziffernreicher Aufsatz über die wirtschaftlichen Zustände in Österreich. Beide Aufsätze sind als Quellen zwar nicht oft angezogen aber häufig benutzt worden.

Dank meinem Journalistenfleiße tröpfelte es zwar dünn, aber stetig in unsere Hauskasse. Zuweilen kamen auch recht dicke Tropfen. Das größte Prager Bankhaus: Laemel, hatte vom Ministerium das Vorrecht zur vorläufigen Zeichnung und Vermessung einer Eisenbahnlinie von Nürnberg nach Prag, die sogenannte Westbahn, empfangen. Nach Vollendung und Genehmigung des Planes wollte Laemel eine Aktiengesellschaft zum Bau und Betriebe der Eisenbahn gründen. Zahlreiche Ingenieure machten sich an das Werk, zeichneten, maßen, rechneten fleißig, so daß Laemel bald daran denken konnte, diese Einzelaufnahmen zusammenstellen zu lassen. Zu dieser Arbeit wurde ich ausersehen. Viele Wochen lang saß ich über den Detailplänen, Rechnungen und Tabellen, machte Anschläge über die Kosten des Grunderwerbes und des Baues, stellte Mutmaßungen an über den Frachtverkehr und erwog die Größe des Baukapitals, sowie den möglichen Gewinn. Die stattliche Denkschrift – etwa vierzig Bogen stark – wurde von Laemel gebilligt und honoriert. Ihr praktischer Nutzen war freilich gering, da Laemel, unter dem schlimmen Einflusse des Krimkrieges auf den österreichischen Geldmarkt, schließlich vor der Größe des Planes zurückschrak und sein Privilegium an eine Wiener Gesellschaft verkaufte. Wie in dieser Sache, so spielte auch in einer andern, welche mir mehrere Jahre hindurch lohnende Beschäftigung gab, mein Schwiegervater den Vermittler. Durch eine Verordnung des Ministeriums war bald nach der Aufhebung der Verfassung den Juden die Fähigkeit, Grundbesitz zu erwerben, wieder abgesprochen worden. Auf den kleinen Grundbesitz, die Bauerngüter, eingeschränkt, ließ sich diese Verordnung wenigstens für die slavischen Provinzen rechtfertigen. Der Ausschluß der Juden vom Großgrundbesitze war eine ganz überflüssige Beleidigung gerade des besten und vornehmsten Teiles der österreichischen Judenschaft und außerdem eine ganz verderbliche wirtschaftliche Maßregel. Der kapitalkräftigste Teil der Bevölkerung wurde von dem Mitbewerbe ausgeschlossen. Auf die Beschwerde der Verletzten an hoher Stelle in Wien über diese ebenso gehässige wie thörichte, von der hohen Klerisei durchgesetzte Verordnung kam die vertrauliche Antwort, augenblicklich sei ihre Aufhebung nicht möglich, wenn aber die öffentliche Meinung sich scharf und beharrlich dagegen aussprächte, wäre ein Erfolg über kurz oder lang zu gewärtigen, zumal der Finanzminister zu den entschiedenen Gegnern dieser Ghettopolitik gehöre. Daraufhin vereinigten sich mehrere angesehene jüdische Kaufherren und Fabrikanten zu einer planmäßigen Bekämpfung des Verbotes in den Zeitungen. Die Seele dieser Gesellschaft, Herr von Portheim, einer der edelsten und tüchtigsten Männer Prags, beriet mit seinem Freunde Pinkas, in wessen Hände die Agitation gelegt werden könne. Pinkas brachte natürlich mich in Vorschlag und so wurde ich mehrere Jahre lang der wohlbestallte Vertreter des Vereins. Der Zufall war uns überaus günstig. Es kamen fast gleichzeitig mehrere große Herrschaften unter den Hammer. Nach Verabredung boten jüdische Magnaten die höchsten Summen, die aber zurückgewiesen werden mußten, so daß die Güter entweder viel niedrigere Preise erzielten, oder wegen ungenügenden Angebotes der Verkauf überhaupt eingestellt wurde. Das war Wasser auf unsere Mühle. Es kostete wohl einige Mühe, die Leser nicht durch die wiederholte Vorführung einer und derselben Klage zu langweilen.

234

Meine Aufgabe bestand in dem Ersinnen verschiedener Variationen auf das eintönige Thema. Schließlich krönte der Erfolg unsere fortwährenden Angriffe. Ich hatte der guten Sache mit Eifer gedient, so daß viele glaubten, ich verteidige die eigene. Als das Verbot für die Juden, Großgrundbesitz zu erwerben, aufgehoben wurde, telegraphierte mir der Redakteur der National-Zeitung, der alte Zabel, einen Glückwunsch zum Siege meiner Glaubensgenossen.

Mein tapferes Weib half mir durch fröhlichen Zuspruch und stets mutigen Sinn die wirtschaftlichen Sorgen leicht tragen. Sie blieb auch in einer andern schweren Bedrängnis meine feste Stütze, mein treuer Kamerad. Wir waren beide im katholischen Glauben erzogen worden, hatten aber bisher von der Klerisei nicht die geringste Anfechtung erfahren. Wir hörten von Rosenkranzbrüderschaften unter dem gemeinen Volke, hatten für die armen bethörten Leute Mitleid, wir merkten in den letzten Jahren, daß die Bischöfe eine größere politische Macht erstrebten und das Ohr des Regenten zu gewinnen anfingen. Aber niemals dachte ein Pfarrer oder ein Kaplan daran, unberufen sich in das Privatleben der besseren Bürger zu mischen, in Fragen der Bildung eine Stimme in Anspruch zu nehmen. Er wäre einfach verlacht worden. In den rein katholischen Ländern traten die Kirche und ihre Vertreter viel gemütlicher, friedfertiger auf und besaßen nicht die Kampflust, welche sie in Landschaften gemischten Bekenntnisses zur Schau trugen. Das Verhältnis der gebildeten Katholiken zu ihrer Kirche war ähnlich jenem der gebildeten Juden zu ihrem Bekenntnis. Sie bekannten sich offen zur Gemeinde, sie nahmen auch mehr oder minder eifrig Teil am Gottesdienste, die Kultushandlungen flößten ihnen jedenfalls ehrerbietige Achtung ein, wie auch

235

der naive Volksglauben nie von ihnen grob angefeindet wurde. Aber die Bildung des Verstandes hielten sie frei von jedem kirchlichen Einflusse. Dem kirchlichen Dogma sprachen sie nicht das Recht zu, den Gang der Wissenschaften zu bestimmen. Hier galt allein die erprobte Wahrheit. Auf diese Art wurde der Frieden zwischen der Kirche und der gebildeten Gesellschaft gewahrt. Man hat später dieses Verhältnis als schnöden Indifferentismus gescholten und verdammt; in Wirklichkeit sollten nur zwischen der kirchlichen und der profanen Welt feste Grenzen gezogen werden, welche jedem Streite, jedem Übergriffe vorbeugen.

Wir glaubten in unserer Naivetät am Rhein ähnliche Zustände zu finden. Die bitterste Enttäuschung harrte unserer. Ich horchte anfangs ganz verblüfft zu, wenn ich von heidnischer Wissenschaft und katholischer Kunst reden hörte, wenn Bücher wegen ihrer Rechtgläubigkeit gepriesen, andere, als mit protestantischen Gedanken befleckt, getadelt wurden. Eine abgeschlossene katholische Welt, der protestantischen in schroffer Feindschaft gegenüberstehend, stieg vor meinen erstaunten Augen auf. Anfangs verdeckte äußere Freundlichkeit die innern Gegensätze. Der Privatdozent der Philosophie, Clemens, ein Jesuitenzögling, von dem behauptet wurde, daß er zum Aufseher aller katholischen Professoren bestellt sei und seine Berichte Sonnenschein oder Sturm bei dem Erzbischof von Köln und der Kurie schafften, brachte mich mit August Reichensperger zusammen, in der Hoffnung, daß ich mich zu dessen Anhänger herausbilden werde. Ich wurde sogar in den ersten Semestern würdig befunden, bei den Generalversammlungen des akademischen Dombauvereins als Redner aufzutreten. Das war nebenbei gesagt eine schwere Aufgabe. Der Präsident des Vereins, der Professor der Theologie, Dieringer, ein ziemlich umgänglicher Mann, da die frische Schwabennatur zuweilen die harte ultramontane Kruste durchbrach, lud die Mitglieder des Vorstands und die Redner – aus Köln kam entweder Reichensperger oder Zwirner – vor der Sitzung zu Tisch ein. Das Mahl begann nach ein Uhr. Auf eine fette Suppe folgte eine fettere Zuspeise, ein noch fetterer Schweinebraten und endlich eine fetteste Sahnemehlspeise. Dazu wurde Pfälzer Wein getrunken, welcher Feuer in die Adern goß. Kaum hatten wir den letzten Bissen verzehrt, ging es im Trabe nach der Universität. Schlag zwei Uhr betrat ich die Rednerbühne in der Aula, um mich im Lobe und Preise der gotischen Architektur, ihrem idealen Schwunge u.s.w. zu ergehen. Gar bald trat aber eine völlige Entfremdung ein. Die Ultramontanen erkannten die Unmöglichkeit, mich in ihre Netze einzufangen; ich aber gewann nur zu bald die Überzeugung, daß man mir niemals Duldung und für meine wissenschaftlichen Studien ungehinderte Freiheit gewähren, vielmehr auf die unbedingte Unterwerfung bestehen werde. Die katholische Kirche hatte am Rhein viel von dem vornehmen Charakter verloren, welchen sie in früheren Zeiten besaß und wenigstens teilweise noch in rein katholischen Ländern sich gerettet hat. Sie ist beinahe zur Partei herabgesunken, erblickt in der strammen Disziplin das wesentlichste Heilsmittel und hat die milde Lehre von der Liebe durch die finstere Mahnung zum Haß ersetzt. Abneigung gegen Preußen, gehässige Gesinnung gegen den Protestantismus, Widerwille gegen die ehrliche Wissenschaft, welche sich Weg und Ziel nicht aufzwingen läßt: auf ein solches Parteiprogramm ließ ich mich nicht einschwören. Und wenn diese Leute nur auf eine rein katholische Bildung den Anspruch hätten erheben können. In den romanischen Ländern schloß sich die Kirche ohne Widerspruch den Wandlungen des Volkslebens an, nahm teil an der Entwickelung des nationalen Geistes. Nicht so in Deutschland. Seit der Reformation verzichtete der katholische Teil der Bevölkerung auf die lebendige Mitwirkung an dem nationalen Kulturleben, er verstummte in 238 der Litteratur, sperrte sich gegen die Fortschritte der Wissenschaft ab, führte überhaupt ein völlig abgesondertes stilles Dasein. Der protestantische Teil des Volks gewann im Lauf von zwei Jahrhunderten einen so gewaltigen Vorsprung, daß er nicht mehr nachgeholt werden konnte, zumal die protestantische Bildung tief im deutschen Volksboden wurzelt. Als die deutschen Katholiken seit dem Ende des vorigen Jahrhunderts die schroffe Absonderung aufgaben, nahmen sie unwillkürlich, häufig, ohne es zu ahnen, protestantische Gedanken in ihre Seele auf. Die gebildeten Katholiken in Deutschland, von den kirchlichen Fanatikern abgesehen, sind Halbprotestanten. Gegen die beiden Thatsachen, daß die protestantische Kultur seit drei Jahrhunderten in Deutschland herrsche und durch keine Macht mehr zerstört werden könne und daß der wirklich gebildete deutsche Katholik von protestantischen Anschauungen angesteckt sei, kann selbst die verlogenste Geschichtsfälschung nichts vorbringen. Man streiche aus dem deutschen Kulturleben der letzten Jahrhunderte die Thaten der Protestanten, lasse bloß die Leistungen der Katholiken stehn, man vergleiche die romanischen oder slavischen Katholiken mit den deutschen und man wird ihre Richtigkeit nicht länger in Zweifel ziehen.

Trotz aller persönlichen Anfechtungen sträubte ich mich gegen den Bekenntniswechsel. Er hat für einen reifen Mann, welcher sich eine feste persönliche Anschauung der Dinge erobert hat, immer etwas Mißliches. Freilich, vor die Wahl gestellt, auf eine deutsche wissenschaftliche Bildung zu verzichten, oder mit der die Kirche beherrschenden Partei zu brechen, konnte die Entscheidung nicht schwanken. Mehrere Jahre glaubte ich an die Möglichkeit, durch ruhige Zurückhaltung dem Streite auszuweichen. Die Ultramontanen richteten aber ihre gehässigen Angriffe gegen meine arme Frau. Ihr Kirchenbesuch wurde einer strengen Kontrolle unterworfen. Verhetzte Nachbarinnen riefen ihr, wenn sie vorüberging, gemeine Schimpfworte nach. Vor der Taufe eines jeden meiner Kinder erhielt sie Mahn- und Drohbriefe, sich nicht von mir verführen zu lassen, reuig in den Schoß der rechtgläubigen Kirche zurückzukehren. Unsere Dienstmädchen wurden in der Beichte peinlich befragt, ob wir die Festtage hielten und unsere Kinder beten ließen, ob wir nicht ketzerische Reden führten, mit wem wir Umgang pflegten; sie wurden sogar förmlich angewiesen, uns zu beobachten. Ein Kaplan äußerte ganz offen, wenn unsere Kinder einmal die Schule besuchen würden, wollte er schon in ihnen uns eine Zuchtrute binden. Nun war kein weiteres Zögern gestattet. Den Frieden in der Familie, die Liebe der Kinder durften wir uns nicht rauben lassen. So schwer auch meiner Frau, mit Rücksicht auf ihre Familie, welche von solchen Parteikämpfen keine Ahnung hatte, der Entschluß fiel, so erkannte sie doch sofort, was die Pflicht gegen die Kinder von ihr verlangte. Durch Vermittelung Albrecht Ritschl's nahm sie das Abendmahl in der Schloßkapelle zu Brühl und ließ sich und die Kinder der evangelischen Kirchengemeinde zuschreiben. Meinem persönlichen Übertritt stellten sich zunächst noch Schwierigkeiten entgegen. Der ängstliche evangelische Kirchenvorstand verlangte eine Bestätigung des katholischen Pfarrers, daß ich aus seiner Kirche ausgeschieden sei. Das hieß mit andern Worten, ich sollte an mir noch Bekehrungsversuche anstellen lassen. Erst wenn diese scheiterten, konnte ich die Entlassung aus der katholischen Kirche fordern. Einer solchen Demütigung konnte ich mich nicht aussetzen. So blieb die Sache noch in der Schwebe. Der evangelische Pfarrer, ein wahrer Johannesjünger, mild und klar in seinem Wesen, der viel zu früh verstorbene *Dr.* Wolters, tröstete mich: Sie gehören thatsächlich zu uns, wenn auch nicht vielleicht als evangelischer Christ, so doch als ganzer Protestant. Das genügt vorläufig, bis sich später Gelegenheit findet, den Übertritt noch formell zu regeln. Sie fand sich bei meiner Übersiedelung nach Straßburg. Wir hatten noch lange, unseres Schrittes wegen, Haß und Zorn zu tragen, meine Frau wurde in ultramontanen Broschüren geradezu beschimpft. Das focht uns aber wenig an. Hatten wir doch unsern Kindern den Seelenfrieden und die reine deutsche Bildung gerettet.

Auch aller schlimmen Dinge sind drei. Zu den materiellen Sorgen, zu den religiösen Bedrängnissen gesellte sich noch die Überzeugung von der dauernden Feindseligkeit der Regierung. Die vom Oberpräsidenten angeordnete polizeiliche Überwachung dauerte, wie ich zufällig erfuhr, noch fort. Nach einem Martinsschmause im »Schwanen« begleitete mich der Jurist Sell nach Hause. Die Natur hatte ihn mit so viel Gutmütigkeit und Schwatzlust begabt, daß andere Eigenschaften, die man gewöhnlich bei Professoren sucht, sich nur schlecht entwickeln konnten. Die starke Bowle hatte dieses Mal auch die Wahrheitsliebe in ihm geweckt. Trotz der weit vorgeschrittenen Nacht konnte er das Ende des Bekenntnisses nicht finden, wie er mich liebe und achte, wie leicht er mir hätte schaden können, aber stets auf mein Wohl warm bedacht gewesen sei. Kurz, er gestand, daß er und der Theologe Hasse die Ausspähung meines Thuns und Treibens im Auftrage Kleist-Retzows übernommen hätten. Er hätte nur Gutes über mich geschrieben und berichte jetzt gar nicht mehr. Dagegen sollte ich dem Theologen Hasse gegenüber Vorsicht üben. Nun war das Rätsel gelöst, das mich und meine Freunde oft beschäftigt hatte, die merkwürdige Teilnahme Hasses an meiner Persönlichkeit. Wo er mich sah, stellte er mich und überschüttete mich mit Fragen, was ich schreibe, wie ich über dies oder jenes denke. Hasse war in unserm Kreise bisher nur wegen seiner Kellnertracht – er kleidete sich stets in Frack und weiße Weste – und wegen seiner Trägheit bekannt. Selbst seine maßlos reaktionären Ansichten über Kirche und Staat hatten einen lächerlichen Anstrich. Es kommt doch selten vor, daß jemand sich selbst hündischer Gesinnung zeiht. Als ein angesehener italienischer Gelehrter ihn, wie die andern Professoren, besuchte, um eine Unterstützung der von den Österreichern vertriebenen Universitätslehrer in der Lombardei zu erbitten, wies er ihn mit dem Ausruf: *Je suis un Autrichien* ab und fuhr in gesteigertem Zorn über die Zumutung, für liberale Zwecke Geld zu geben, fort: *oui un chien, chien, chien!* Jetzt entpuppte sich der fromme Mann als geheimer Spion. Seinen Berichten hatte ich es wohl zu danken, daß auf die wiederholten Anträge der Fakultät auf Beförderung ein immer schrofferes »Nein« aus Berlin als Antwort kam.

In den ersten Bonner Jahren lachten wir oft darüber, daß, während der Oberpräsident in Koblenz mich auf die Liste der verdächtigen und bedenklichen Personen setzte, der Regierungspräsident in Köln, Herr von Möller, mir offen seine Gunst angedeihen lasse. So oft ich in Köln eine Vorlesung hielt, nahm ich im Regierungsgebäude mein Absteigequartier und blieb der Gast des Präsidenten. Leider sollte ich diese Gunst ohne meine Schuld verscherzen. Zu den größten Annehmlichkeiten des Bonner Lebens gehörte der rege Fremdenverkehr. Wer vom Norden nach dem Süden, vom Osten nach dem Westen reiste und den Rhein berührte, rastete gern ein paar Tage in Bonn. In jedem Sommer klopften zahlreiche Freunde an Dahlmanns, Brandis, Bluhmes, Welckers Thüre. Auch Fremde, Engländer und Franzosen, sprachen häufig vor, um diese berühmten Männer kennen zu lernen, mit ihnen politische und wissenschaftliche Meinungen auszutauschen. An diesem belebenden Verkehr hatten wir, dank der Freundschaft unserer Gönner, den größten Anteil. Regelmäßig wurden wir bei jedem Fremdenbesuche mit zu Gaste gebeten, wie Frau Dahlmann sagte: »auf die Fremden eingeladen«. Mit Jakob und Wilhelm Grimm, Pertz, Gerhardt, Tocqueville und noch vielen anderen
hervorragenden Männern verlebten wir auf diese Art die genußreichsten Stunden. Zuweilen wurde auch von Fremden unmittelbar an meine Thür geklopft. Madame Hortense Cornu, angeblich die Milchschwester Kaiser Napoleons, jedenfalls seine Vertraute, brachte nach seinem Regierungsantritte alljährlich am Rhein mehrere Wochen zu. Sie war seit ihrer Jugend mit der Fürstin Hohenzollern und mehreren Kölnischen Damen nahe befreundet. Ob sie mit ihren Reisen politische Zwecke verband, weiß ich nicht. Bei mir führte sie sich als Künstlerfrau und Fachgenossin ein. In der That hat sie unter dem Namen Albin zahlreiche kunsthistorische Abhandlungen in Pariser Zeitschriften geschrieben. Sie wünschte über die neuesten kunstlitterarischen Leistungen in Deutschland belehrt zu werden und die Bekanntschaft Welckers zu machen. Der überaus klugen, feinen und allseitig gebildeten Dame stellte ich mich gern zur Verfügung und begleitete sie auch wiederholt auf den Landsitz der Frau Deichmann, der Gattin eines Kölner Banquiers, in Mehlem, welche sie gleichfalls seit ihrer Schulzeit in Mannheim kannte. Sie kam hier mit dem alten Hausfreunde der Deichmannschen Familie, dem Regierungspräsidenten, zusammen und wurde von diesem auf das freundschaftlichste begrüßt. Als nun einmal statt Madame Cornu ihr Mann in Begleitung seines Freundes Cernuschi bei mir vorsprach und den Wunsch äußerte,

auch Frau Deichmann in Mehlem zu besuchen, schlug ich vor, den Plan gleich auszuführen. Es war ein Sonntag, an welchem stets auch unerwartete Gäste, wie ich aus Erfahrung wußte, bei dem Mittagstische willkommen waren. Daß der Regierungspräsident jeden Sonntag in Mehlem 244 weile, war mir nicht unbekannt, mir fiel aber nicht im Traume ein, daß dieser Besuch ihn irgendwie peinlich berühren könne. Der Freund, dessen Namen ich zum erstenmal hörte, war allerdings ein italienischer Flüchtling. Gegen die österreichische Gewaltregierung hatten aber so viele Ehrenmänner die Waffen getragen, Cernuschi erfreute sich außerdem in Paris bereits einer angesehenen Stellung und war schließlich durch Cornus Freundschaft gedeckt. Unmöglich konnte ich in seinem Besuch eine Beleidigung des Herrn von Möller erblicken. So wurde er aber aufgefaßt. Gleich bei der Vorstellung vor Tische begnügte sich der Regierungspräsident mit einem steifen Kopfgruße, bei Tische blieb sein Platz leer, nach Tische aber wurde mir von der Hausfrau allerdings ganz höflich bedeutet, daß sie unsern Besuch als beendigt ansehe. Ich schämte mich vor den beiden Fremden der schlechten Aufnahme und ersann allerlei Entschuldigungsgründe. Für mich schloß die Sache mit einer zornigen Standrede des Regierungspräsidenten. Ich hätte ihn, so behauptete er, durch die Vorstellung Cernuschis arg kompromittiert und gezeigt, daß ich immer noch mit den Revolutionären unter einer Decke stecke, und ich müßte es mir nur selbst zuschreiben, wenn die Regierung mir mißtraue, meine Beförderung verweigere. Von diesem Augenblicke an verwandelte sich Herrn von Möllers Gunst in offenbare Abneigung. Sie warf noch nach vielen Jahren einen Schatten auf mein Schicksal. 245

Nach kurzem Sonnenschein deckten den Bonner Himmel also dauernd trübe Wolken. Wohl brach zuweilen ein Lichtstrahl durch, aber nur, um rasch wieder zu verschwinden und die herrschende Trübung dann noch deutlicher hervortreten zu lassen. Meine Denkschrift über die böhmische Westbahn hatte den Beifall des bekannten böhmischen Industriellen Franz Richter, der nachmals als Opfer der Eynattenschen Schmutzwirtschaft fiel, gefunden. Als er an die Spitze der Wiener Kreditanstalt trat, dachte er daran, mich für ihren Dienst zu gewinnen. Es blieb aber bei dem bloßen Plane, dessen Verwirklichung meiner Laufbahn eine ganz andere Richtung gegeben hätte. Eine andere Aussicht winkte mir aus München. Eines Tages (1855) besuchte mich ein Professor der Rechte an der Münchener Universität, der mir bis dahin ganz unbekannte Dollmann. Er erkundigte sich eingehend nach meinem Lebensgange, meinen Studien, meinen Sprachkenntnissen. Ich zog aus der langen Unterredung zunächst nur den Schluß, daß der Mann selbst für einen Professor allzu neugierig wäre. Wenige Wochen später empfing ich von ihm einen Brief, mit der Aufforderung, mich sofort an das Hoflager des Königs Max von Bayern zu begeben, welcher mich kennen zu lernen wünsche. Was mochte der König wollen? Das Rätsel löste mir Dahlmann. An ihn und an Brandis hatte König Max geschrieben und um die Nennung eines passenden Ersatzmannes für Dönniges ersucht. Ihrer Empfehlung dankte ich den Ruf, nachdem noch Dollmann, einer der vielen Vertrauensmänner des Königs, mich einer persönlichen Prüfung unterworfen hatte. Offenbar war dieselbe günstig ausgefallen.

In Berchtesgaden wurde ich durch den Adjutanten von der Tann dem Könige vorgestellt. Da ich nach der Hofsitte nur auf die mir gestellten Fragen eine knappe Antwort geben durfte, so nahm die sehr lange Unterredung den Charakter eines königlichen Monologes an. Mit großer Offenheit äußerte sich König Max über die schwebenden politischen Fragen, betonte die schwere Lage Bayerns zwischen den österreichischen und preußischen Ansprüchen, welche ihm eine Art von Schaukelpolitik aufzwängen, obschon er sich persönlich von Österreich abgestoßen fühle. Er öffnete dann einen Schrank, in welchem er die Gutachten und Aufsätze von Staatsmännern und Gelehrten über die mannigfachsten politischen und wissenschaftlichen Dinge aufbewahrte. Ranke genoß offenbar das größte Vertrauen und wurde am häufigsten zu Rate gezogen. Welchen Plan er mit mir vorhabe – darüber hüllte er sich in vollkommenes Schweigen. Doch hatte ich zum Schlusse der Audienz den Eindruck, daß ich nicht mißfallen habe, nur die Kunde von meiner österreichischen Erziehung schien den König zu überraschen. Den Eindruck verstärkten die Gespräche mit dem Adjutanten, Leibarzt und einzelnen Hofbeamten, welche mich besuchten, oder längere Spaziergänge mit mir unternahmen. Sie ließen kaum einen Zweifel aufsteigen, daß meine Übersiedelung nach München in kürzester Frist bevorstehe. Nach dreitägigem Aufenthalt in Berchtesgaden wurde mir mitgeteilt, ich möge in München, wohin der Hof sich nächstens verfügen würde, den endgültigen Entschluß des Königs abwarten. Als ich den Postwagen bestieg, sah ich einige Equipagen auf der Straße rollen. Österreichische Herrschaften, darunter der Minister Graf Thun, machten dem Könige Besuch. Mit nicht geringer Spannung harrte ich in München auf die Entscheidung. Da klopfte eines Abends wieder Dollmann an meine Thüre. Er kam, um mit mir, wie er sagte, zu kneipen. Doch ahnte ich an seinen verlegenen Mienen den Träger schlimmer Kunde. Er ließ in der Kneipe eine Flasche des besten Weines auffahren, offenbar als Mutbringer und Tröster und rückte endlich mit der Nachricht heraus, daß der König, bei aller persönlichen Hochachtung, auf meine Dienste verzichten müsse. Zur Erläuterung fügte Dollmann, gewiß aus guter Quelle, hinzu, protestantische Pietisten hätten meine kirchliche Gesinnung, österreichische Würdenträger meine politischen Anschauungen dem Könige als bedenklich geschildert.

Ich war nicht lange nach Bonn zurückgekehrt, als ich durch ein Kabinettschreiben überrascht wurde, des Inhalts. Dem Könige sei für das Amt eines Bibliothekars und Sekretärs der Historiker Reinhold Pauli empfohlen worden. Da Pauli als Privatdozent in Bonn lebe, werde ich wohl den Wunsch des Königs leicht erfüllen und meine Meinung über seine Fähigkeiten in einem Gutachten zusammenfassen können. Aus diesem Zeichen des Vertrauens ersah ich wenigstens, daß äußere Gründe meiner Abweisung zu Grunde lagen. Konnte ich über die Tauglichkeit eines Zweiten ein Urteil fällen, mußte ich doch selbst die passenden Eigenschaften besitzen. Natürlich spendete ich dem lebensprühenden, geistvollen Pauli, wie es sich gebührt, großes Lob. Schließlich hatte er keinen bessern Erfolg als ich. Er wurde nach München zu persönlicher Vorstellung berufen, auf das liebenswürdigste empfangen und dann mit Hochachtung entlassen. Ich war nicht gut genug österreichisch, Pauli zu gut preußisch gesinnt.

So schien mir denn das Schicksal bestimmt, als Privatdozent alt zu werden. Die Jahre vergingen, ohne daß die äußere Lage sich änderte. Ich wurde nicht verbittert. Dazu lebte ich zu glücklich in dem kleinen Häuschen, fast am Ende der Koblenzer Straße, mit Weib und Kindern und besaß zu viele gute Freunde. Auch ließ der befriedigende Wirkungskreis an der Universität mich oft die äußere Zurücksetzung vergessen. Der Minister Raumer hatte es in seiner Macht, daß ich ewiger Privatdozent blieb, er konnte es aber nicht hindern, daß ich anfing, zu den beliebtesten Lehrern der rheinischen Hochschule gezählt zu werden. Nur ermüdete mich auf die Länge die ewige Brotarbeit und wurde die Teilnahme, die uns von allen Seiten gespendet wurde, zuweilen lästig. Wir waren zu guterletzt die Schmerzenskinder Bonns geworden. Jedermann fand es unbegreiflich, daß die äußere Anerkennung ausblieb, jedermann hielt sich verpflichtet, sein Mitleid mit unserer gegenwärtigen Lage auszusprechen. Meine liebe Frau namentlich litt unter der nicht immer glücklich gewählten Form, die Teilnahme auszudrücken, unter den vielen gutgemeinten, aber selten brauchbaren Ratschlägen. Den Schmerzenskindern drohte das Schicksal, daß man sie als allgemeine Schützlinge, welche kein Recht selbständigen Willens besaßen, behandelte.

Mit stolzer Freude erfüllte es mich aber dennoch, daß auch Männer von wesentlich entgegengesetztem Standpunkte zu meinen Gönnern und Verteidigern gehörten. Der stramm konservative Professor Perthes förderte mich in jeder Weise und ließ meinen politischen Anschauungen Gerechtigkeit widerfahren. Er hielt sie wohl für irrig, noch irriger und verderblicher erschien ihm aber das Treiben der reaktionären Partei in Berlin, welche nur in kleinen Bosheiten, in gemeinen persönlichen Nörgeleien ihre Kraft äußerte. Er war überzeugt, daß ich stets nur die Wahrheit anstrebte und niemals die wissenschaftlichen Lehren durch Parteimeinungen vergifte. Perthes war der Mentor aller Prinzen, welche die Bonner Universität besuchten. Er versäumte niemals, sie zu verpflichten, daß sie auch bei mir Vorlesungen hörten oder ein Privatissimum sich lesen ließen. So kam es, daß ich im Laufe der Jahre Mitglieder fast aller europäischen Fürstenfamilien zu meinen Zuhörern zählte. Ich muß anerkennen, daß mit einer einzigen Ausnahme – sie gehörte einem winzigen Fürstenhause an – alle jungen Herren an Liebenswürdigkeit und ernstem Interesse an der Sache miteinander wetteiferten und ganz danach angethan waren, den Bildungseifer in unsern Fürstenfamilien schätzen zu lernen. Auch hier gefiel sich das Schicksal, mit mir eine Komödie der Irrungen aufzuführen. In den Augen der Regierung war

ich ein bedenkliches Individium, den Höfen galt ich als eine vertrauenswürdige Persönlichkeit. Gerade in der Zeit, in welcher mich Kleist-Retzow im Auftrage des Berliner Ministeriums unter Polizeiaufsicht stellte, wurde ich ausersehen, einen preußischen Prinzen, den gegenwärtigen Regenten von Braunschweig, auf einer Studienreise durch die Rheinprovinz zu begleiten und ihn in die Topographie, Geschichte und den Industriebetrieb des Landes einzuführen. Ich dankte Perthes für die vielen Freundschaftsbeweise, so gut ich konnte, indem ich nach seinem Tode den zweiten Band seiner »Politischen Zustände und Personen in Deutschland zur Zeit der französischen Herrschaft« druckfertig machte; eine wahre Geduldsprobe, da Perthes, durch seinen Papiergeiz berühmt, sein Manuskript auf alten eingerissenen Briefumschlägen zu schreiben pflegte und häufig die Bezifferung derselben vergaß. Auch Bethmann-Hollweg sprach öfters bei dem armen Privatdozenten vor. »Der Minister Raumer«, so erzählte er mir bei seinem letzten Besuche, »durch die allseitigen Verwendungen für Sie gereizt, hat sich nun darauf verbohrt, seine Macht zu zeigen Aber eine Änderung der Regierungspolitik, ein Ministerwechsel kann bei der gespannten innern Lage – der kranke König mußte sich durch seinen Bruder vertreten lassen – nicht mehr lange ausbleiben. Und dann werden auch Sie zu Ihrem Rechte kommen.« So geschah es in der That. Als Bethmann-Hollweg unter der Regentschaft das Ministerium des Unterrichts übernahm, war eine seiner ersten Thaten meine Beförderung zum Professor, vorläufig freilich ohne Gehalt.

251

13. Die letzten Bonner Jahre.

Dahlmanns Tod (1860) schnitt tiefer in das Universitätsleben und auch in mein Schicksal ein, als wir bei seinem hohen Alter und seinem still zurückgezogenen Wandel anfangs vermuteten. Der Universität ging mit ihm ein moralischer Mittelpunkt verloren. Gerade die besten und angesehensten Kräfte horchten willig auf seine Meinung und unterwarfen sich gern seinem Urteil. Selbst fernstehende wurden durch mißfällige Äußerungen des alten Dahlmann peinlich berührt. Seiner Vermittelung war der Ausgleich der Gegensätze, welche ja an keiner Universität fehlen, oft gelungen, seine Autorität hatte nicht selten beginnende Feindschaften an offenem Ausbruch gehindert. Jetzt hatten die Gegensätze ein freieres Spiel. Meiner Frau und mir war aber durch Dahlmanns Tod das Haus verschlossen, in welchem wir unser zweites Heim gefunden, behaglichen Frieden geatmet und doch auch die reichsten Anregungen empfangen hatten. Wollten wir nicht ganz einsam hausen, so mußten wir neue gesellige Beziehungen knüpfen.

Das Bonner Leben erfuhr überhaupt seit dem Anfang der sechziger Jahre mannigfache Änderungen. Die erste und wichtigste war das Eindringen politischer Strömungen in alle Kreise. Wir standen uns wohl auch früher in politischen Gegensätzen, sogar in sehr schroffen, gegenüber. Aber unter der starren Decke der Reaktion war eine kräftigere Bewegung, eine offene Äußerung unmöglich gewesen. Jetzt wurde der Parteibildung freier Raum gegeben. Sybels Berufung an Dahlmanns Stelle brachte namentlich die politischen Interessen in den Vordergrund. Sybel lebte und webte in den parlamentarischen Kämpfen, stand im Landtag mit an der Spitze der Opposition gegen die Roonsche Armeereform und verschaffte natürlich auch in der geselligen Unterhaltung dem

252

politischen Element eine große Geltung. Ein geborener Rheinländer, besaß er noch aus früheren Zeiten zahlreiche Freunde, seine Leutseligkeit und leichte, heitere Natur fügte viele neue hinzu. So bildete sich allmählich um Sybel ein größerer Kreis wesentlich durch verwandte politische Anschauungen verbunden, welchem ein anderer nicht gerade feindselig, aber doch fremd gegenüberstand. Ein anderes örtliches Ereignis erweiterte die Scheidung der Gesellschaft. Nach vielen Jahren war endlich wieder das Amt des Kurators besetzt worden. Bis dahin hatte es immer der zeitige Rektor verwaltet. Die Übelstände eines Jahreswechsels im Kuratorialamte hatten sich längst fühlbar gemacht. In der Verwaltung fehlte jede Stetigkeit; größere Pläne zum Besten der Universität konnten nicht durchgeführt werden, da jeder neue Rektor von der Thätigkeit des Vorgängers absah und selbständig schaffen wollte. Das Ende war, daß das Regiment eines jeden Rektor-Kurators nur durch eine kleine That, die gar oft zum Spotte reizte, verewigt wurde. Der eine schwärmte für »ein hartes, aber bequemes Sopha« im Professorenzimmer. Er hoffte dadurch die Sybariten und Spartaner unter den Professoren zu gewinnen. Der andere säumte alle Wege im Hofgarten mit niedrigen eisernen Stäben ein, welche er, um sie ja recht unkenntlich zu machen, grün anstreichen ließ. Man hörte in den nächsten Tagen nur von Beinbrüchen und Fußverrenkungen. Der Spott siegte nicht über den Ärger vieler Kollegen, daß die Scheinmacht der Rektorwürde durch die Trennung vom Kuratorialamte gekürzt wurde. Der Kurator Wilhelm Beseler, der frühere Statthalter von Schleswig-Holstein, war keine leichtlebige Natur, welche der feindseligen Stimmung einzelner Professorenkreise die Spitze abzubrechen verstand. Man mußte ihm näher kommen, um sein edel vornehmes Wesen zu würdigen. Dem fernerstehenden erschien er kalt und steif. So bildeten sich allmählich zwei Parteien, des ersten Anlasses gewärtig, zu den Waffen zu greifen.

Eine weitere Trennung der früher einheitlichen Gesellschaft in mehrere Gruppen bewirkte endlich das rasche Wachstum der Stadt. Außer englischen Familien, in welchen damals noch nicht die *shop-keeper* Zunft, sondern die wirklich vornehme *gentry* vorherrschte, siedelten sich mehrere deutsche Kaufherren in Bonn an. Sie hatten in Elberfeld, in Manchester, New-York fleißig gearbeitet, Vermögen erworben und wollten nun am schönen Rheine die Ruhe genießen. Anfangs verfolgten wir mit bloßer Neugierde den Villenbau auf der Koblenzer Straße. Bald gewannen wir einzelnen Leuten ein größeres Interesse ab. Wenn Dahlmann in den letzten Lebensjahren seinen Spaziergang in der Richtung nach Godesberg einschlug, musterte er gern den Fortgang der Arbeiten. »Ich liebe es, aus der Form und Gestalt der Häuser Schlüsse auf den Charakter der Bewohner zu ziehen.« Ein Landhaus fand sein besonderes Gefallen. »Der Mann, der nach diesem Plan bauen läßt, hat großen Geschmack und Bildung.« Dahlmann täuschte sich nicht. Der Bewohner, aus dem Bergischen zugewandert, wurde nach kurzer Frist stets obenan genannt, wenn die besten Bürger Bonns aufgezählt wurden. Gottlieb Kyllmann, schon in seiner Heimat politisch thätig – er war Mitglied des vereinigten Landtags und 1848 Landrat gewesen – nahm sich auch in Bonn der Gemeindesachen eifrig an, war einflußreich in der Versammlung der Stadtverordneten, tonangebend in der Konzertgesellschaft. Nicht bloß Musikfreund, sondern ein wirklich feiner Musikkenner, schuf er der Kunst in seinem Hause eine überaus behagliche Heimstätte. Regelmäßig veranstaltete er Quartettabende, für welche er die Lehrer des Kölnischen Konservatoriums, an ihrer Spitze als Primgeiger Otto von Königslöw, gewonnen. Kamen hervorragende Künstler durch Bonn, so waren sie selbstverständlich seine Gäste und dankten ihm durch gern gewährte reiche Spenden ihrer Kunst. Er gab dem musikalischen Leben in Bonn einen mächtigen Schwung und führte auch meine Frau und mich in die musikalischen Kreise ein. Die Kyllmannsche Villa, ein vornehm einfacher Bau, trefflich gelungen in den Maßen, musterhaft in der innern Einrichtung, war nur wenige Schritte von unserer Wohnung entfernt. Der Nachbarverkehr verwandelte sich rasch in einen Freundschaftsbund, besonders, seitdem auch Kyllmanns Schwager, Preyer, von Manchester nach Bonn übersiedelte und in unserer unmittelbaren Nähe sich ankaufte. Hier war die Frau das belebende Element, während in Kyllmanns Hause die feuersprühende, rasch begeisterte Natur des Mannes alle mit sich fortriß. Aber gerade durch den Gegensatz zur stillwirkenden feinsinnigen Frau und zu den anmutigen Töchtern, welche bald mehr dem Vater, bald mehr der Mutter nachgeraten waren, leider bald das Elternhaus verließen, kamen in den Verkehr mit Kyllmanns reiche Farben. Wir bildeten schließlich eine große Familie, besuchten gemeinsam die Gürzenichkonzerte in Köln, machten gemeinsam alle Ausflüge und ließen selten einen Tag vorübergehen, an welchem wir uns nicht gesehen oder doch wenigstens voneinander gehört hatten. Der engere Nachbarbund hob den weitern Verkehr nicht auf, lockerte ihn aber doch merklich. Und da ähnliche Freundschaftsgruppen auch in an-

255

dern Kreisen geschlossen wurden, so empfing die alte gesellige Einheit abermals starke Einbußen.

Erst durch Kyllmann trat ich auch zu Otto Jahn in nähere Beziehungen. So lange Dahlmann lebte, hatten wir uns in dessen Hause öfter getroffen, sonst war aber der Verkehr bei dem namenlosen Studieneifer Jahns, der ihn nur selten vom Schreibtische weichen ließ, meistens auf zufällige Begegnungen beschränkt gewesen. Mit Kyllmann verband Jahn die Musikliebe. Er wurde, gerade so wie wir, der ständige Gast an den Quartettabenden und unser gewöhnlicher Begleiter, wenn wir zu den Gürzenichkonzerten fuhren Eine noch größere Annäherung führten die Vorarbeiten für das Arndtdenkmal herbei. Otto Jahn, Kyllmann und ich waren in den geschäftsführenden Ausschuß gewählt worden und versammelten uns täglich zur Mittagszeit bei dem Schatzmeister des Ausschusses, dem Buchhändler Markus, nebenbei unserm gemeinsamen Freunde und wackern Vertrauten aller unserer Gedanken und Sorgen, um die nötigen Schritte zur Förderung des Werkes zu beraten. Oft zogen sich die Sitzungen in die Länge, so daß Jahn den Mittagstisch in seinem Gasthause darüber versäumte. Da bat ihn bald Kyllmann, bald ich zu Tische. Den Hausfrauen war aber der unerwartete Gast nicht immer bequem. Wir schlugen daher Jahn vor, zumal die Sitzungen immer länger wurden und seine Gesundheit unter der schlechten Wirtshauskost litt, regelmäßig unser Mittagsgast zu werden. Die meisten Tage nahm Kyllmann in Anspruch, der Mittwoch fiel uns zu. Dabei blieb es bis zu Jahns Tode, auch nachdem der erste Anlaß längst nicht mehr bestand. Einen bessern zuverlässigeren Freund als Otto Jahn gab es nicht. Er kannte keinen Unterschied zwischen den eigenen und den Interessen des Freundes. Die ganze Kraft und die ganze Zeit widmete er, wenn es Not that, dem letzteren und empfand wirkliche oder vermeintliche Unbill, die diesem widerfuhr, sogar tiefer, als hätte er sie selbst erduldet. In schweren Tagen stand er uns hilfreich und aufopfernd, wie ein treuer Kamerad zur Seite. Der innige Verkehr enthüllte außerdem Seiten seiner Natur, welche der Fremde niemals in ihm vermutet hätte. Mit Dahlmann teilte er die Eigenschaft, daß er nur im engsten Kreise auftaute. Derselbe Mann, welcher in großer Gesellschaft sich in ein eisiges Schweigen hüllte, als steif, unnahbar galt, konnte an den Kyllmannschen Quartettabenden oder am Familientische eine sprudelnde Beredtsamkeit entfalten. Der angebliche Bücherwurm war geradezu erfinderisch, Frauen zarte Aufmerksamkeiten, Kindern unverhoffte Freuden zu erweisen. Der scheinbar trockene Gelehrte offenbarte im Kreise vertrauter Freunde eine Fülle der feinsten Gedanken, der tiefsten Empfindungen. In seinem Kopfe und seiner Brust war für die verschiedenartigsten Geistesinteressen gleichmäßig Raum, für Vasenbilder und Goethe, für Schleswig-Holstein und Apulejus, für Mozart und Pausanias. Und jede Sache betrieb er mit solcher Gründlichkeit und persönlichen Hingabe, daß man glauben mußte, sie allein fülle sein Leben aus. Otto Jahn war ein Mann von starken Affekten, daher sich Gegensätze leicht bei ihm zu scharfen Fehden zuspitzten. An solchen fehlte es überhaupt in der Zeit von 1860–1866 nicht. Bald führten uns politische Fragen auf den Kampfplatz. Die dänische Gewaltherrschaft in Schleswig-Holstein, das Anrecht des Augustenburgers auf die Regierung wurde in unsern öffentlichen Versammlungen scharf erörtert, wobei Jahn das Hauptwort 258 führte. Bei einer solchen Gelegenheit lernte ich auch die Annehmlichkeit öffentlicher Verlachung kennen. Eine große Bürgerversammlung hatte eine Petition an den Bundestag, er möge die Rechte des Augustenburgers wahren, beschlossen. Ich hielt es nicht für folgerichtig, dem Bundestag, dessen Aufhebung wir sonst erstrebten, zu huldigen. Als es zur Abstimmung über den Antrag kam, erhob ich mich allein gegen denselben. Schallende Gelächter folgte meiner That. Bald entzweiten die Bonner Kreise innere Angelegenheiten der Universität. Am meisten machte der sogenannte Ritschl-Jahnsche Streit von sich reden. »Ein Sturm im Glase Wasser,« meinten viele Fernstehende. Wir aber, welche in denselben hineingezogen wurden, empfanden nur zu sehr die Schädigung der Universität durch ihn und beklagten als Nachhall desselben die bittere Stimmung in der Bonner Gesellschaft. Der Streit wäre anfangs wahrscheinlich beigelegt worden, wenn sich ein Mann von Autorität, welcher das Vertrauen beider Parteien genoß, gefunden hätte, denn in Wahrheit trugen falsche und feige Freunde die Hauptschuld an dem Zwiste. Ein *vollständiger* Einblick in die Sachlage mußte die persönlichen Verdächtigungen als grundlos enthüllen. Leider gab es keinen solchen Mann. Die Einmischung dritter Personen erhitzte die Kampflust und erweiterte das Streitfeld. Über die Köpfe der ursprünglichen Gegner hinweg wurde der Angriff auf den Kurator und den Minister gerichtet. Beseler besaß viele Feinde nicht allein unter den Professoren, sondern auch unter den höhern Staatsbeamten. Gerüchtweise verlautete, da sich die Verwaltung der 259 Rheinprovinz im Jahre 1859 schwach und kraftlos gezeigt hätte, so wäre Beseler dazu ausersehen, im Falle der Kriegsgefahr als königlicher Kommissar mit außerordentlichen Vollmachten an die Spitze der Provinzialregierung zu treten. Das weckte natürlich den Haß und den Neid der Beamtenhierarchie. Beselers Parteinahme gegen Ritschl sollte für ihn zur Falle werden. Man hoffte, daß nach seinem erzwungenen Rücktritte entweder die alte gemütliche Kuratorialwirtschaft wieder zu Ehren kommen werde oder ein Kurator aus rheinischen Kreisen gewählt würde. Merkwürdig, wie viele Personen auf einmal als passende Kandidaten genannt wurden, während früher, über ein Jahrzehntlang, kein solcher gefunden werden konnte. Vom Oberpräsidenten der Provinz bis zum kleinen Bonner Bürgermeister erschienen eine ganze Reihe von Beamten für das Amt trefflich geeignet. Die Angriffe auf den Kurator scheiterten, da sich der Minister seines Beamten kräftig annahm. So versuchte man denn auch über den Kopf des Ministers auf den König zu wirken. Fürstliche Personen, der Erzbischof von Köln, sogar Kaiser Napoleon III., dieser durch den Einfluß von Madame Cornu bestimmt und dem Übersetzer von Cäsars Leben ohnehin zugeneigt, wurden um ihre Einmischung angegangen. Der ursprünglich rein innere Universitätsstreit bauschte sich förmlich zu einer Haupt- und Staatsaktion auf, bis schließlich Bismarck in Gastein durch energischen Einspruch alle unberechtigte Zwischenträgerei abschnitt und wenigstens äußerlich wieder Ruhe schuf. Die Universität aber hatte bleibenden Schaden. Ritschl zog nach Leipzig, Jahn versank infolge der dauernden geistigen Aufregungen in Siechtum und starb schon nach wenigen Jahren. So verlor Bonn fast gleichzeitig seine zwei berühmtesten Lehrer.

In diesen Monaten voll Unruhe und Unfrieden vollendete ich meine »*Geschichte Österreichs seit dem Wiener Frieden* 1809.« Das Buch war noch ein Vermächtnis Dahlmanns. Als Salomon Hirzel in der Mitte der fünfziger Jahre den Plan zu einer Staatengeschichte der neusten Zeit faßte, erbat sich und empfing er auch Dahlmanns Rat. Dahlmann empfahl mich für die Geschichte Österreichs. Gar lockend wirkte die Aussicht mit Hirzel, den alle Bonner Freunde überaus achteten, in ein näheres Verhältnis zu treten. Trotzdem zögerte ich lange Zeit, auf den Antrag einzugehen, da ich fürchten mußte, aus meinen Fachstudien herausgerissen zu werden. Aber Dahlmann hörte nicht auf, mich zu ermuntern, Hirzel zu drängen. Wenn ich die Nächte zu Hilfe nahm, konnte ich den verschiedenen Aufgaben und Pflichten genügen. Ich sagte daher zu, nur erbat ich mir, nicht zu Hirzels Freude, eine längere Frist. Mir steht ein Urteil über den wissenschaftlichen Wert des Buches nicht zu. Worüber ich aber gute Auskunft geben kann, das sind die Ziele, die mir vorschwe-

ten und die Hilfsmittel, welche mir zu Gebote standen. Von Hause aus
verzichtete ich auf eine eingehende Erzählung der äußern Politik des
Wiener Kabinetts. Die Benützung der Archive der Großstaaten war mir
verschlossen, aus den Berichten eines kleinen Diplomaten hätte ich, wie
ich aus Erfahrung wußte, nichts gelernt. Sie waren der reine Widerhall 261
Metternichscher Redensarten. Die Lücke in meinem Buche konnte später
ein Historiker, welchem die großen Archive offen stehen, leicht ausfüllen.
Dagegen erschien es wünschenswert, die innern Zustände Österreichs
seit den Freiheitskriegen, die Natur der Regierung, die Lage des Volkes,
seine Leiden und seine Versuche, sich von diesen zu befreien, für die
Nachwelt in ausführlicher Schilderung festzustellen, so lange sie noch in
der Erinnerung lebendig haften. Einem Nachgeborenen sind die sogenannten vormärzlichen Zustände in Österreich einfach unverständlich,
geradezu unbegreiflich. Die Aufgabe war in hohem Grade undankbar.
In Wahrheit schrieb ich eine lange Krankheitsgeschichte. Warme Brusttöne anzuschlagen, die Leser zu erheben und zu begeistern, sie von Szenen
siegreicher Tapferkeit zu solchen des nationalen Stolzes und der patriotischen Hingabe zu führen, blieb mir versagt. Eine pathetische Darstellung
hätte mich mit dem Fluche der Lächerlichkeit beladen. Nach der Natur
der Dinge war nur eine leise Ironie, welche mit der Erbärmlichkeit und
Thorheit der Menschen nicht grob zu Gerichte geht, aber den Leser von
dem peinlich ermüdenden Eindruck derselben befreit, allein berechtigt.
Gleichviel ob die Aufgabe litterarischen Neigungen entsprach oder nicht,
ob sie einer mehr künstlerischen Auffassung der Geschichte günstig oder
ungünstig war, nur so konnte sie gestellt werden, sollte das Buch wirklich
unser Wissen von Österreich vermehren. Zur Lösung gerade dieser
Aufgabe standen mir auch die reichsten Mittel bereit. Abgesehen davon, 262
daß ich mich des vorhandenen gedruckten Materials bemächtigte, die
Mühe nicht scheute, die Akta des Ungarischen Landtages seit 1790 genau
durchzulesen, auf die Gefahr hin, den letzten Rest klassischer Latinität
zu vergessen, und emsig die alten Zeitungen, nur mit Unrecht von den
Historikern gering geschätzte Quellen, durchstöberte, durfte ich mich
einer langen politischen Erfahrung und einer ausgedehnten Kenntnis von
Personen und Thatsachen rühmen. Seit meiner Jugend waren mir von
den verschiedensten Seiten reichhaltige Nachrichten über das politische
Leben und Treiben in Österreich zugeflogen, welche mich fähig machten,
die Stimmungen in einzelnen Kreisen richtig zu schildern. Ohne ihre
Kenntnis blieben aber die Ereignisse auch des Jahres 1848 unverständlich.

Die beste Hilfe fand ich wieder bei meinem Schwiegervater. Alljährlich in den Ferien pilgerte ich mit umfangreichen Fragebogen nach seinem Gartenbesitze in Prag, wo meine Familie die Sommerfrische hielt. Da saßen wir nun täglich in ernster Beratung zusammen, wer nur wohl über diese oder jene Thatsache, diese oder jene Persönlichkeit die beste Kunde schaffen könne. Pinkas besaß weitreichende Verbindungen. Seine Freunde saßen in den Ministerkanzleien, standen mit an der Spitze der Provinzialverwaltung und der Provinzgerichte. Er war der Vertrauensmann zahlreicher Kavaliere und Banquiers. Unermüdlich schrieb er Briefe oder holte persönlich Erkundigungen ein, um meine Wißbegierde zu befriedigen. Seiner Vermittelung dankte ich auch, daß mir die ständischen Archive geöffnet wurden. Nicht durch Vertrauensbruch, wie später meine lieben czechischen Landsleute verleumderisch behaupteten, sondern auf offenem amtlichen Wege verschaffte er mir den Zutritt zu ihnen. Es ist wohl nicht dagewesen, daß man einem Historiker die Benutzung der Archive als Verbrechen anrechnete. So sammelte sich im Laufe der Jahre ein Material in meinen Händen, wie es in solcher Fülle und Mannigfaltigkeit kaum ein Mitlebender besaß, ein Nachgeborener gar nicht mehr erwerben kann. Ohne Selbstüberhebung darf ich von meinem Buche behaupten, daß es in Bezug auf die Erkenntnis der innern Zustände Österreichs dem künftigen Historiker als Quelle und zwar als lautere Quelle dienen wird.

Ich war darauf gefaßt, daß das Werk allen Parteien in Österreich gründlich mißfallen werde. Die deutsche, durchgängig großdeutsch und preußenfeindlich gesinnt, grollte mir, daß ich die Unfähigkeit des Kaiserstaates, an der Spitze eines nationalen deutschen Reiches zu stehen, unwiderleglich dargethan hatte. Die Slaven waren wieder empört, daß ich ihre kleinen Gernegroß nicht zu Helden und Staatsmännern stempelte und ihr lächerliches Streben, auf Unwissenheit und blinden Hochmut eine nationale Kultur aufzubauen, nach Gebühr brandmarkte. Den Liberalen klang meine Schilderung der Revolution nicht begeistert genug. Auch zürnten sie, daß ich ihren, leider selbst heute noch merklichen Hang zum Doktrinären, als ob die Staatssachen sich nach dem Muster eines Zivilprozesses behandeln ließen, geißelte, die Konservativen führten endlich Klage über die grausame Schilderung der alten Machthaber. Diese Unzufriedenheit war ganz am Platze. Ich wollte keine Parteischrift verfassen und mußte daher jede einzelne Partei verletzen. Daß aber das Buch einen solchen Sturm brutalen Hasses anfachen, eine solche Flut der gemeinsten Beschimpfungen und Verleumdungen in Österreich entfesseln werde, hatte ich doch nicht erwartet. Das Beste darin leisteten meine biedern czechischen Landsleute. Im böhmischen Landesarchive wurde ein von mir benutztes Aktenstück aus dem Jahre 1790 nicht gleich gefunden. Es war, wie auf meine scharfe Beschwerde der Archivar bekennen mußte, einfach in ein anderes Aktenbündel verlegt worden. Das genügte aber, daß die czechischen Zeitungen meinen Schwiegervater und mich offen des Diebstahls beschuldigten. Daneben konnten die Bezeichnungen: Landes- und Volksverräter noch als Ehrennamen gelten. Daß ich die Geschichte Österreichs im Auftrage der preußischen Regierung geschrieben habe und im Solde Bismarcks stehe, konnte ich in den Wiener Blättern oft genug lesen. Der Hauptsammelplatz übelriechender Lügen blieb aber fortdauernd bis heute Wurzbachs, von der *Wiener Akademie der Wissenschaften* unterstütztes, von der Staatsdruckerei verlegtes: »Biographisches Lexikon des österreichischen Kaiserstaates.« Daß Wurzbach in meiner Lebensbeschreibung ein abschreckendes Zerrbild meiner Person bot, verstand sich bei seiner feindseligsten Stimmung von selbst. Aber bis zum Lächerlichen verstieg sich doch sein Haß, wenn er mein dickleibiges Buch über »Raffael und Michelangelo« einen blosen »Artikel« nannte und als einziges Porträt eine überdies mißlungene Karrikatur in einem czechischen Spottblatte anführte. Nicht genug daran – beinahe in jedem Bande, bei passenden oder unpassenden Gelegenheiten, wurde mein ehrlicher Name herbeigeschleppt, um ihm das Verbrechen der »Felonie« anzuhängen. Das Tollste leistete Wurzbach in der Biographie des Generals Mack, welcher 1805 Ulm an Napoleon übergab. Hier heißt es, ohne allen Zusammenhang mit dem Text, von mir: »Springers Werk hat mitgeholfen, daß Preußen Krieg gegen Österreich geführt, da er den Kaiserstaat in seiner Geschichte in einer des Österreichers unwürdigen Weise bloßgestellt und herabgedrückt und seine Schwächen in denunciatorischer Weise bloßgestellt *(sic!)* hat.« Nach solchen Verlästerungen wirkte wie Balsam das Lob der ungarischen Staatsmänner, mit welchen ich auf einer Reise nach Pesth in nähere Beziehungen trat, ich hätte die Ereignisse in Ungarn durchaus wahrheitsgetreu geschildert, sowie die Anerkennung der besten deutschen Historiker, wie namentlich Sybels, welcher (in der Kölnischen Zeitung) keinen Geringeren als Gibbon zur Vergleichung heranzog Auch ein liebenswürdiger Brief Freytags, den Eindruck des Buches auf die kronprinzliche Familie schildernd, stellte sich ein, hob den Mut und brachte wieder hellere Töne in die Stimmung. Der Ausbruch des Krieges 1866, wenige Monate nach der Ausgabe meines Buches, gab zu Verdächtigungen meiner Person neuen Anlaß. Ich stand natürlich ganz auf preußischer Seite. Hatte ich doch seit dem Jahre 1848 als frommen Wunsch wiederholt ausgesprochen, was jetzt das greifbare Kriegsziel bildete. Mit meinen österreichischen Stammesgefühlen kam ich durchaus nicht in Widerstreit. Denn das »große Unglück«, das alle unbefangenen Österreicher stets als das einzige Rettungsmittel herbeigesehnt hatten, um die Regierung von ihrem verderblichen Wege endlich abzulenken, war gekommen. Jetzt erst, neben einem mächtigen Preußen und Deutschland, besann sich Österreich auf seine wahre Bestimmung und vermochte den wichtigsten Aufgaben der innern Politik seine volle Kraft zu widmen. Daß das Staatsschiff auch nachher noch vielfach schwankte und schwankt, den festen Kurs nicht immer einhält, ist nicht die Schuld der alten österreichischen Patrioten. Sie haben stets vor schlechten Steuerleuten gewarnt.

An den heftigen Zeitungskämpfen, welche dem Kriege vorangingen und folgten, teilzunehmen, hielt ich mich nicht berufen. Nur einmal erhob ich in den »Grenzboten« kräftiger meine Stimme, als die Wiener Presse, im ersten blinden Zorn über den Sieg der preußischen Waffen, drohte, zur Wiedervergeltung deutsche Dichter und deutsche Bildung von Österreich auszuschließen. Abgesehen davon, daß es persönlich unschicklich gewesen wäre, Triumphlieder über die, wenn auch wohlverdiente Demütigung meiner alten Heimat anzustimmen, fehlte mir auch die Zeit zu eingehender politischer Thätigkeit. Sobald ich die letzten Buchstaben in meiner Geschichte Österreichs geschrieben hatte, griff ich auf den alten Plan zurück, ein Buch kunsthistorischer Probleme ihrer endgültigen Lösung näher zu bringen, bisher wenig beachtete Punkte in der künstlerischen Entwickelung in ein helleres Licht zu stellen. Im Herbst 1867 erschienen meine »*Bilder aus der neueren Kunstgeschichte.*« Mit dem größten Eifer setzte ich mich an die Arbeit, bemühte mich, auch den Aufsätzen einen feineren formalen Schliff zu geben. Der Erfolg mußte mich zufrieden stellen. Vieles, was die »Bilder« zuerst ausgeprägt hatten, läuft bereits als Scheidemünze um. Aber mit meinen Körperkräften ging es schier zu Ende. Nicht ungestraft hatte ich sie über ein Jahrzehntlang bis zur äußersten Grenze angespannt und ein Doppelleben geführt, in meiner Wissenschaft mich stetig ausgebildet und daneben für das tägliche Brot hart gearbeitet.

Eine Erkältung, bei der nächtlichen Rückkehr von Düsseldorf, wo ich einen Vortrag im Malkasten gehalten hatte, geholt, brachte im Frühling 1868 die Krankheit zum Ausbruch. Der Bonner Arzt sah in meinem Leiden nur eine Erschöpfung infolge übermäßiger geistiger Anstrengungen und ließ die anderen Symptome, den Husten, die Atemnot unbeachtet. Sein Rat lautete: Gehen Sie in die Berge und laufen Sie sich aus. So ging ich denn in die Berge und lief, bis ich in Badenweiler zusammenbrach. Meine arme Frau, telegraphisch von meinem Elend benachrichtigt, fand einen totkranken Mann. Ihrer aufopfernden Pflege danke ich es allein, daß die Krankheit – Bronchitis und Rippenfellentzündung – endlich wich, die Kräfte zunahmen und in kleinen Tagereisen die Rückkehr nach Bonn unternommen werden konnte. An eine Aufnahme meiner Thätigkeit 268 war aber nicht zu denken. Der leider jetzt erst zu Rate gezogene Kliniker Rühle machte meine Herstellung von einem längeren Aufenthalt im Süden abhängig. Wie sollte ich aber die Kosten einer doppelten Haushaltung bestreiten? Da zeigte es sich, daß ich zwar manche Gegner und Feinde besaß, aber doch noch ungleich mehr warmherzige und thatkräftige Freunde gewonnen hatte. Ohne daß ich eine Ahnung davon besaß, hatten sich in verschiedenen rheinischen Städten, in welchen ich Vorlesungen gehalten hatte, angesehene Männer zusammengethan und einen stattlichen Beitrag zu den Reisekosten gesammelt. Meine Überraschung kannte keine Grenzen, als mir eines Tages die Post einen dicken Geldbrief mit einer anonymen Zuschrift in das Haus brachte, in welchem in feinsinnigster Weise das Interesse an der Wissenschaft als Hauptmotiv der Sammlung betont, und die große Summe Geldes als Ehrengabe, gleichsam als nachträgliches Honorar für meine Leistungen als Lehrer bezeichnet wurde. Dadurch wurde der sonst peinliche Stachel eines bloßen Wohlthätigkeitsaktes vollständig gebrochen. Niemals habe ich die Namen der einzelnen Spender erfahren, niemals auch nur die leiseste Andeutung, daß dieser oder jener sich mir gegenüber als Patron fühle, gehört. Zeitlebens bleibe ich den wackeren rheinischen Freunden für ihre Teilnahme zu wärmsten Dank verpflichtet. Auch das kronprinzliche Paar steuerte zu den Kosten der Erhohlungsreise kräftig bei, in dem liebenswürdigen Begleitschreiben gleichfalls betonend, daß es mich dem Dienste der Wissenschaft dauernd zu erhalten wünsche und hoffe. Das Ministerium 269 mit der Bitte um einen Reisezuschuß anzugehen, lehnte ich, durch Erfahrungen andere gewitzigt, ab. Mehrere Mitglieder der Universität, insbesondere der Curator Beseler, stellten, ohne mich zu fragen, das Bittgesuch.

Wie zu erwarten stand, erklärte der Minister leider keine Mittel für derartige Zwecke zu besitzen. Aber Olshausen, der mir wohlwollende Referent im Ministerium, wußte Rat. Von seinem Freunde Keudell hatte er erfahren, daß das auswärtige Amt über einen Dispositionsfond verfüge, welcher schön öfters den anderen Ministerien ausgeholfen hätte. Durch Keudells Vermittelung wurden wir vom auswärtigen Amt eintausend Thaler angewiesen, wogegen ich, wie Keudell schrieb, nur der Form wegen, zur Einsendung von Stimmungsberichten aus Italien verpflichtet würde. Ich schrieb auch solche aus verschiedenen Städten, bin aber überzeugt, daß sie ungelesen im Ministerialarchive modern. Meine werten Freunde in Österreich werden vielleicht darin eine nachträgliche Ablohnung für die in meiner Geschichte Österreichs geleisteten Dienste entdecken. Ich weiß nur, daß dieses die einzige Beziehung war, welche ich mit dem auswärtigen Amt und dessen Leiter unterhielt.

Sorgenfrei konnten meine gute Frau und ich Ende Oktober die weite Reise nach dem Süden antreten. Unsere drei Kinder blieben unter der Obhut der greisen Großmutter, welche auf die Nachricht von meiner Erkrankung sofort aus Prag herbeigeeilt war, von teilnehmenden Freunden umgeben, in Bonn zurück. Wir wußten sie vortrefflich aufgehoben und sahen mit fröhlichen Hoffnungen dem Heilerfolge im warmen Italien entgegen. In Florenz und Rom hielten wir uns nur kurze Zeit auf, eilten so rasch als möglich unser Reiseziel, das von dem Arzt besonders empfohlene Palermo zu erreichen.

Sicilien zeigte damals den Inselcharakter noch stark ausgeprägt, ebenso wie die einzelnen Städte nur einen geringen Zwischenverkehr besaßen. Keine Eisenbahnen durchschnitten das Land, von der nördlichen Küstenbahn waren erst dürftige Anfänge vorhanden, die Verbindung mit dem Festlande mittels der Dampfschiffe ließ an Raschheit und Regelmäßigkeit noch viel zu wünschen. Von eiligen Touristen, welche das Land wie im Fluge durchjagen, heute kommen, morgen gehen, gab es keine Spur. Wer nach Palermo in Geschäften oder aus Rücksichten der Gesundheit kam, war in der Regel auf einen längeren Aufenthalt gerüstet. So hatte sich auch in der Trinacria, bei dem alten Musterwirte Ragusa, eine kleine Kolonie ständiger Wintergäste gesammelt, mit welchem sich auf natürlichem Wege ein näherer Verkehr entspann. Am freundschaftlichsten standen wir zu Herrn und Frau von Guaita aus Frankfurt und der preußischen Generalsfamilie von Gansauge aus Berlin. Die Nachwehen des Krieges 1866, die Spannung zwischen Österreich und Preußen, bedrohten zwar anfangs auch unsere Palermitaner Gesellschaft, doch gewann bald das gemeinsame deutsche Interesse und die Gewohnheit täglichen Umganges den Sieg. Namentlich mit Guaitas verabredeten wir alle größeren Ausflüge und verlebten wir viele genußreiche Tage. Für uns begann ein wahres Phäakenleben. Wir wurden nicht müde, die herrliche sonnige und doch frische Luft zu atmen, die Eindrücke der farbenreichen und doch auch in der Zeichnung großartigen Landschaft, der neuen Pflanzenwelt in uns aufzunehmen. Ein einfacher Morgenspaziergang auf der Marina oder im anstoßenden öffentlichen Garten reichten hin, uns für den ganzen Tag fröhlich zu stimmen. Und dann die weiteren Ausflüge nach Monreale und San Martino oder um den Pellegrino herum nach Mondello und Carini, oder nach der durch Goethe berühmt gewordenen Villa Palagonia. Überall fanden Auge und Phantasie die mannigfachsten Anregungen. Gar bald entdeckte ich, daß ich bei scheinbarem Müßiggange auch meine Fachkenntnisse erweitern, den historischen Sinn stärken konnte. Wie in der Natur, trat uns auch in der Kunst eine neue Welt entgegen. Außer in Neapel hat der wildausschweifende und doch in gewissem Sinne vornehme Barockstil nirgends in Italien so viele Denkmäler hinterlassen, wie in Palermo. Hier allein erscheint er nicht der Willkür eines einzelnen Künstlers entsprungen, sondern aus den Kulturzuständen herausgewachsen. Das Museum führte nur altgriechische Kunstwerke und die mir ganz fremde sicilianische Malerschule vor die Augen. Vor allem aber fesselten die Werke der Normannenzeit meine Aufmerksamkeit. Ich ruhte nicht eher, als bis ich alle Gäßchen und Winkel der Stadt, damals noch recht unsauber, aber malerisch, durchwandert und die Reste der normannisch-arabischen Kunst erforscht hatte. Eine Frucht dieser Studien war die Abhandlung über »Die mittelalterliche Kunst in Palermo«, welche ich nach meiner Rückkehr im Auftrage der Bonner Universität schrieb, um der Düsseldorfer Akademie bei ihrem Jubiläum überreicht zu werden. Ich habe sie später umgearbeitet und den »Bildern aus der neuern Kunstgeschichte« einverleibt. Bei den heimischen Gelehrten fand ich die liebenswürdigste Unterstützung. Cavallari, der Nestor der sicilianischen Archäologen, wurde nicht müde mit mir in den alten Palästen und halbzerstörten Häusern herumzuklettern und mich auf diesen oder jenen von mir noch nicht bemerkten Rest alter Kunst aufmerksam zu machen. Häufig kam er noch am Abend in unsere Stube und führte uns farbige Bilder aus dem sicilianischen Volksleben vor. Namentlich als Märchenerzähler fand Cavallari keinen seinesgleichen. Wie oft schlug es

Mitternacht und wir hingen noch andächtig an seinen beredten Lippen. Antonino Salinas, gleichfalls auf deutschen Universitäten ausgebildet, damals in jungem Bräutigamsglück schwelgend, wurde ein Führer im Museum, der würdige Kanonikus di Marzo legte mir bereitwillig die Schätze der seiner Leitung anvertrauten Bibliothek vor und unterrichtete mich in der Geschichte der neueren Palermitaner Kunst, in welcher er mit Recht als die beste Autorität bei seinen Landsleuten galt.

273

Über dem gelehrten Umgange wurde der Verkehr mit Leuten aus dem Volke nicht vernachlässigt. Ein Fremder, zumal eine Fremde, welche sich um die heimischen Dinge kümmerte, war damals eine seltene Erscheinung in Palermo. Man konnte sicher sein, wenn man auf der Straße einen Mann um Auskunft bat, diese ausführlich zu erhalten und außerdem noch für den übrigen Teil des Weges einen Begleiter zu gewinnen. So machten wir allmählich zahlreiche Straßenbekanntschaften. Am lebendigsten steht noch ein junger Advokat vor mir, welchen wir gleichfalls zufällig auf der Straße ansprachen und welcher seitdem, so oft er uns erblickte, uns sein Geleit anbot. Da die Palermitaner einen großen Teil des Tages auf den Straßen verleben, so wiederholten sich solche Begegnungen recht häufig. Ihnen dankte ich gute Kunde über die damals recht verwickelten wenig erfreulichen politischen Zustände auf der Insel. Die Sizilianer konnten sich in die feste Ordnung, welche der Anschluß an das Königreich Italien mit sich brachte, nicht gewöhnen; die Rekrutenaushebung, die schärfer angezogene Steuerschraube weckte große Unzufriedenheit. Dazu kamen noch die nur mühsam erst vor kurzem unterdrückten bourbonischen Aufstände. Das Räuberwesen stand noch immer in Blüte. Über alle diese Dinge zeigte sich unser Advokat wohl unterrichtet. Meiner Frau wurde aber doch unheimlich zu Mute, wenn er zuweilen über die Straße auf einen zerlumpten, wild aussehenden Kerl lossprang und mit diesem Händedrücke und herzliche Grüße austauschte. »Das ist ein des Mordes oder des Raubes angeklagter Brigante, welchen ich mit Erfolg verteidigt habe«, so erklärte er seine warmen Sympathieen für den Menschen.

274

Meinen guten *Francesco col grosso cavallo* darf ich unter meinen Volksfreunden nicht vergessen. Zufällig hatten wir gleich anfangs mehrere Tage nacheinander denselben Kutscher aus der Droschkenreihe, welche vor der Trinacria hielt, gewählt. Er gefiel uns wegen seiner Zuverlässigkeit und der Liebe zu seinem Pferde, einem dicken Braunen, mit welchem er sich während der Fahrt ununterbrochen auf das zärtlichste unterhielt und welches er auf das sorgsamste pflegte. Wir wurden mit ihm eins, daß er uns auf allen unsern Ausflügen fahren solle. So wurde Francesco, ein kleiner untersetzter Mann von mittleren Jahren, mit lebendigen Augen und stets heiteren Mienen, unser Leibkutscher. Er merkte bald mein Interesse an Ruinen, alten zerfallenen Bauten. Oft diente er als Dolmetsch, da ich den Dialekt der Einwohner schlecht verstand und wurde allmählich selbst von einem archäologischen Eifer ergriffen. Wenn ich im Weichbilde von Palermo nach der Lage und den Resten der normannischen Lustschlösser suchte, so blieb Francesco, nachdem er sein Pferd versorgt, an meiner Seite, drang in alle Gärten, überkletterte Mauern, untersuchte den Boden. Als er bei unsern Fahrten wahrnahm, daß mich auch die buntbemalten Karren – sie zeigten auf grellgelbem Grunde Bilder der Haimonskinder, Rolands u.s.w. – interessierten, brachte er mich zu Wagenbauern und Malern in den Vorstädten, und ließ mich die Schablonen sehen, nach welchen die Bilder gemacht wurden und spürte auch die Volksbücher im sizilianischen Dialekt auf, welche die Sagen von den *reali di Francia* erzählten. Wir schieden zuletzt als die besten Freunde. Dreizehn Jahre später kam ich wieder nach Palermo. Auf einem Gang durch den Toledo bemerkte ich staunend, daß eine Droschke plötzlich anhielt, der Kutscher unbekümmert um Insassen und Pferd vom Bock sprang und auf mich zulief. Unversehens preßte er mich in die Arme und küßte mich auf beide Wangen mit dem jubelnden Ausruf: »*caro professore, mio professore!*« Es war Francesco. Sein *grosso cavallo* weilte nicht mehr unter den Lebenden, nur Francesco blühte noch immer und bewahrte mir die alte Treue und Anhänglichkeit.

Nur zu rasch flossen die Wochen und Monate dahin. Der Frühling war in das Land gekommen, nicht der nordische, sich sanft einschmeichelnde, neue Lebenslust weckende, sondern der schnell, wie verschämt, vorüberhuschende Vorbote des heißen Sommers, der gar kein Anrecht auf selbständige Geltung erhebt. Bereits begann in der Mittagsstunde die Wärme unbequem zu werden, das Leben im Freien auf die Abend- und Nachtstunden sich einzuschränken. Meine Gesundheit schien übrigens dauernd gekräftigt zu sein und so traten wir langsamen Schrittes die Heimreise an. Die Pfingsten 1869 feierten wir wieder im Kreise unserer Kinder in Bonn.

Meine Beziehungen zu den Studenten waren gottlob die alten freundlichen geblieben. Die feierliche Begrüßung gleich nach meiner Ankunft durch Corps und Burschenschaften, die vollen Bänke im Auditorium bewiesen, daß ich trotz der langen Abwesenheit nicht vergessen war. Um so trauriger sah es in dem Freundeskreise aus. In Kyllmanns Hause war mit dem steigenden Alter auch die Kränklichkeit, die Ruhesehnsucht eingezogen, die allezeit lebensfrohe Familie Preyer hatte Bonn verlassen, und, was uns den größten Schmerz bereitete, Otto Jahn rang mit dem Tode. Sein scheinbar kräftiger Körper widerstand auf die Dauer nicht der ungesunden Lebensweise, der ungemessenen Arbeitslast, an welche Otto Jahn seit Jahren sich gewöhnt hatte. Mannigfache Kränkungen und Enttäuschungen erschütterten den Organismus des reizbaren Mannes stärker, als die entfernter stehenden Bekannten meinten. Als ich Jahn wiedersah, war er zum Schatten geschwunden. Die erloschene Stimme, der schleppende Gang, der schwere Atem, die ganz entsetzliche Abmagerung ließen das Schlimmste schon in naher Zeit befürchten. Riesige Willenskraft zwang den totmüden Körper bis zum Schluß des Semesters auszuhalten. Dann eilte er zu lieben Verwandten nach Göttingen, legte sich nieder und starb.

Wir hätten diesen Schlag noch schwerer überwunden, wenn nicht bald darauf in der Bonner Gesellschaft eine Erscheinung aufgestiegen wäre, von so bestrickender Liebenswürdigkeit und geistiger Anmut, daß unsere Gedanken unwillkürlich eine hellere Farbe empfingen und der gesellige Verkehr einen ungeahnten Reiz gewonnen hatte. Die Fürstin Wied brachte die Wintermonate in Bonn zu. Von einem langjährigen Fußleiden endlich geheilt, körperlich gekräftigt, konnte sie jetzt ihre feinsinnige Natur freier entfalten und eine reichere Gastfreundschaft üben. Ich hatte die Fürstin schon in meinen ersten Bonner Jahren kennen gelernt, wiederholt Vorträge im Neuwieder Schlosse zu wohlthätigen Zwecken gehalten, und wie alle, welche der seltenen Frau näher traten, den unwiderstehlichen Zauber ihres Wesens erfahren. Vornehm, wahrhaft fürstlich in ihrem ganzen Gebahren, dabei frei von jeglichem aristokratischen Hochmute und für Kunst und Wissenschaft ehrlich begeistert, stets bemüht, männliche Tüchtigkeit und Frauenwürde zu ehren, brachte sie es rasch dahin, daß ihr alle die Huldigungen freiwillig und im vollsten Maße dargereicht wurden, auf welche sie durch ihren Rang Anspruch erheben konnte. »Unsere Fürstin« hieß sie in den Bonner besten Kreisen.

Die niemals völlig abgerissenen Verkehrsfäden wurden neu geknüpft und rasch verstärkt. Wir nahmen nicht allein regelmäßig Teil an den größeren Besuchsabenden, sondern genossen auch das Glück näheren Umgangs. Die Erziehung, welche ich mir in meiner Jugend im Verkehr mit vornehmen Kreisen gegeben hatte, brachte jetzt gute Früchte. Ich hatte die Kunst, welche Bürgerlichen so schwer fällt, erlernt. Ich blieb ehrerbietig, wahrte mir aber streng die Unabhängigkeit des Urteils. Dadurch gewann ich das Vertauen der Fürstin. Und schon damals faßte sie den Gedanken, mich zur Begleitung auf der bevorstehenden Reise zu ihrer Tochter, der Fürstin von Rumänien. aufzufordern. Die Reise sollte im Herbst 1870 stattfinden. Das war aber das große Kriegsjahr. Natürlich fielen alle Reisepläne wie Kartenhäuser zusammen. Wer hätte daran 278 denken können, den Rhein in einem Augenblicke zu verlassen, in welchem er vom Feinde bedroht schien und dem Lande den Rücken zu kehren, dessen Söhne einen Riesenkampf begonnen. Im Jahre 1870 merkte man, wie ganz deutsch und gut preußisch die Rheinprovinz trotz alledem und alledem geworden war. Helle Begeisterung loderte in allen Kreisen auf, alle Stände wetteiferten in Thaten und Opfern miteinander.

Für den Vaterlandsfreund und alten Kämpfer für Deutschlands Einheit und Preußens Führerschaft war es eine harte Entsagung stille zu sitzen und nur durch Zeitungen von den Weltkämpfen zu erfahren. Manchmal sehnte ich mich nach der Redaktionsstube zurück und wünschte wieder Journalist zu werden. Ein Zeitungsschreiber lebt sich so leicht in den Glauben ein, an den Ereignissen mitzuwirken, er wird jedenfalls früher und genauer von den Vorgängen unterrichtet, als die andern Menschenkinder und fühlt sich diesen gegenüber als Wissender. Blieb es mir auch persönlich versagt, der guten Sache zu dienen, so brachten meine Kinder und ich ihr doch das beste dar, was wir besaßen. Mit unserer freudigen Zustimmung übernahm meine Frau die Leitung eines Lazaretts, welches in dem Bonner Sommertheater, einer alten luftigen Baracke, improvisiert wurde. Wir brachten gern das Opfer eines gestörten Familienlebens in der Überzeugung, daß wir den armen kranken und verwundeten Soldaten die größte Wohlthat erwiesen. Über den Mut, die vollkommene Selbstlosigkeit und die wunderbar sachliche Geschicklichkeit meiner Frau als 279 Pflegerin herrschte nur eine Stimme. Die Behörden und die Bürger, die Ärzte und die Kranken, Jesuiten und protestantische Pastoren wetteiferten im Lobe und Preise. Uns kam es freilich hart an, acht Monate lang Isa nur für kurze Augenblicke im Hause walten zu sehen. Sie gönnte sich nur mittags eine kurze Pause, weilte sonst vom Morgen bis zum Abend bei ihren Verwundeten. In jenen nationalen Freudentagen trat aber das Einzelinteresse gegen die Teilnahme am Heere so sehr zurück, daß wir das Opfer kaum spürten.

Die Schlachten konnte ich nur still mit meinen besten Wünschen begleiten, dagegen war es mir vergönnt bei der Friedensfeier laut und öffentlich meine Stimme zu erheben. Ich hielt am 22. März, dem Geburtstage des Königs, die akademische Festrede[1] in der Aula. Ein bedeutungsvoller Tag. Zum erstenmale gesellte sich in den Räumen der Universität zu dem alten berühmten Rufe: Heil dem Könige! der andere, so hoffnungsreiche: Heil dem deutschen Kaiser! Der deutsche Reichstag war in Berlin versammelt, Preußens Ziel und Bestimmung erreicht, Deutschlands Schicksal vollendet. Der Tag war wohl danach angethan, einen Redner zu begeistern und ich bemühte mich nach Kräften der gehobenen Stimmung und begeisterten Empfindung Ausdruck zu geben. Von den Friedenszielen sprach ich, von den Pflichten, welche uns die neue Stellung auferlege, von den Hoffnungen, zu welchen uns die Großthaten des Volkes in Waffen berechtigen. So gewaltige Ereignisse, wie ihresgleichen in der Geschichte Europas kaum wiederkehren, müssen auch in unserer Bildung, in unserm geistigen Leben tiefe Spuren zurücklassen. Und nun versuchte ich ein Bild dieser künftigen Kultur zu entwerfen. Wenn ich jetzt nach zwanzig Jahren die Festrede – sie wurde im »Neuen Reich« abdruckt – wieder lese, merke ich doch, daß ich kein zuverlässiger Prophet war. Von den stolzen Hoffnungen, welche ich an die Gründung des deutschen Reiches für das Volksleben knüpfte, wie wenige sind in Erfüllung gegangen! Der nationale Sinn hat den innern Zwiespalt auf kirchlichem und politischem Gebiete nicht beseitigt, die freie Hingabe an den Staat mußte selbstsüchtigen Sonderinteressen weichen, der einfach gediegene Bürgerstand hat aufgehört als die sicherste Stütze des Staates geachtet zu werden, an die Stelle des harmonischen Zusammenwirkens sind schroffe Trennungen und feindselige Scheidungen getreten. Ich war, wie alle, welche noch in den schlimmen Zeiten bis 1859 groß und reif geworden waren, von dem Glanz des neuen Reiches geblendet, ich blieb Idealist, sah nur die Lichtseiten, merkte nicht die dunkeln Wolken im Hintergrunde, welche die Friedensziele hoffentlich nicht völlig zerstört haben, aber sie weit, ach nur gar zu weit zurückgeschoben haben.

Im Spätsommer nahm die Fürstin Wied, mit welcher der Verkehr im Kriegsjahre ein enger und lebendiger geworden war, den Plan der rumänischen Reise wieder auf. Ich begleitete sie, alter Abrede gemäß, als Reisemarschall. Eine angenehmere, genußreichere Fahrt durch weite Länder

1   Die Rede ist im Anhang abgedruckt.

ließ sich, ganz abgesehen von den großen landschaftlichen Reizen und neuen Volksszenen, die einem auf Schritt und Tritt entgegentraten, nicht denken. Die Fürstin, für sich anspruchslos, war für ihre Umgebung voll der zartesten Aufmerksamkeiten, ihre Hofdame, ein älteres Fräulein Lavater, geistsprühend, voll Witz und Humor, dabei von reifster Erfahrung und freien Grundsätzen, hielt das Gespräch stets in lebendigem Fluß. Solange wir die Eisenbahn benutzten, ging die Reise ohne irgendwelchen bemerkenswerten Zufall vor sich. Den Geschmack wirklicher Reisestrapazen bekam ich in Siebenbürgen, wo die Eisenbahn aufhörte. Der Fürst von Rumänien hatte uns zwei Tagereisen entgegen einen Hofwagen gesandt. Durch ein Mißverständnis kam ein kleiner Zweisitzer, in welchem für mich unbedingt kein Platz war und doch durfte und wollte ich die Fürstin nicht verlassen, wie die Dienerschaft den Postwagen benutzen. Da improvisierten wir aus dem Schmuckkästchen der Fürstin einen freilich sehr niedrigen und engen Rücksitz, auf dem ich mich nur niederlassen konnte, wenn ich die Knie bis zum Kinn emporzog. Zwei Tage lang auf holpriger Straße auf diese Weise zu fahren, war für meine Brust doch beinahe zu viel. Wie gerädert, der Gliedmaßen kaum mächtig, kam ich in Kronstadt, der letzten österreichischen Station, an. Hier erwartete uns noch ein kleines komisches Abenteuer. Der Unterpräfekt des rumänischen Grenzbezirks bat die Fürstin um die Erlaubnis, sie im Namen Rumäniens zuerst begrüßen zu dürfen. Die Bitte konnte trotz der vorgerückten Abendstunde nicht abgeschlagen werden. Ein stattlicher Mann, ein breites dreifarbiges Band über der Brust, trat in den Salon ein. Aber, o Schrecken! Er sprach nur rumänisch, verstand weder deutsch noch französisch. Die Verlegenheit war groß. Ich eilte zum Wirt hinaus, um einen Dolmetsch zu suchen. Nur der Oberkellner war des Rumänischen und Deutschen gleich mächtig. Ich instruierte ihn in aller Eile, wie er sich zu benehmen habe und führte ihn in den Salon. Der Anfang ging ganz gut. Der Präfekt, zur Fürstin gewandt, hielt eine längere Ansprache, welche der Kellner flüsternd übersetzte. Die Antwort der Fürstin aber war ihm offenbar zu knapp. Er trug sie dem Präfekten in einer jedenfalls sehr breiten und offenbar sehr schmeichelhaften Übersetzung vor. Der gute Präfekt meinte wohl, er müsse für den gnädigen Empfang noch besonders danken, wandte sich aber nicht mehr an die Fürstin, sondern an den Kellner, der seinerseits die Mühe des Dolmetschers sparte und sofort dem Präfekten in rumänischer Sprache antwortete. Dabei machten sie gegenseitig immer tiefere Verbeugungen. So komisch die Szene für uns stumme Personen war, so drohte sie doch zuletzt peinlich zu werden. Durch einen sanften Rippenstoß bedeutete ich dem Kellner, daß seine Mission zu Ende sei. Stolz verließ er das Gemach, ihm folgte bescheiden und demütig der brave Unterpräfekt.

Jenseits der Grenze, wenige Meilen von Sinaja, dem Sommersitze des Fürsten, fand der offizielle Empfang statt, an den sich, wie in der griechischen Welt üblich, der Gang nach einer benachbarten Kapelle und ein lärmendes Tedeum in ihr anschloß. Ich hielt mich während all dieser Vorgänge bescheiden im Hintergrund und konnte in aller Ruhe die neuen Eindrücke in mich aufnehmen. Zum erstenmale trat mir in den Volksgruppen ein Stück unverfälschten Orients entgegen. Die Überraschungen steigerten sich, als wir nach einer mehrstündigen staubigen Fahrt Sinaja selbst erreichten. Mit dem Namen Sinaja verknüpft sich jetzt die Vorstellung eines wahren Zauberschlosses, bei dessen Schöpfung Reichtum, feinster Geschmack und reichster Kunstsinn wetteiferten, um einen Fürstensitz von einer Pracht und einem poetischen Reize ins Leben zu rufen, wie kein anderer Souverän Europas besitzt, ja besitzen kann, da in Sinaja die großartigste Natur die Wirkung des idealen Bauwerkes unterstützt. Damals befand sich hier an der Pilgerstraße gelegen, das Kloster Sinaja, dessen vordere Teile, die Pilgerherberge, dem fürstlichen Hofe zur Benutzung überlassen wurden, während die Mönche sich in die inneren Teile der weitläufigen Anlage zurückzogen. Der fürstliche Hof richtete sich schlecht und recht, so gut es die Dürftigkeit und Enge der Räume gestattete, ein. In der größten Zelle residierte das Fürstenpaar, in kleinen und kleinsten Zellen wurde das Gefolge untergebracht. Als Speisesaal diente eine hinter der Küche errichtete Baracke, welche freilich im äußern diese Bestimmung nicht verriet, immerhin abends, wenn dann zahlreiche Kerzen auf die mit lebendigem Grün bekleideten Wände, auf reiches Tafelgeschirr ein helles Licht warfen, einen behaglichen Aufenthalt bot. Zum Glück blieb das Wetter wochenlang so prächtig, die Sonne uns so ausnehmend treu, daß wir uns fast den ganzen Tag im Freien bewegen konnten. Die großartige Landschaft ließ aber alle kleinen Unbequemlichkeiten des Lebens rasch vergessen. Tief unten im Thale rauschte die Prahova, lachten die saftig grünen Matten das Auge an. Zu beiden Seiten erhoben sich bewaldete Berge mit wahren Baumriesen und üppigem Unterholze. Axt und Säge hatten den Weg auf diese Höhen noch kaum gefunden, so daß man sich in einen Urwald versetzt glaubte. Den Hintergrund aber säumten die schneebedeckten Spitzen der Karpathen ein.

Dabei war die Luft wunderbar rein und frisch, das bloße Atmen ein hoher Genuß. Fußmärsche mit dem Fürsten Karl, in welchem ich einen Zuhörer aus Bonn begrüßen durfte, Spaziergänge und Wagenfahrten mit den Damen lehrten mich die persönliche Liebenswürdigkeit und reiche Bildung des jungen Fürstenpaares kennen. Als wir im Herbst von Sinaja nach Bukarest – eigentlich Kotrotscheni bei Bukarest – übersiedelten, lernte ich auch seine Regierungskunst bewundern. Das Land befand sich in einer übeln Lage. Der Eisenbahnbau hatte die Finanzen zerrüttet, die Unsicherheit nach Außen den verschiedenen Parteien im Innern Vorschub geleistet. Mürrisch grollend, wie ein auf den Altenteil gesetzter Bauer, hielt sich die Pforte zur Seite, das russische Kabinet konnte sich noch immer nicht beruhigen, ein freies Feld für politische Intriguen verloren zu haben, in Wien herrschte noch immer das alte Mißtrauen, welches in jeder Stärkung der Balkanstaaten eine Gefahr für den Kaiserstaat wit- 285 terte. Der einzige ehrliche Freund saß in Berlin. Aber Bismarck hatte zunächst mit wichtigeren Sorgen zu kämpfen, und außerdem erheischte der Verkehr mit der deutschen Regierung große Vorsicht. Schon die deutsche Abstammung des Fürsten erschien vielen Bojaren als Makel und immer wieder tauchte die Verleumdung auf, daß das Wohl des Staates den Hohenzollernschen Interessen nachgestellt werde und Rumänien an Preußen als Vasallenland verhandelt worden sei. Franzosenfreunde gab es stets sehr viele unter den Bojaren und besonders Bojarenfrauen. Sie lärmten nach dem Kriege toller als je und scheuten selbst vor Skandalszenen gemeiner Verhöhnung der Deutschen nicht. Dem Fürsten Karl waren die Schwierigkeiten seiner Stellung wohl bekannt. Er blieb kaltblütig, ließ die gefaßte Aufgabe, Rumänien eine geordnete Verwaltung, ein brauchbares Heer zu verschaffen, nicht einen Augenblick aus den Augen. Er wartete, aber er verzagte nicht. Keine Partei verletzte er grundsätzlich, keiner warf er sich blind in die Arme. Empfänglich für jeden guten Rat, zugänglich jeder Persönlichkeit, war er taub für jede Schmeichelei oder Intrigue. Daß er den bekanntesten, Umtriebe planenden Bojaren auf den Kopf behauptete, er zweifle nicht an ihren selbstlosen Absichten und wolle gern ihre Pläne sachlich prüfen, brachte sie am meisten aus der Fassung. Sein einfach gerades Wesen, sein ernster, auf das Ganze gerichteter Sinn entwaffnete allmählich die Gegner. Am frühesten gewann er durch seine militärische Tüchtigkeit die Achtung des Heeres. Bald erkann- 286 ten aber auch die bessern Politiker, daß es geratener sei, mit ihm, als gegen ihn zu arbeiten. In anderer Weise machte die Fürstin Elisabeth für die Dynastie erfolgreiche Propaganda. Die Königskrone schwebte eigentlich schon lange über ihrem Haupte, ehe die glorreichen Siege des Gemahls sie ihr in das schöne Haar gedrückt hatten. Sie besaß eine angeborene Majestät, verband aber damit die echte Frauenanmut und heitere Liebenswürdigkeit. Die Natur hatte sie reich, fast allzureich mit Gaben bedacht. Mein gewöhnlicher Streit mit Fräulein Lavater bezog sich darauf, ob in der Musik, ob in der Poesie die wahre Stärke der Fürstin liege, ob die Tiefe der Gedanken, oder die Glut der Empfindungen am meisten an ihr zu bewundern sei. Je nachdem sie an dem Tage gerade diese oder jene Seite ihrer Natur enthüllt hatte, trafen wir die Entscheidung. Von der herbsten Schwermut bis zur ausgelassensten Laune beherrschte sie alle Stimmungen. Niemals merkte man eine Anstrengung, stieß auf etwas Gemachtes oder Gekünsteltes. Alles, ihre Lieder, ihre Sinnsprüche, ihre Erzählungen und Märchen quollen frei und leicht aus ihrer Phantasie. Die Fürstin Elisabeth besaß das Genie eines Improvisators, zugleich den gediegenen Ernst des wahren Dichters. Oft war ich Zeuge, wie sich in der Hofgesellschaft Herren und Damen mit spöttischer Miene der Fürstin näherten, als wollten sie sagen: »die kleine deutsche Prinzessin werden wir schon übertrumpfen«, wie sie dann aber nach dem Schlusse der Vorstellung in eine laute Bewunderung ihrer Anmut und ihres geistreichen Wesens ausbrachen. Dem Zauber der Fürstin konnte niemand entgehen.

Während ich im fernen Osten Hofsitte und Volksleben studierte, vollzog sich im Westen eine entscheidende Wendung in meinem Schicksal. Eines schönen Tages empfing ich ganz unerwartet einen Brief des Herrn von Roggenbach, in welchem er mir offiziell die Professur der Kunstgeschichte an der wiedererrichteten Universität *Straßburg* anbot. Eine Ablehnung war unmöglich. Abgesehen davon, daß ich meine materielle Lage wesentlich verbesserte, nicht mehr, wie bisher, der angestrengtesten Privatarbeit bedurfte, um ohne Defizit die Jahresrechnung abzuschließen, erschien uns allen die Annahme des Rufes als eine patriotische Pflicht. Wir hegten allzusammen die glänzendsten, fast übertriebenen Vorstellungen von dem festen Bande, welches die Universität zwischen dem Reich und dem wiedergewonnenen Lande knüpfen werde. Ein Schreiben des freundlich gesinnten Kurators Beseler beseitigte die letzten Skrupel. Er mahnte dringend zur Annahme, beklagte meinen Weggang, welchen die Weigerung des Ministers Mühler, mein bescheidenes Gehalt zu erhöhen, unvermeidlich mache. So folgten denn, als ich im November wieder in Bonn ankam, gar bald den fröhlichen Tagen des Wiedersehns, die trüben Stunden der Trennung.

Unsäglich schwer fiel meiner Frau und mir der Abschied von Bonn, wo wir zwanzig Jahre, den glücklichsten Abschnitt unseres Lebens zugebracht hatten. Eine so auserlesene Zuhörerschar, wie ich sie in Bonn besaß, durfte ich kaum hoffen, jemals wieder zu gewinnen. Hatte ich 288 auch nur wenige Schüler (Rahn, Laspeyres, Lessing) erzogen, so durfte ich doch mit Stolz auf die vielen Philologen und Historiker hinweisen, welche mir ihre künstlerische Bildung verdankten. Die Publika blieben bis zuletzt ein Stelldichein für alle Fakultäten. Geachtet war auch meine Stellung unter den Kollegen. Der gute Sell versicherte mir wiederholt, daß mich die Mehrzahl längst zum Rektor gewählt hätte, wenn nur mein kirchliches Bekenntnis klarer gewesen wäre. Und wenn auch unsere ältesten und besten Freunde fast alle im Grabe ruhten, so lebten wir doch in der angenehmsten Geselligkeit, hatten an der Familie Beseler, an Frau Martha Aegidi neue wackere Freunde gewonnen. Auch in diesem Winter zog die Fürstin Wied nach Bonn. Sie hatte den von seinem Knieleiden von Metzger glücklich geheilten Prinzen Gustav von Schweden, den späteren Kronprinzen, unter ihre Obhut genommen, einen munteren Jungen, der besonders mit meiner ältesten Tochter gute Kameradschaft hielt und sich bei uns wie zu Hause fühlte. Auf die Wiederkehr eines so anregenden, fröhlichen Winters, wie gerade der letzte Bonner war, mußten wir nun verzichten. Kein Wunder, daß die Fackelzüge, Kommerse, Adressen und wie die Ehrenbezeugungen scheidender, geliebter Lehrer sonst heißen mögen, die Wehmut nicht völlig bannen konnten. Am Rhein hatten wir unsere Heimat gefunden, in Land und Leute uns vollständig eingelebt. Der Rheinländer galt namentlich meinen Kindern als bester Landsmann. Wir ziehen in eine fremde Welt, in ein neues Land. 289 Was wird es bringen? So frugen wir uns täglich. Doch alle wehmütigen Erwägungen, alle schönen Erinnerungen mußten gegen die Pflicht zurücktreten. Mitte April 1873 übersiedelten wir mit unserer Habe, unseren Hunde und unseren Kanarienvögeln nach Straßburg.

14. Straßburg.

Die neue Welt ließ sich ganz vortrefflich an und rascher, als wir anfangs gemeint, bekannten wir: Hier ist gut wohnen! Herr von Roggenbach, der liebenswürdigste Vorgesetzte und opfermutigste Freund, hatte uns die Wege geebnet, sogar für eine reizende Wohnung am Kaufhausstaden Sorge getragen. Die Wohnung war unsere erste Straßburger Liebe. Im zweiten Stockwerk eines alten, aber mit allen Bequemlichkeiten neu eingerichteten Renaissancehauses gelegen, mit freiem Ausblick auf alte Bäume und die Ill, mit lauschigen Erkern und poetischen Winkeln war sie ganz danach angethan, uns immer und immer wieder zum schmucken, heimischen Herde zurückzulocken. Wir lernten hier die Vorteile einer französischen Wohnung, den festen Hausverschluß, die Doppeltreppe, die Sonderung der Wohnstuben von den Wirtschaftsräumen zum erstenmal kennen und mußten gestehen, daß die bürgerlichen Wohnungen in Deutschland manches hier zur Annehmlichkeit der Winter abschauen könnten. Selbst mit dem anfangs unsympathischen Institute des Concierge versöhnten wir uns allmählich. Seine Neugierde schadete uns nicht, seine Wachsamkeit hielt manches zudringliche häßliche Element von uns fern. Das einzige Bedenken erregte die bekannte franzosenfreundliche Gesinnung des Wirtes, des später vielgenannten Bürgermeisters Lauth. Unsere Beziehungen behielten etwas Formelles. Solange ich aber in seinem Hause weilte, zeigte er sich mir gegenüber als gebildeter Ehrenmann. Mit seinem Takt vermied er das politische Gebiet, als er merkte, daß ich mich für städtische Angelegenheiten interessiere, taute er sogar auf und wurde gesprächig. Niemals verkehrte er mit mir schriftlich oder mündlich anders als in deutscher Sprache. Man merkte überhaupt bald, daß unter einer französischen Schicht, sogar in den reicheren tonangebenden Kreisen, ein guter deutscher Kern lag. Sitten, Gewohnheiten, Anschauungen, soweit nicht Mode oder Politik in das Spiel kam, zeigten keine französischen Einflüsse. Die Ladenmädchen in den besseren Geschäften hielten sich verpflichtet, deutsche Kunden mit einem gräßlichen Accente anzureden. Man brauchte aber nur den falschen Accent höflich aber deutlich zu verbessern und sein Begehren auf gut Deutsch zu wiederholen und es löste sich auch in diesen Kreisen rasch die deutsche Zunge. Gern hätte ich die letzten Ferientage zu Ausflügen links und rechts vom Rheine benutzt. Der Ausblick von den Stadtwällen nach den Vogesen wie nach der Schwarzwaldseite hin lockten gar zu sehr. Doch diese Lust mußte ich vorläufig dämpfen. Roggenbach teilte mir mit, daß ich von der Regierung, im Einverständnis mit den Kollegen, zum Festredner bei der Einweihung der Universität am 1. Mai ausersehen sei. Da galt es, Zeit und Kraft zu Rate zu ziehen. Nur eine kurze Frist trennte uns von dem Feiertag. Die Rede selbst mußte in jedem einzelnen Satze wohl durchdacht und erwogen sein, um nicht die Einheimischen zu verletzen und doch unserem stolzen Jubel und unserer Freude Ausdruck zu geben. Gegen meine sonstige Übung arbeitete ich die Rede sorgfältig aus und feilte am Inhalt und an der Form so lange, bis sie mich befriedigte. Der 1. Mai wurde der größte Ehrentag meines Lebens. Die Augen Deutschlands waren auf Straßburg gerichtet, mit der größten Spannung harrte man überall auf Nachricht vom Verlaufe des Festes. Alle deutschen Universitäten, auch die schweizer und deutsch-österreichischen Universitäten hatten Deputationen, die west-deutschen Hochschulen auch zahlreiche Vertreter der Studentenschaft, mehrere hundert Mann stark, gesandt, aus der benachbarten Landschaft strömten Gelehrte, Beamte, patriotisch Bürger herbei, um dem friedlichen Triumphe deutscher Tapferkeit beizuwohnen. Den Mittelpunkt der Weihehandlung bildete die Festrede.[1]

Mit Herzklopfen betrat ich die hohe Rednerbühne. Die glänzende Versammlung vor mir war ganz danach angethan, mich befangen zu machen und der Stimme, wenigstens anfangs, die volle, den weiten Raum beherrschende Kraft zu rauben. Auch mit dem Kobold Zufall mußte ich rechnen. Ein geschickter Architekt hatte den großen Schloßhof mit einem leichten Zelte überdeckt, die Seitenwände über den niedrigen Terrassen mit Leinewand bekleidet. Man konnte sich keine lustigeren, fröhlicheren Festräume denken, zumal für reichen Laub- und Fahnenschmuck gesorgt worden war, vorausgesetzt, daß kein Regen die Leinewand peitschte, kein Wind das Zeltdach hin und her riß. Der Zufall war mir mehr als günstig. Nur ein ganz leises Rauschen und Wehen zog durch die Luft, jedes Wort drang deutlich bis zur fernsten Ecke vor und, als ob ein trefflicher Theaterregisseur noch für einen besondern Effekt gesorgt hätte, begannen gerade in dem Augenblicke, in welchem ich von der Herrlichkeit des Münsters sprach, alle Glocken den Mittag einzuläuten. Der Eindruck dieser Szene auf alle Anwesenden war übermächtig. Die ohnehin günstige Stimmung steigerte sich zu heller Begeisterung. Mit hoffnungsvoller Zuversicht gingen wir an die Arbeit, welche den zweitägigen Festrausch ablöste. Arbeit gab es aber namentlich für mich genug. Zum Rektor hatte die Reichsregierung den Senior der theologischen Fakultät Bruch ernannt. Roggenbach bewies auch darin einen staatsmännischen Blick, eine glückliche Hand. Durch Bruchs Ernennung, als ehrwürdigstem, be-

1   Die Rede ist im Anhang abgedruckt.

liebtesten und angesehensten Mitgliede der alten Fakultät, wurde die Provinz geehrt, zugleich der Zusammenhang der neuen Einrichtung mit der alten wenigstens symbolisch gewahrt. Die Wahl des Prorektors wurde der Universität überlassen. Sie traf einstimmig mich. Bei dem hohen Alter Bruchs und da er den Formen und Gebräuchen der deutschen Universitäten doch vielfach fremd gegenüberstand, fiel ein bedeutender Teil der

294

Geschäfte auf meine Schultern. So groß die Last war und so schwierig die neuen Verhältnisse, so schickte sich doch alles überraschend gut. Wir waren zwar eine bunt zusammengewürfelte Gesellschaft, dem Alter nach, wie nach Herkunft und früherem Amt. Fast jede deutsche Landschaft, Österreich, die Schweiz, selbst England zählten in dem Lehrerkollegium Vertreter. Einzelne Kollegen waren ganz jung, bei andern begann das Haar sich bedenklich zu lichten und weiß zu färben. An Universitäten, technischen Hochschulen, in Kanzleien und Pfarreien waren die einzelnen früher thätig gewesen. Aber wir zeigten alle den besten Willen und waren bemüht, die sachlichen Interessen zu fördern, die persönlichen Verhältnisse angenehm zu gestalten. Ich hatte das besondere Glück, daß ich unter den Kollegen mehrere alte Freunde zählte. Mit Adolf Michaelis verknüpfte, außer der unmittelbaren festen Zuneigung, mich die gemeinsame Verehrung für Otto Jahn Michaelis hatte seinem Onkel stets ganz nahe gestanden, ihn in den letzten Jahren getröstet, aufzurichten gesucht, mit Aufopferung gepflegt. Er übertrug die Liebe vom Onkel auf dessen Freund. Hermann Baumgarten teilte mit mir den politischen Standpunkt, die wissenschaftlichen Interessen und erfreute im Umgange durch seinen scharfen Geist und unbestechliche Überzeugungskraft. Auch mit den andern Genossen, Naturforschern, Juristen, Sprachgelehrten und Historikern, wie Recklinghausen, Oskar Schmidt, Binding, Euting, Weizsäcker, Franz Xaver Kraus ergaben sich mannigfache Berührungspunkte und

295

begann sich bald ein reger Verkehr anzuspinnen.

Besondere Freude machte mir die Einrichtung eines stattlichen kunsthistorischen Apparats. Solange ich lehrte, hielt ich an dem Grundsatze fest, das Wort durch die Anschauung zu unterstützen, von dieser auszugehen und aus ihr die weiteren Schlüsse zu ziehen. Ich wollte nicht überreden, sondern überzeugen. Zwanzig Jahre lang hatte ich mich in Bonn gequält und geplagt, eine nur halbwegs genügende Zahl von Abbildungen zusammen zu bringen. Ich mußte sie alle aus meiner eigenen Tasche bezahlen und stürzte mich wiederholt in Schulden, um nur meinen Schülern eine beiläufige anschauliche Kenntnis der von mir besprochenen

Kunstwerke zu verschaffen. In Berlin blieb man gegen alle meine Wünsche und Bitten taub. Nicht einmal hundert Thaler jährlich – so tief hatte ich allmählich meine Forderungen herabgestimmt – waren in der Ministerialkasse für den kunsthistorischen Unterricht aufzutreiben. Und als einmal der Rektor aus seinem Dispositionsfonds auf meinen Antrag eine kleine Summe anwies, um einen besonders günstigen Gelegenheitskauf abzuschließen – es handelte sich um Derschaus Neudrucke altdeutscher Holzschnitte, welche übrigens der Bibliothek einverleibt wurden, – kam vom Minister Raumer ein scharfer Verweis über solche Eigenwilligkeit und Verschwendung. Roggenbach, dem jede kleinliche Sparsamkeit am unrechten Orte verhaßt war und eine vornehme Ausstattung der Universität am Herzen lag, ging bereitwillig auf meine Vorschläge ein. Er wies mir eine große Summe an, um den Grundstock der Sammlung zu bilden und stellte einen festen, vorläufig genügenden Jahresbeitrag zu ihrer Ergänzung in das Budget der Universität ein. Dank Roggenbachs zuvorkommender Liebenswürdigkeit konnte ich endlich den alten Wunsch befriedigen und einen nach festen wissenschaftlichen Grundsätzen geordneten Apparat als Stütze der Vorlesungen anlegen. Braun in Dornach wurde besonders stark in Kontribution gesetzt. Meine Absicht ging dahin, von der Thätigkeit einzelner hervorragender Meister ein möglichst vollständiges Bild zu gewinnen. Ich wußte aus eigener Erfahrung, daß, wenn man sich in einen Meister ganz eingelebt, einen Künstler auf das Genauste studiert hat, auch der Zugang zum Verständnis anderer Meister sich leichter öffnet. Außerdem sollten die anderen historisch bedeutsamen Künstler so weit vertreten sein, daß aus den vorhandenen Abbildungen ihre Natur und ihre wesentliche Entwickelung klar hervortrat. Ein besonderes Gewicht legte ich auf eine reiche Sammlung von Handzeichnungen. Mit leichter Mühe und verhältnismäßig geringen Kosten ließen sie sich, dank der Photographie, beschaffen. Was hätten wir Alten darum gegeben, wenn wir in unsern jungen Tagen über so reiche Schätze von Handzeichnungen verfügen, für jede strittige Frage sie zur Vergleichung heranziehen, bei jedem Stilzweifel hier Rat holen können. Jetzt konnte man dem Anfänger die eigene Handschrift der Künstler vorlegen, ihm die Schöpfung eines Kunstwerkes an der Hand der Skizzen und Studien Schritt für Schritt klar machen. Der Straßburger Apparat ist meines Wissens der älteste, wissenschaftlich geordnete an deutschen Hochschulen, welcher sowohl dem Lehrer als sichere Handhabe dient und dem Jünger und Schüler ein selbständiges Studium gestattet. Im Laufe von fünf bis sechs

296

297

Jahren hoffte ich die empfindlichsten Lücken auszufüllen und über einen genügenden Anschauungsstoff zu verfügen. Wo war ich in fünf Jahren?

Alles schien sich in Straßburg zum Besten zu wenden und war danach angethan, mich in meinem neuen Wirkungskreise zufrieden zu stellen, bis auf einen wunden Punkt. Die Behörden kamen mir in der liebenswürdigsten Weise entgegen. Mit der Familie des Gouverneurs, des feingebildeten Generals von Hartmann, verkehrten wir auf ganz freundschaftlichen Fuße. Der Regierungspräsident von Ernsthausen erwies mir in allen Dingen das größte Wohlwollen. Bei seiner Unbefangenheit und seinem ungewöhnlichen Scharfblick in der Beurteilung der Sachlage, war er einer der besten politischen Ratgeber. Nur der Oberpräsident, Herr von Möller, ließ den alten Groll gegen mich nicht fahren, zeigte mir von allem Anfang an unverholen seine Abneigung. Möller versah aber, nach Roggenbachs leider viel zu frühem Abgange, zunächst auch das Amt des Universitätskurators. Mit ihm hatte ich als Prorektor fortwährend zu verhandeln, von ihm war die Erfüllung meiner Wünsche als Professor vielfach abhängig. Möllers offenbare, auch Fremden auffällige Feindschaft ließ mich für eine gedeihliche Wirksamkeit in Straßburg mit Recht fürchten. Und der schlimme Zufall wollte, daß ich gleich bei meinem ersten Besuche seinen Zorn neu anfachte. Das Gespräch war auf Stereoskope gekommen, welche Möller mir als unentbehrliches Hilfsmittel bei den Vorlesungen empfahl. Ich erwiderte, daß nach meinen Versuchen und Erfahrungen ein großer praktischer Nutzen nicht abzusehen sei und ließ mich verleiten, die Stereoskope als Salonspielerei zu bezeichnen. Ich hatte vergessen, daß Herr von Möller ein enthusiastischer Verehrer der Stereoskope war, mehr als ein Dutzend besaß und viele tausend stereoskopische Bilder gesammelt hatte. Nun war auch sein Stolz als Kunstkenner verletzt und auf seine Kennerschaft legte er das größte Gewicht.

Gleich in den ersten Tagen nach der Einweihung der Universität begannen die Reibungen. Das Fest der Einweihung war doch nicht ohne jede Störung verlaufen, wie wir Straßburger meinten. Am Abend des Festtags, als das Münster im bengalischen Feuer strahlte, eine riesige Menschenmenge den Münsterplatz und die Terrasse des Schlosses füllte, ertönte plötzlich von der offenen Schloßtreppe her ein langer, schriller Pfiff. Kein Mensch dachte etwas anderes, als daß damit für die Franzosenfreunde das Signal zur lärmenden Opposition gegeben würde. Zwei Herren eilten von der Terrasse zu der mit ihr verbundenen Treppe, um den Störer gebührend zur Ruhe zu weisen. Sie konnten nicht wissen, daß der Unruhestifter – es war der ehemalige Direktor des germanischen Museums, Aufseß – die Gewohnheit besaß, seinen Diener mit einer Hundepfeife zu rufen, auch nicht ahnen, daß er schlecht auf den Beinen stand, bei seinem Rückzuge stolperte und einige Steinstufen herabfiel. Nun wollte es gar das Unglück, daß Aufseß einige Tage darauf starb, nicht an den Folgen des Falles, sondern an einer alten Krankheit, welche er durch seine leichtsinnige, ganz überflüssige Reise von Nürnberg nach Straßburg verschlimmert hatte. Aber die französischen Blätter und leider auch viele deutsche, bauschten den unangenehmen Vorfall zu einer wahren Staatsaktion auf. Der Oberpräsident war über die Maßen verdrießlich, zugleich schwach genug, sich gegen die, von radikalen Zeitungsschreibern verlangte Sühne nicht fest zu stemmen. Ein Opfer sollte den Manen des Verstorbenen gebracht werden. Wer sollte aber als Opfer fallen? Von den zwei angesehenen Männern, welche angeblich durch ihr rasches zu greifen Aufseß geschädigt hatten, gehörte einer dem Beamtenstande, der andere der Universität an. Der Oberpräsident verteidigte eifrig die Unschuld seines Untergebenen. Sollte ich den Kollegen preisgeben? Ich bestand darauf, daß beide als gleich schuldig, oder wie es die Wahrheit war, als gleich unschuldig erachtet werden müßten. Es kam zu scharfen Worten, bis ich endlich drohte, daß ich gegen jedes einseitige Vorgehen gegen meinen Kollegen an den Korporationsgeist der Universität mich berufen und vor keinem Schritt zu seiner Verteidigung zurückweichen würde. Darauf wurde die ganze leidige Angelegenheit begraben und vergessen. Noch bei vielen andern Anlässen merkte ich die ungünstige Gesinnung des Oberpräsidenten. Doch das alles hätte ich ertragen, da nur meine gesellige Stellung darunter litt, meine öffentliche Wirksamkeit davon nicht berührt wurde. Bald aber trat eine Lebensfrage an mich heran, deren Entscheidung vorwiegend in die Hände Möllers fiel. Ich gewann, wie die meisten andern Professoren, bald die Überzeugung, daß an eine größere Lehrthätigkeit erst nach mehreren Jahren gedacht werden könne. Die Begeisterung reichte denn doch nicht hin, die Studenten nach Straßburg in reicherer Zahl zu ziehen. Viele unleugbare praktische Bedenken ließen die Eltern zögern, der Mangel an studentischer Unterhaltung die Herren Söhne flotte Universitäten vorziehen. Wäre es nicht möglich, außerhalb der Universität das Kunstinteresse im Elsaß zu heben? Ich hatte Aufnahmen der alten Denkmäler, kleine periodische Ausstellungen, Anfänge eines kunstgewerblichen Museums im Kopfe. Viele Mitglieder der Verwaltung, auch altrheinische Bürger, nicht die Notabeln, sondern

Gewerbetreibende, echte, gute Vertreter des Mittelstandes, gingen auf meine Absichten ein. Ich leugne nicht, daß diese Pläne auch einen politischen Hintergedanken besaßen. An ein Zusammenrücken mit der einheimischen Bevölkerung auf politischem Gebiete war zunächst nicht zu denken. Wir vermieden nach Möglichkeit jeden Anlaß zu Reibungen, um wenigstens den äußern Frieden aufrecht zu halten. Wohl schien es mir dagegen möglich, auf neutralem Boden einträchtig neben, bald vielleicht auch miteinander zu arbeiten. Hatten sich Einheimische und Zugewanderte auf diese Art an einen gemeinsamen zwanglosen Verkehr gewöhnt und jene die Überzeugung gewonnen, daß auch die sogenannten »Altdeutschen« für das Wohl und die Interessen der neuen Heimat mannhaft einstehen, so durfte man auf eine allmähliche Ausgleichung der schroffsten Gegensätze hoffen. Mit dieser Meinung stand ich keineswegs allein, namentlich schien der Gedanke, mit einer Anrufung der kunstfreundlichen Elemente im Elsaß den Anfang zu machen vielen fruchtbar. So oft ich aber dem Oberpräsidenten meine Wünsche und Absichten andeutete, hüllte er sich in eisiges Schweigen. Bald bekam ich das Recht, jene dringender zu fassen. Als ich den Ruf an die Leipziger Universität empfing, ließ ich durch das Kuratorium dem Oberpräsidenten mitteilen, daß ich auf jeden persönlichen Vorteil verzichte, dagegen das dringende Begehren stellen müsse, daß nun für eine regere Kunstpflege im Elsaß gesorgt, namentlich die Gründung eines Museums ernstlich ins Auge gefaßt werde. Auf diese Erklärung erhielt ich niemals eine Antwort. Noch wollte ich einen letzten Versuch wagen. Der Stadt war für die abgebrannte Gemäldegalerie und Bibliothek eine Entschädigungssumme von über eine Million Franken zugesprochen worden. Für die Bibliothek war unterdessen reichlich gesorgt worden. Um so eher durfte ich einen Teil der Summe für Kunstzwecke ansprechen. Mit Zustimmung des Bezirkspräsidenten und Gouverneurs und nach vertraulicher Rücksprache mit unsern angesehenen einheimischen Bürgern, wurde eine öffentliche Versammlung auf dem Rathause einberufen, vor welcher ich meine Vorschläge ausführlich entwickeln sollte. In langer Rede stellte ich sowohl die materielle Möglichkeit, eine Kunstgewerbeschule zu errichten, wie die großen Vorteile für das Land durch Hebung des Kunstgewerbes so eindringlich als möglich vor. Die Stiftung eines Museums streifte ich nur, da ich nicht durch den Umfang meiner Pläne die Leute gleich von allem Anfang her erschrecken wollte. Als ich meinen Vortrag geendigt hatte, merkte ich aus dem Beifall und vielfachen Bemerkungen, daß ich nach dem Herzen der Mehrheit gesprochen hatte. Natürlich war ich auf die Gegenrede eines Franzosenfreundes gefaßt und vorbereitet. In einer zweiten Ansprache wollte ich meine Argumente noch beweiskräftiger gestalten. Auf diese hatte ich meine besten Waffen aufgespart. Und der Gegner, ein ehemaliger Schuldirektor, namens Goguel oder Gockel, machte mir die Sache noch leichter. Er las eine längere Schrift ab, welche mit dem Satze schloß, daß ja die Universität Geld genug habe, um auch Professoren der schönen Künste anzustellen, ein weiteres ganz überflüssig sei. Rasch erhob ich mich zur Antwort. Ich war überzeugt und bin es auch heute noch, daß es mir gelungen wäre, die große Mehrheit der Versammlung zu einem Beschlusse oder zu einer von mir bereits entworfenen Erklärung hinzureißen. Da ergriff mich der Oberpräsident, welcher neben mir saß, am Arm und gebot mir, kraft seines Amtes, unbedingtes Stillschweigen. Das letzte Wort und den Schein des Sieges behielt Herr Goguel. Nun war es mir klar, daß meines Bleibens und erfolgreichen Wirkens in Straßburg nicht sei. Meine Lehrthätigkeit mußte noch lange eingeschränkt bleiben, mich in anderer Art dem Lande nützlich zu erweisen, verwehrte das persönliche Mißtrauen Möllers. Daß nur dieses die Quelle der Erfolglosigkeit meiner Wünsche war, zeigten die Ereignisse späterer Jahre. Viele meiner Vorschläge sind nachmals von Herrn von Möller mit kundiger Hand und sichtlichem Wohlwollen durchgeführt worden. Schweren Herzens erklärte ich die Annahme des Leipziger Rufes und bekam darauf in ungnädiger Form meine Entlassung.

Zu Ostern 1873 übersiedelte ich mit meiner Familie nach Leipzig.

Hier lege ich meine Feder nieder. Die innere Entwickelung meines Lebens war zu Ende. Wenn man das halbe Jahrhundert überschritten hat, baut man nicht mehr heimlich traute Nester, sondern sucht wesentlich nur nach Schutz gegen die Unbilden des Alters. Ich fand in Leipzig manche gute Freunde. Die besten freilich verzogen oder starben bald nach meiner Ankunft, wie Freytag, Salomon Hirzel, Härtel. Meine akademische Wirksamkeit begann eine neue Blüte, hatte noch intensivere Erfolge als jene in Bonn. Viel Leid, aber auch viel Freude erlebte ich. Die Kinder, selbständig geworden, zogen aus dem Hause. An ihre Stelle rückten Enkel. Allerdings war der Anlaß dazu ein namenlos trauriger. Unsere älteste, vielgeliebte Tochter Cara starb nach kurzer Ehe. Nach einigen Jahren verloren die hinterlassenen drei Kinder auch den Vater. Und so waren wir alten Großeltern verpflichtet, wieder Vater- und Mutterstelle zu vertreten. Ein Gutes hatte das schwere Unglück. Unsere halbentblätterten Lebensbäume begannen durch den Verkehr mit den frischen Enkeln Maria, Fritz und Martha Engelmann wieder zu grünen und mit Laub sich zu schmücken. Namentlich meine Isabella verjüngte sich wieder und durfte neben den schweren Sorgen der Krankenwärterin nun auch die fröhlicheren Pflichten der Mutter übernehmen. Denn seit ich in Leipzig lebe, ist meine Gesundheit stets Schwankungen unterworfen. Nur die größte Schonung hält, wer weiß wie lange noch, mich aufrecht. Auf alle äußeren Lebensgenüsse muß ich seit Jahrzehnten verzichten. Aber ich bin doch glücklich im Schoße meiner Familie, zufrieden, daß ich meine Thätigkeit als Lehrer fortführen, meine Wirksamkeit als Schriftsteller sogar erweitern kann. Katheder und Schreibtisch sind jetzt die beiden Pole, um welche sich mein Leben bewegt. Möchte die Nachwelt, wenn sie dieses Leben an sich vorüberziehen läßt, von mir sagen:

Er hat nicht umsonst gelebt!

Dekadente Erzählungen

Im kulturellen Verfall des Fin de siècle wendet sich die Dekadenz ab von der Natur und dem realen Leben, hin zu raffinierten ästhetischen Empfindungen zwischen ausschweifender Lebenslust und fatalem Überdruss. Gegen Moral und Bürgertum frönt sie mit überfeinen Sinnen einem subtilen Schönheitskult, der die Kunst nichts anderem als ihr selbst verpflichtet sieht.

Rainer Maria Rilke Die Aufzeichnungen des Malte Laurids Brigge **Joris-Karl Huysmans** Gegen den Strich **Hermann Bahr** Die gute Schule **Hugo von Hofmannsthal** Das Märchen der 672. Nacht **Rainer Maria Rilke** Die Weise von Liebe und Tod des Cornets Christoph Rilke

ISBN 978-3-8430-1881-4, 412 Seiten, 29,80 €

Erzählungen aus dem Sturm und Drang

Zwischen 1765 und 1785 geht ein Ruck durch die deutsche Literatur. Sehr junge Autoren lehnen sich auf gegen den belehrenden Charakter der - die damalige Geisteskultur beherrschenden - Aufklärung. Mit Fantasie und Gemütskraft stürmen und drängen sie gegen die Moralvorstellungen des Feudalsystems, setzen Gefühl vor Verstand und fordern die Selbstständigkeit des Originalgenies.

Jakob Michael Reinhold Lenz Zerbin oder Die neuere Philosophie **Johann Karl Wezel** Silvans Bibliothek oder die gelehrten Abenteuer **Karl Philipp Moritz** Andreas Hartknopf. Eine Allegorie **Friedrich Schiller** Der Geisterseher **Johann Wolfgang Goethe** Die Leiden des jungen Werther **Friedrich Maximilian Klinger** Fausts Leben, Taten und Höllenfahrt

ISBN 978-3-8430-1882-1, 476 Seiten, 29,80 €

Erzählungen aus dem Sturm und Drang II

Johann Karl Wezel Kakerlak oder die Geschichte eines Rosenkreuzers **Gottfried August Bürger** Münchhausen **Friedrich Schiller** Der Verbrecher aus verlorener Ehre **Karl Philipp Moritz** Andreas Hartknopfs Predigerjahre **Jakob Michael Reinhold Lenz** Der Waldbruder **Friedrich Maximilian Klinger** Geschichte eines Teutschen der neusten Zeit

ISBN 978-3-8430-1883-8, 436 Seiten, 29,80 €

Lightning Source UK Ltd.
Milton Keynes UK
UKHW020255250921
391155UK00002B/244